送给少年铁儒

袁浦记

著 | 孔建华

生活·讀書·新知 三联书店

图书在版编目（CIP）数据

袁浦记/孔建华著. —北京：生活·读书·新知三联书店，
2017.12
ISBN 978 - 7 - 108 - 06031 - 0

Ⅰ.①袁… Ⅱ.①孔… Ⅲ.①散文集－中国－当代
Ⅳ.① I267

中国版本图书馆 CIP 数据核字（2017）第 167672 号

责任编辑　王海燕
装帧设计　刘　洋
责任校对　张　睿
责任印制　宋　家
出版发行　生活·讀書·新知 三联书店
　　　　　（北京市东城区美术馆东街 22 号 100010）
网　　址　www.sdxjpc.com
经　　销　新华书店
印　　刷　北京隆昌伟业印刷有限公司
版　　次　2017 年 12 月北京第 1 版
　　　　　2017 年 12 月北京第 1 次印刷
开　　本　635 毫米 × 965 毫米　1/16　印张 8.75
字　　数　202 千字
印　　数　0,001 - 6,000 册
定　　价　39.00 元
（印装查询：01064002715；邮购查询：01084010542）

长安沙东南角

（二〇一六年四月四日十时三十二分）

袁浦三江口

（二〇一六年四月四日十一时十一分）

红庙旧址西北角

（二〇一六年十月四日十时二十四分）

杭州六号浦入江口

（二〇一七年一月三十一日七时三十五分）

目　录

序一　至真至爱之文章

　　建华是我表弟，小舅的儿子，小我十岁，离开老家袁浦已有二十几年。去年开始，写回忆老家的文章，陆续在全国报刊发表，今年十月，结集为《袁浦记》。

　　那天，建华写好《天可怜见》，发给我，我正坐公交车，读着读着，流下了眼泪。

　　我住丽水。老家在萧山，江对岸是钱塘沙上，也叫袁浦。母亲十九岁，坐渡轮过江，嫁给父亲。如今，闻家堰的渡口还在，父亲还健朗，母亲不在了。母亲叫桂花，建华喊"妮娘"（袁浦方言：姑姑）。

　　从前，我们隔江而住，母亲带我坐船去看外婆，外婆带建华坐船来看母亲。这是三十年前的事了。

　　建华说，用一棵树来形容，故乡是枇杷树。这棵树，长在小舅草舍的西南角。草舍搬迁时，小舅用钢丝车把树拉到江边，二叔用船运过江，种在小木楼前。前年春，建华去找那棵树。我住过的屋子和村子，已拆了，树不知去向。

　　《袁浦记》中的人，大多是我熟悉的亲人。我的外公个子不高，但结实，走路轻快稳健，从小吃素，爱笑，眼睛眯成一条缝，和蔼可亲，像个佛。外公菜园篱笆上挂着的苦瓜，老了红了，像一盏盏灯笼，至今还亮在我梦里。

我的小舅，高个，挺拔俊朗，秉性耿直，不卑不亢，为人豪爽，讲情义，是种田能手。稻子灌浆，我随小舅去田里，眼前绿油油的一片，长得又壮美又清爽，小舅开心得像个孩子。

我的外公、外婆、母亲、舅舅，他们是我最亲爱的人，他们又是普通的种田人，他们走了，一切都归于沉寂。二三十年后，建华拿起笔，满含深情地写他们，记下他们的名字，对晚辈来说，这是最有意义的纪念。

现在，建华最牵挂的是母亲——我的小舅妈。舅妈高高大大，二十二岁嫁给舅舅，话不多，活儿样样能干。小时候，建华给母亲送饭，见到母亲粗糙的手，心疼得不行，写道："老茧密布在掌和指的接合处，不规则的划痕，经了年，是雀白的，新添的，是赭红的，还有一些黑的纹，是沾了机油之类褪不掉的。"这是一双劳动的手，一双真正的母亲之手。

对于母亲的疼爱，建华至今充满感激。那年，舅妈送建华到杭州上学，从学校出来坐车。建华回忆道："母亲用些气力，挤上车去，我透过门缝，只能见一抹背影，蓝色的，是母亲上衣的颜色。"读到此，我想起朱自清的《背影》。父母的背影，常常叫儿女铭记一生，因为背影里有着父母真挚的爱。

建华总是记着母亲的话，做人要记人家的好，要感恩图报。在建华的书里，没有一句怨言、一句记恨，有的只是对家乡人的一片真情、一份真爱。

小舅朋友的儿子浩哥，是个木匠，在瓦舍里弹墨线、锯圆木、打眼、刨花、做门窗，木香芬芳。后来，骑摩托时，出车祸去世。建华很悲痛，说每回坐火车，总会想起浩哥那年进城买回的车票。

还有，建华搭乘二姨夫的自行车，随手扔出一个烟头，不巧落到人家衣领里，让姨夫赔了一包烟。我劝建华将这段文字删去。建华说，那时还小，同姨夫接触不多，姨夫年纪轻轻走了，几十年里，这件事常在心头。去年春，建华又爬上猫头山，去祭了姨夫一回。

建华深爱着家乡人，也深爱着家乡这片土地。

袁浦，位于钱塘江、浦阳江、富春江交汇处，江面开阔，风景优美，是难得的好地方。建华用他饱蘸诗情的笔，写下校园湖边那片草地："白茅点点，迎风招扬，柔韧兀立，漫塘遍野，连将起来，一年一生，守望袁浦，一片茫茫白。"写下长安沙上那场春雨："软软轻轻，散散淡淡，伏在脸上，泥人得很，仿若儿时冬日早起，母亲顺手一抹的雪花膏，黏里透清凉。"

当然，写得最多最富深情的，还是袁浦广袤的田野，笔下文字流露的感情，充满对庄稼万物的赞美。那些生长的水稻、麦子、油菜花，还有夏日的雨、冬日的雪、四季的风，无不呈现出一种诗意，一份温情。建华说，田野里春暖花开，我们的童年在田野，我们的少年在田野；田野，是我们见过的最美、最爱。

建华写这些散文，大多在深夜，万籁俱静，一片空明，这是普天下游子最为想念家乡的时候，每著文字，常怀感激。我读这些散文，大多也在深夜，默默地读，一遍一遍地读，随了那优雅纯净的文字，一次次梦回少年，梦回故乡，我的心里充满思念。

建华嘱我写篇序，我唠唠叨叨地写了这些，既表达我对建华结集出书的祝贺，也是对他的真情付出表示谢意。

华赴云

二〇一六年十二月二十七日

序二　一个人的袁浦

　　至今还记得初读建华文章时的惊叹，我不敢相信一个整日与公文为伍的人，竟能写出如此至情至性的散文。其后建华凡有散文，都会与我分享，有时还会在发表前让我提一些建议，这让我十分感动。这次邀我为《袁浦记》作序，虽然感到很大压力，但还是欣然领命，以一个中学语文教师的身份，写一点儿读后的感受。

　　《袁浦记》是一本关于故乡的书，是作者在人到中年之时回望故乡的记录，也是对晚辈娓娓道来的讲述。许是因了回望的缘故，又许是因了晚辈这一心中特定的读者，这本书读起来让人感到十分安静，不知不觉中便摆脱喧闹尘世而进入作者的"桃花源"。每每捧起，都不禁让我想到沈从文的《湘行散记》《边城》，想到汪曾祺的《故乡人》，悠闲恬然的节奏，朦朦胧胧的美感，不疾不徐的述说，以及文章中那不可或缺的水，简直像极了。作者虽不能常回生活了二十年之久的故乡，而且故乡也即将因拆迁而消失，但是，它却会永驻于作者心中，历久弥新。书里的人、事、物，一定会唤醒曾经生活在这里的人们的共同回忆，可是，那独特的经历与丰富的感受，却是属于作者个人的，这个叫袁浦的地方，是作者一个人的袁浦！

　　从一名语文教师的角度去看待这本书，有许多精妙之处正是现在的学生所缺乏的，而这些也是我在教学过程中要引导学生重点练习的地方。

作者对细节的洞察和表述是独特的。现在学生们写作文，基本上都知道立意要高，但就是写不出好的文章，根源就在于缺少对生活的发现，缺少对细节的观察，缺少生动丰富的词汇。《草舍雀白》与《田野父亲》两篇，早在前年就拜读过。那时我正在教高三，带着学生练习记叙文，进行描写的练习，愁眉不展之际，读到这两篇"范文"，激动而又兴奋，征求作者同意后，印发给学生畅谈感受。几乎所有学生都注意到了《草舍雀白》中作者写谷袋背在母亲身上的那个片段："读中学前，我做母亲的助手，揪住谷袋两头，半蹲以膝顶袋，拔起麻袋，借腰和肩的力量抱起。母亲把身子弯下，我把谷袋架母亲身上。"作者用"揪""蹲""顶""拔""抱""弯""架"七个动词，如慢镜头般将这一瞬间形象清晰地呈现在每位读者面前，如临其境般，厉害！有的学生甚至现场模仿了起来。这与其说是作者描写功力之深厚，不如说是对生活观察之细致，体验之真切。书中这样的文章、这样的细节随处可见，真是学习描写的好范本！

作者的语言，质朴自然，干净洗练，近于白描；喜用比喻，且比喻别致而精准，如《天可怜见》中描写烛光："烛芯的光焰，是两枚菩提子，圆圆的，底端像金黄的花萼；顶端圆润的光焰收起来，用墨笔勾勒一下，是写意山水的余韵，缭绕在屋顶。"我仿佛看见一个少年出神地凝望着那微微摇动的烛光。再如，《归兮浮山》中描写父亲的手："左手大拇指弯四十五度，骨节像山一样挺立，消瘦的手背，血管像输油管道自然延伸，四指苍白、无泽。"写出了父亲一生的劳碌，也写出了父亲去世前的瘦削，以及作者的心疼。比喻这一修辞，除了让描写对象更加生动形象外，我认为，它本质上还表现了一个人内心的感性与诗意，恰如作者是一位性情中人！

作者的语言还有一个很重要的特点——简短，多用四字句。如《田野父亲》中"小青蛙揉揉眼，把了方向，飞跃而起，劲射出去。蚂蚱一蹦老高，像个皮球，连弹几下，终于停住。菜花蛇动动脑筋，吐下舌头，昂首伸颈，找好去路，一溜小跑，游荡开去。……一众生灵，各持己见，竞相发声，忙碌起来"，四字句排列其间，节奏短促，不失生机与欢快。作者说要将一种老的形式复活，这是一种极高的理想，可见作者内心对传统事物的热爱。说到这儿，还要提到一点，这是我在现当代作家中很少见到的一种表达，作者在提到时间时，很少用西历，多用天干地支纪年法，如乙未年、丙申年，读来古朴文雅，这是否也表明作者内心深处对古物、对传统文化的一种追求呢？一如作者喜欢读中国古代经典著作。

此外，如果你细细观察，会发现作者的文章无论篇幅长短，在结构上很少有五行以上的段落，而是以三到四行居多，这种结构，犹如闲暇时的散步，轻轻地，缓缓地，悠哉游哉……我想，这也是此书读来让人安静的原因之一。

说实话，我并非因为这些特点而喜欢作者的文章，而是喜欢作者的文章才发现了这些特点。愈发感觉，任何一个文学写作者，都不会先确定哪种结构或哪种语言风格再写文章，一定是心中有话想说，有情感要表达，才会为这些话、这些情感穿上合适的衣服，与人见面。

《袁浦记》这本书于我而言，最宝贵之处，首先，在于它在我今后的语文教学，尤其是写作教学中，为学生们提供了很好的阅读素材与学习范本，也为我提供了一份真实而独特的教学资源。其次，作者与这本书，让我对作品、作者、生活这三者的关系有了清晰明确的认识与感悟，所以，当我再为那群即将成年的中学生讲评作文、和他们一起分析作品时，我一定会和少年铁儒们首先交流这些内容。

作者自称是"一名人到中年，仍有那么一点热情的老中学生"，《袁浦记》的成书，"热情"起了至关重要的作用。有了这份热情，一个每天忙得不可开交的人，才会用短短一年的业余时间，完成了《袁浦记》四十余篇散文的写作。这份热情，有作者对读书写作的热爱，有对故乡永不忘却的纪念，更有一位父亲对儿子的无言大爱，扉页上"送给少年铁儒"六个字，意味深长！

归根结底，这份不老的热情，是热爱生活，是诗心不泯的体现。愿我们每个人都能如此生活，诗意地栖居，从繁杂单调的生活中突围，寻找属于自己的诗和远方。

申英利

二〇一七年一月二十六日

自序

《袁浦记》问世，一块石头落地。

从前，袁浦是一个乡镇，钱塘江、浦阳江、富春江环绕，是我的出生地，二十岁前在那里生活。

和许多地方一样，现在这个名字和建制都没有了。而我的整个少年，都同这个名字连在一起。

这个名字和钱塘、红庙、六号浦、红星小学、小江村、黄沙桥、袁家浦、袁浦中学等一大堆名字，都是故乡的名字，每个名字都是故事。

我想以袁浦作名，记下故事，为了不可忘却的故乡。

和许多人一样，我远离故土，在千里之外的地方工作与生活。每年的年三十，急着回乡。每年清明，匆匆回乡扫墓。

年三十和清明节回了乡，这一年的心就很静。没有吃上老家的年夜饭，没有去给亲人扫墓，这一年心就慌慌的。

二十年前，我是袁浦的一个农民。一九八二年，杭州乡下分田到户，父亲名下有两块"号子田"，一家六口，四亩八分。我有力气拉钢丝车，能背谷袋，也是割稻、插秧的一把好手。

我的母亲，读过一年书，填表时写高小毕业。母亲对现在的生活是满意的。从六十岁起，每年农历八月十五，村里发一百元。这几年她反复讲两句话，一句是我们赶上一个好时候，一句是现在的人坐着就有饭吃。前一句说出了我们"七〇后"长身体的时候，大多数人吃穿不愁，也有机会上学。后一句说我们不种地了，不用顶着烈日、冒着严寒干农活。这也可想见，那个时候乡民的辛苦。这段辛苦，我经历了，把它记下，它是故乡的一段历史。

我的老师，大多也是种田人。有的中学毕业，从代课老师做起，教得好的，慢慢转正，像小学老师袁彩华。有的念了大学，又回到乡下，像中学老师张万兵。袁浦的不少老师，已是地方精神和文化的一座山峰。已去世的老师郑玉英、袁永泉、陈周耀，和袁浦这个名字一样，常驻钱塘人的心中。我记下来，他们是故乡的一笔财富。

我的亲人，有着明朗的信念。姑父年近九十，满面红光，腰板笔直，热情爽朗，像七十几岁。母亲说，姑父心善寿长。我的小舅，二十五岁，轻生走了。我很伤心，母亲一滴泪未掉，说活着是真勇敢。这话，我一辈子忘不掉。

我的亲人大多以务农为生，乡间盛行佛事，不少老人相信菩萨。菩萨里出名的，有端午菩萨，这一天家里包粽子；有年菩萨，农历十二月廿七这一天，家里煮肉吃；还有灶君菩萨，这个菩萨是女的，每年农历十二月廿三，送回娘家，除夕十二点，又接回来，她一回家，奶奶给我一碗甜馅汤圆吃。

每年清明、七月半、冬至、年三十，不少人家延续民俗，中饭或晚饭前，举行家祭，恭敬行礼。这是我在少年时，印象最深的。奶奶和爷爷去世，我很伤心，也很挂念。逢年过节，爷爷奶奶回家享用家祭的饭菜，我又觉得故去哀而不伤，不过是在两个信息不通、彼此十分挂念的世界罢了。

离开故乡，我的八分地没有了。居京二十几年，我的生活同袁浦的不同，是种的"田"不一样，但也还是种田人。我站在中年的界线，四十五岁前，用自己的笔，愉快地记下，此刻，我心宁静。

在我的序里，我要感谢两个人，一个是楼超先老师，杭州"最美教师"之一。在我念初中时，老师启迪我去他乡；又在我人到中年时，启迪我望故乡。一个是儿子孔铁儒，一所中学的初中生，他启迪我真实地写故乡。

我的袁浦，得以成记，所有的灵感，来自袁浦的老师和孔铁儒。

孔建华

二〇一六年十二月二十五日

粮站，站一群连绵的大谷仓，仓壁刷了字——深挖洞，广积粮。解粮的车一到，先验粮，着公家制服的操一根铁杆，任性一刺，抽拉出一行稻谷，我的心悬起。验粮官摸出两枚稻谷来，往嘴里抛，舌尖接了，推给门牙，咔嚓两下，眉头一展，验过了。我的心垂直落进深井，欢实像一股暖流从井里紧着逸出。(《草舍雀白》)

奶奶跟妮娘告别，拽了袖子不撒手，总是叮嘱千遍，还来一次，临别走出数十米，回头又来一次，快转过弯去，瞧不见了，用眼睛再瞩一次，眼角分明挂着小楼的烛火星。(《天可怜见》)

石墓村的人，像猫头山上的石头，活着的，是块石头，死了的，虽然碎了，也是石头。母亲说，活着，是吃苦头，真勇敢。还说，丢了东西，切勿伤悲，忘了，就好了。(《猫头山脚黄泥屋》)

草舍雀白

一

这一处小不起眼的草舍，坐落在田野间的土墩上，舍是住所，草是稻草，就地取自杭州乡下的稻田。

晨起，草舍醒来。晴天，太阳从东侧打光，一点一点，调整到直角，再摆渡过去，从西侧打光，万年不变，不多不少一百八十度。雨天，水汽凝聚在大地上空，化作云雨，倾盆倒下，冲冲洗洗，想刷多久刷多久。

日照雨淋，虫咬鼠啮，草舍经年，稻草由绵软金黄，腐蚀糜烂，转作灰白，间杂棕褐色。麻雀钻进穿出，共草舍一色，叫人难以分辨。我把这种颜色叫雀白。

雀白，是古中国文明的遗产，鸟类的至少一个物种，将它作了保护色。雀白之下，庇护先民，繁衍种族，传承文化，这雀白，是这片大地的本色。

母亲生我，在这雀白草舍。我的兄弟，降生在雀白草舍。这雀白草舍，是童年的摇篮、金贵的家园。

二

草舍骨架所用毛竹，取自外婆家后山。山上石头多、墓地多，往上走，毛竹趁势拔节成林，把山包抄起来，浅山沙土冲刷堆积，爬满蔓枝繁叶，叠堆成杂木蓬林，遮天蔽山、郁郁葱葱。

竹林清幽，百鸟鸣声此起彼伏。认准一棵碗口粗的竹子，看好倒的方向，抡起柴刀，猛砍几刀，喊一嗓子，毛竹抖几抖，就顺势往地上躺。削枝去梢，光光的一支毛竹，沿着山坡，就势往下顺。

春分之后、清明之前，竹鞭漫山潜行拱土露脸，毛笋一支支彪悍有力地扬起来。母亲摸摸这支，拍拍那根，挑嫩的、相好的，拿起锄头，一镐下去，毛笋跳起来，圆嘟嘟的，像初生婴儿的小屁股。

山上涧涧急流，湍了万年，合了脾性，叮叮咚咚，圆润动听。攀急了，歇一歇，掬第一捧水洗手，掬第二捧水解渴，水清洌而甜，从喉咙到胃底，仿佛冰刀划过，惊起一个寒战。舅舅将细竹劈两半，敲掉竹肚，贯通上下，一片搭一片，把一泓山泉引入大水缸。

砍一通毛竹，趁间歇时，母亲攀到远处，揪下几枝映山红。石墓村后山上的映山红，疯野地开着，你的心一下被它抓住了，你的魂早飞上了花萼，去闻映山红的清香。

我抱一把红花小蛮枝，带着欢畅，往下滑，往下蹿，鸟儿扑棱飞扬起来。顺到山脚的毛竹，也已积了十来根。我们往身上斜搭了绳套，抬起板车杠，拉着推着护着毛竹，往袁浦吱吱呀呀偷笑着欢实地出发了。

三

母亲是山民，也是"力士"，能扛起谷袋，一袋一百二十到一百四十斤。

读中学前，我做母亲的助手，揪住谷袋两头，半蹲以膝顶袋，拔起麻袋，借腰和肩的力量抱起。母亲把身子弯下，我把谷袋架母亲背上。六亩地，四十多袋稻谷，一麻袋一麻袋往路口背，装上板车。母亲是大牛，我是小牛，拖着板车往家迈。

我第一次自主背起谷袋，是一九八六年秋天。这一天，母亲笑得多么不同，她就这样，坐在收割后青黄相间的稻草堆上，笑呀笑，背着谷袋笑，拉着板车笑，只是笑。这一天，天空是湛蓝的，云彩就像抽出的一团一团棉絮，南下的雁阵，瞰着这片收获的稻田，摆出一个"人"字。

稻子晒干装袋，交公粮的时候到了。一麻袋一麻袋的稻谷，往板车上垒。压力作用下，芒尖轻屑从麻袋里激扬出来，甩起一阵稻谷香尘，在阳光下飞舞，钻进你的脖子、你的鼻子、你的眼睛。

谷袋垒好码齐，拿两根粗绳，压住抽紧，抬起车杠，把重心调校到轮上，受力均匀了，两根绳左归左，右归右，牢牢系紧车杠。母亲轻抬车杠，往前头拉，我在后头推。

我抬得起、压得住车杠的时候，母亲斜拉一根绳，一手护杠，一手用肩膀的力量拉车。满载稻谷的车，一路扭荡着往粮站走。从农舍中、泥路上拖出的稻谷车，三三两两接入大路，车与车相接，人与人相引，甩出去几里地。地舞谷浪，路驰谷象，杭州乡下沉浸在繁荣的欢笑里。

粮站，站一群连绵的大谷仓，仓壁刷了字——深挖洞，广积粮。解粮的车一到，先验粮，着公家制服的操一根铁杵，任性一刺，抽拉出一行稻谷，我的心悬起。验粮官摸出两枚稻谷来，往嘴里抛，舌尖接了，推给门牙，咔嘣两下，眉头一展，验过了。我的心垂直落进深井，欢实像一股暖流从井里紧着逸出。

把谷袋拖将过去，一袋一袋码起来，全部力气，也都化掉了。从谷袋山上跳下来，汗珠从背脊渗出，连成一串珠，沿脊柱滑过，就像一缕清泉，撒出的水雾，遇到山岩，化作一股凉水不经意地淌下来。撑实稻谷的麻袋，在谷仓里山一样竖立着，气势雄伟。

领了数目字，就往粮站会计室跑，取出早先备下的户主章，哈口气，对准窄而长的框，竖直戳下去，一沓钞票从窗口递出来。赶紧抽出两手在裤上蹭一蹭，在欢喜中接过来，和母亲对着点一遍，数目合上，举起钱冲着窗口扬一扬，喊一声——粮钱"席得"（袁浦方言：结清）！

交够公粮，余下是自己的。地头收成好，谷柜盛满，草舍一角再起一个谷堆。有了粮，家境慢慢殷实了。

四

水稻收起，脱粒分家，稻与草各奔前程。稻草一草多用，做牧草，收了去，成了牛马的食料；做垫料，踩烂了；做燃料，烧成灰，都回归田野成了肥料。

柴锅炒菜做饭，用的是稻草。母亲抽出一束稻草，手腕般粗，拧一圈压紧了，两头一拗成椭圆，头尾相架，拿两根稻草绕几圈，拧一拧，别住了，一条"稻草鱼"（即"草结团"）就卷好了。

把稻草鱼塞进灶肚，温暖的火苗，轻轻抚摸稻草，炊烟升起来，起初是一团灰烟，然后是一朵朵泡泡云，漫无边际地接起来，给晚霞挂上了一帘轻纱。

田野换完衣裳，乡民们由农忙转农闲，母亲从地里腾出手。

杭州乡下时兴织草包。草包十八道麻筋、三十六个麻陀，架在双杠上，双杠间距两厘米，对刻十八道坎，杠头各缚一绳，挂将起来。其实是秋千的变种，荡秋千供人娱情，织草包却是拴人劳作。

母亲抽出一小束稻草，三两根，左手摁稻草，右手翻麻陀，翻一隔一，连翻三个；又抽一束草，再抽一束草，照例各翻三个；从左到右翻过的，从右到左隔过；左来右去，一边抽稻草，往草包架上嵌，一边翻麻陀，架子下垂直吐出齐整密匝的稻草席。

陀线短了，提起放一段。线陀是杂木做的，拍打新生草席，就像朋友见面轻拍肩膀。如同长程远行用耳塞填实耳、用被子蒙住头，你听到的火车行进声。这连绵不绝、一韵到底的声音，是草舍不眠的夜曲。

五

劳动的手生出金子。乡下头脑活络的，相中这一点，从城里包了活儿，转给乡民做，按件付酬。

母亲学起编织，端坐着，把藤、木、竹合制的框架，调至入手处，左手握架，摁住藤篾的一头，抽紧了一圈一圈扣紧了绕，上半身弓着，像是给孩子洗澡。用完一根藤篾，三两下扣紧，和下一根接上，这是力气活，也是技巧活。母亲做藤艺，每个动作都使了实劲，成品出来时像女孩穿上旗袍，小清新、讨人喜。

母亲起早摸黑，活儿不多时，又进了"线厂"（袁浦方言：棉纺厂）上班，接起一个又一个棉线头。大纱锭架上织机，分流到线陀，成千上万个"永动陀"转起来，母亲和她的姐妹们三班倒，守在织机前，用线头拼出新世界，标准名称是"中国制造"。

我给母亲送饭，站在车间门口，连喊带比画，找到母亲。母亲照例笑一笑，接过饭盒，擦把脸，坐一纱箱上，大口吃起来。放眼看去，纱厂里地上堆的、织机上转的，都是白色的纱线圈，隆隆的织机声充满耳朵，淡淡的机油味渗透鼻孔，我震撼了，文明工业将席卷草舍、摧毁菜园，把我们丢进同一个村。

母亲把空空的饭盒递给我，在一百瓦的白炽灯下，我第一次注意到母亲的手。

母亲的手，是乡下常见的劳作的手，厚实有力，手指张扬开来，每一根潮润饱绽，带着麻绒蟹腿的光泽。老茧密布在掌和指的接合处，不规则的划痕，经了年，是雀白的，新添的，是赫红的，还有一些黑的纹，是沾了机油之类褪不掉的。

这些时尚之纹和初始掌纹一起，进了高中作文。叶老师在语文课上，念了我的一段话，至今记得"皲裂"二字。杭州高级中学，在我少年时代，肯定了我母亲的双手，热烈地拥抱了我一下。这一天，我和新伙伴们近了，因为母亲的手。

六

雀白草舍，何时立舍，其间翻新，已不确记了。

我住草舍也不长，如雀儿钻进穿出，五六年光景。我素以为草舍顶上有一块玻璃，光就从这里透射开来。母亲说，她二十二岁遇到父亲，舍内白天也是昏暗的，屋顶并没有玻璃，是我的想象吧。

从外婆家后山伐的一车毛竹抵达，木工上手，立起骨架，外围用碎稻草拌黄泥夯墙，舍内用竹篾编的立壁隔出房间，草苫自墙顶到屋顶层层覆上。

新屋立起，柴锅点火，欢庆上梁，一个灶炒瓜子、花生、番薯片，一个灶油豆腐烧肉，盛桶自酿米酒，开坛封泥老酒，站屋顶上，把舅舅挑的"担脚"（袁浦方言：贺礼）——苹果、橘子、荔枝、大枣、桂圆、甘蔗、水果糖、馒头——往人群中扔，大家抢着、笑着，在春暖花开的土墩上。

我把这说给母亲听，母亲却这样说：

三间草舍，父亲堂哥、堂姐各一间。爷爷、奶奶、父亲、母亲、我和弟弟共用一间。前半间，一张桌子一张床，后半间置爷爷、奶奶的床。前后间用络麻秆隔开。草舍后身，搭一小草棚，用泥坯垒起灶台，把柴锅搁上头，这便是我印象里的三间草舍，其实为一间。

杭州乡下雨水多，草舍是泥地，雨连绵三日，生出苔藓，地湿而滑。草舍墙下部是泥墙，上部是络麻秆，透风，雨常飘进来，直洒倒漏。没有像样的鞋穿，更没有"套鞋"（袁浦方言：雨鞋），多数时候穿"脚叉"（袁浦方言：草鞋），脚上手上"冻结块"（袁浦方言：冻疮）不少。洋油灯芯是棉纱，火势微弱时，拿剪刀绞住拔出一节，这光明瞬间照亮稻草屋。

母亲说，草舍到了我心里，是一个童话。童话里的情节，也都是发生了的，我见过，母亲见过，就在袁浦，在杭州乡下，把印象串起来，这就是故乡了。

新近三十年，文明中兴，材料革新，这片大地模样一新。草舍在杭州乡下，近乎绝迹了。但雀白草舍，念念想想在心里。

二〇一五年十一月二日

田野父亲

一

东方第一缕阳光出地平线，杭州乡下种田人已干完一工生活。

种田人清晨踏进田畈，公鸡还在昏睡。起得大早，把秧子从秧版起出，浣洗干净，苗青根白，握拢缚紧，像敦实的孩子，背起手，呆笑着成群站起。

太阳举起来，光线射在水田里，映出父亲身影。我的父亲，高我一头，发黑而密，额高而宽，鼻直而挺，面颊清癯。翻连环画时，我曾想，父亲刚毅，可做古代将军帐中的持戈军士。

父亲教我中规中矩，做个专注的种田人。父亲不在了，我想做杭州乡下的种田人。每逢清明，长跪坟头，想想淘气和顽皮，把错认了。

二

杭州乡下分田，父亲不要菜地要水田。人均八分，一家六口，两块号子田，四亩八分。一亩杂地，父亲把表土铲了，蓄水作水田，这样置地五亩八分，号称六亩田。

拥有土地，就是这片大地纯正的农民家庭，父亲是户主。龙生龙，凤生凤，农民生农民。填身份表，我虔诚地写下"农民"二字。

六亩地，种两季稻、一季麦。农忙时节，刻不得息。

长腿红冠高头大公鸡，向东方肃立，拖一口南宋王朝官腔，用五言、二二一结构，悠长地咯五声，太阳抖擞精神慢慢升起。这个时候，秧子拔起，落脚水田，离它抽苗劲长的窝不远了。

秧子终其一生，只此一次壮丽的旅行。这一段出走，秧版到水田，通常在人们晨起前完成。父亲担着秧，一脚一脚踩实了，郑重迈出小腿，脚趾抓地，一手护扁担，一手抓秧捆，对准了抛出去，秧子井然而立。秧捆甩起的水，拉起一道水帘，激射到水田，溅起一阵鼓点雨，这便是谷物世界的成年礼。

插好秧，拢绳线，蓄水、耘田、除草，就等开花结谷了。

稻谷抽穗、孕育、饱绽、坚壳，嫩翠青转琉璃黄，同太阳轻舞，同月亮吟唱，由一个灿烂走向另一个灿烂。长成的稻头，黄灿灿、沉甸甸、颤巍巍，令我想起南朝后宫妃子的步摇。

父亲弯腰，左肩高耸，体侧右前倾，耕牛般雍容沉静前行。左手反抓两窝稻，右手用新磨镰刀一扫，稻子齐茬下挫，往左形成倒势，不待稻头贴上下一窝，左手轻轻一拢，稻脚并拢，镰刀补紧一勾。重复这一动作，左手腕旋转下压九十度，手和小臂形成侧弧弯，呈耙状，将这六窝稻勾至左前侧，冲外码齐，两串动作行云流水，两行十二窝稻安然"落位"（袁浦方言：落座）。在这浑厚稠密的稻海里，辟出笔直的稻带线，水青透金黄，父亲背影轻轻摇摆着，匀而坚定地挺进。

父亲带我们早四时起，菜泡饭填肚，连续割八小时，中间略歇，吃饭喝水，两块号子田的稻谷，把这个生命的季节收起。

公鸡唱诗前，父亲布完电缆，架好稻机，支起机篷，合闸开机，稻辊散布筷子粗的铁"冂"字，自下而上，由近向远，飞转起来，欢叫开去。

公鸡们被这热闹声响惊醒，找不见太阳，不知谁家鸡清一下嗓子，东西南北鸡鸣一片，牵引出更大嗓门的犬吠声。太阳初升，露水睁开眼，田野亮晶晶，天空的清澄，远处的朝霞，一起呼应起来，把乡下动物世界唤醒了。小青蛙揉揉眼，把了方向，飞跃而起，劲射出去。蚂蚱一蹦老高，像个皮球，连弹几下，终于停住。菜花蛇动动脑筋，吐下舌头，昂首伸颈，找好去路，一溜小跑，游荡开去。老鼠拍拍手，东跑西颠，闻这闻那，自己吓自己，吱的一声闪没影了。一众生灵，各持己见，竞相发声，忙碌起来。

稻辊的震荡声，动物世界的欢腾，用暖色渲染"双抢"（袁浦方言：抢收抢种）大忙。每人抱一大拢，约莫八九窝稻，压住捏紧，往稻辊扣，稻谷欢跳起来，弹射到机篷上、机柜里，集满一袋，连拔带推将稻机往前送。

新收稻子润而潮，寻平整透气见光处，把篾席卷推展开来，摊了稻谷来晒，一块块"谷子地"，面向天空，绽放纯美笑颜。

父亲持一大竹笐，待表层稻谷稍干一些，给谷子地一遍遍梳头，见得阳光，让风吹到，稻叶逐渐抽水变枯，再持大笤帚扫，去大长叶。架起风车，鼓起风轮，残叶和芒尖由风洞呼啸而去，稻粒轻轻下落，收入谷袋。

一年三季粮，季季得筹谋。天时、地利、人和，一样不齐整，一年不畅快。秧子拔晚，日头一高就蔫，种下活不好。秧子拔多，不落根活不成。抽穗、灌浆时雨水多，不成谷，稻秆不硬，倒伏了，或是得了纹枯病之类，都会影响收成。最愁收割后太阳不举，雨水滔天，稻谷发热生霉，粮站不收。

我的父亲，小心地侍弄他心爱的禾苗，每天到地头转，看看长势，摸摸稻头，点药放水，维持了好收成。天有不时，地有不测，人有不虞，着急过、忧虑过，也终于做了一个本色地道的种田人。

三

家中有谷，心也欢起。收起两季稻，就到种麦时。父亲大步地在田沟里走着，左肩扛布袋，右手抓麦种，且走且撒。麦粒接了地气，找好位子，赶紧钻被窝、扎下根、深呼吸，等待严冬和冷雪的到来。

霜冷袁浦，年糕冒蒸汽。糕姓了年，就是盛事。打年糕需壮劳力，父亲唤上"小弟兄家"（袁浦方言：朋友），蒸熟稻米粉，端放石臼，高举木槌，一下一下夯，一刻钟工夫，一甑年糕打出来摊平、压齐，像放大的孩子笑脸。

年糕气味，由草舍间隙浮游出去、升腾起来，这是粗壮的木头和禾苗的贡果热烈相拥，石头作证，千年欢爱的体香。

切一小块，扭一扭，玩一会儿，才舍得放嘴里，慢慢地嚼动，米香和米乳一起甜蜜了舌，撑暖了胃。我家大黄狗，睁着两眼看我，想说，给我咬一口！

谷仓满满，抢一簸箕，近处稻谷失了靠背，一顺跑过来，把仓抹平了。我想起猪，有猪在圈里跑，世界是圆的。

喂猪不难，难的是从小到大养成一头猪。父亲抱两头小猪，一手一个，猪婴儿般你啼我唤。猪一日三餐，和人一样。人吃米，猪食糠，共享一枚稻谷。人吃,猪饿,就叫。人吃,猪吃,还叫。和猪处熟了,猪会逗你,用眼直勾勾眺你,不时甩过耳朵遮了眼,一下两下三五下,你就乐了。猪把你当朋友,就有了犬的精神,你一出现,猪就起立,走拢来拱身子蹭木栏,蹭几下看看你,和气地、痴痴地看着你,和你一起打发这有涯之生。

父亲把喂猪这事交给我。上小学,一日三餐,我喂它,列"学生守则"第一条。糠出身谷壳,与米一室,营养丰富,把糠放木桶加开水,相当于煮咖啡、泡藕粉,逸出浓烈的谷壳香,和蒸饭香掺和,我便有一种舀一勺喝的冲动。

放学回家,挎一竹篮割草去。杭州乡下的青草,种类繁多,把篮放下,一手捏草茎,一手拿镰刀由外而内一抄,一株株青草完美落篮。一篮青草拎一程,歇一歇,回到猪栏,一把一把递给猪。猪咬草,我不放;猪用力拉,我才放。猪很开心地玩着吃着哼着。

我家的猪,是我童年、少年的伴。到年关,卖一头、宰一头。卖猪时,猪头挨尾、尾接头,挤在一角打转,谁也不肯走。两个壮年,一把猪耳,一提猪尾,推推搡搡上了路。杀猪的上门来,我总是站屋里,不忍看这猪的下场。猪被生提起来,架俩长凳上,大声地叫喊着,把年根也叫醒了。

四

我六七岁离开雀白草舍,迁离土墩三里地。新辟瓦房地基一百三十一平方米,西侧开一条浦(河),对接钱塘江水,横承田沟水。挖出浦土,垫高筑了路。雨或雪天,泥泞成湾,水汪塘连片,深一脚、浅一脚，不小心摔一跤，成了浆泥人。

红星大队社员，陆续往六号浦两岸集结。父亲想法造房子，走进瓦房时代。夯地镇宅，砍树伐竹，架梁起墙，木匠、泥水匠上阵，隔出三间两弄。南墙和隔墙用沙灰垒黑色煤渣砖，山墙下部为黄泥拌"纸筋"（半寸长的稻草段）的厚墙，上身垒鹅卵石和杂色石块。北墙夹板套夯黄泥，抹了石灰，窗两个一大一小，西窗略大，厨房需要大光明。瓦房搁层木头架，堆放稻草用。

北身三间，东间贴墙摆大谷柜，近北墙放我和弟弟的床，中间是爷爷奶奶的床。西间厨房，铁锅两口，汤罐两个，大水缸一只，碗橱一个，盆架一个，搭了毛巾。南身三间，左间贴墙搁一具棺材，兼作工作间。中间堂屋，方桌一张，长凳四条，方凳两个，正中贴虎啸松林图，满堂正气。右间是父亲和母亲的卧室。

屋顶盖灰瓦，安了一块玻璃，透过美妙的光，我们有了亮而大的房子。

瓦房正面居中两开大门，左右齐腰高各一木框，框里装十根钢笔粗的圆木棍，外开式窗门，钉了塑料布。

盖房时从地基跑出一只大鳖来，叫父亲逮个正着，专进了越城，换回些糖果。

瓦房挡风遮雨，是我中学和大学时的家，爷爷奶奶均故于此。北墙厨房一侧墙根浸水，台风天，喂完猪临进门，后脚刚收回屋里，墙轰一声坍了出去，我躲过一劫。

瓦房正门，我每日开合，是最熟悉的了。时隔三十年，问起时，母亲告，原是钱塘江上游发洪水漂下，小弟兄家们捞起的无主棺材板。

我的父亲，一个杭州乡下的种田人，三十年前造房子，竟是使尽了全部的气力。

五

子曰：父母在，不远游，游必有方。甲申年十一月，我从东半球颠到西半球，跑得匆忙，未禀告父亲，心空不设防，远在万里知悉父亲病危，一路惶恐不安，坐大巴从柏林到巴黎，由戴高乐机场乘机回京转杭，重症监护室见到父亲。两天后，父亲在杭州乡下的家逝世。

雾锁袁浦，父亲七时出殡。六号浦两岸水杉植有近三十年、三层楼高，是日雾浓不见枝叶，没有阳光。

站在斑痕大地，我听见父亲的心跳，强壮而有力，响彻在出丧路上。

我在左一杠，弟在右一杠，纸棺八人抬。阿哥富荣举幡，只见手握一节长竹，不见幡动。撒纸钱，只见手臂挥洒，不见钱飘。经事长者，喊起号子，我跟着吼。只记了"脚踏实地"这四字。

一通凌厉庄严前行，四步四步向前开，一气呵成，到了村口，才发现后面除了家眷，父亲的小弟兄家们都来了。

一个杭州乡下的清苦种田人，就这样出了村，踏上来时的光明路。

父亲火化时，我跪在炉膛前。透过风洞，我见到爱抚的火苗。我脑袋叩地，把最后一句话禀告父亲：一路走好，下辈子还做父亲的儿子。

我把父亲送上山，不到二十年间我抱爷爷、抱奶奶、抱父亲，同归了浮山去。

子曰：父母之年，不可不知也。我的父亲叫华金，一九四六年农历十月初十生。若健在，丁酉年七十一。父亲离我，已十三年矣。

六

我持有最早的一张家庭合影，是一九九〇年一位高中同学拍的。父亲在左，母亲在右，我和弟蹲前。瓦房台阶侧卧板车，乡下叫钢丝车。

照片人齐的最后一秋，我们在一起。

这生命绚烂的秋天，父亲一直陪伴我。

大学开学，父亲每月寄生活费。读了一些书，没打一天工。父亲说，打工，回杭州乡下种田来。

高中开学，父亲去杭州高级中学，见过班主任，领了心法。父亲高小毕业，无常师，请教了，施行于我。

初中秋游，父亲怕我饿，跑到黄沙桥，车动前塞进四个腌菜豆干馅的青团子。但凡变天起雨，父亲早早地把油纸伞送到袁浦中学，托老师交我手。

小学放学，父亲怕我挨揍，在半道坐沙墙上，远远地迎我回家。

从浮山东眺，是平静地舒卷而去的稻田，父亲的田野。面向稻田，华枝秋满。

二〇一五年十一月四日

故乡纪事

一

我的家，在钱塘江边，田间地中。爷爷奶奶这一辈，经了难，着了火。火是鬼子放的，烧的是瓦房，新搭的是草舍，架在斑痕大地不起眼的土墩上。草舍三间，其命维新，坐北朝南。枇杷树长在西南角，稻田在风卷云舒里展开，见到树，起个坡，就到了我的家。

屋子前后，各有一个小菜园。园里头常见的有青菜、芹菜、芥菜，棵小、性野、味浓。冬寒覆压，拨开梨花雪，连根拔起，抖掉碎土，到小池塘里洗净，用菜籽油炒了，青菜是甜的，芹菜是脆的，芥菜是苦的，一律新鲜翠嫩喷香。

爷爷在菜园四周竖起竹篱笆，隔出了他的世界，一半在前园，一半在后园。阿哥富荣说，外公弯下腰，默默劳作，动作迟缓，身影佝偻，垂老的样子，至今未忘。两个园子，两圈篱笆，把家禽隔在了桃源外。

后园竹篱堆满瓜类，缠缠绕绕，难分难解，南瓜、丝瓜、苦瓜、葫芦，举起藤，撑开叶，枝枝蔓蔓，争相开花，比着结果。

老了的南瓜，赭红透墨绿，是园子里的大块头，沉甸甸地，把篱笆压得喘不过气来。熟透了摘下剖开，是橘红色的，去掉籽，撒点糖精，架在大柴锅里蒸，"酥香绝偶"（袁浦方言：甜软可口、无与之俦）。

苦瓜闻了这香，做起追瓜一族，老了竟也是橘红色的，嵌在篱栅上。阿哥说，像一盏盏灯笼。这橘红，是童年里梦的颜色。

丝瓜在乡下，是园子里的长个，集众瓜之美，黄瓜范，西瓜纹，冬瓜绒，菜瓜香，配一小把黄灿灿的芥腌菜，是乡下汤中极品。老了的丝瓜，晒干去籽，用来刷碗、刷筷、刷柴锅。

葫芦是一道正菜。乡下管它叫药葫芦。葫芦老了，呈淡青色。拿剪刀铰断秧藤，摘下挂透气处，晾一年取下，摇一摇，发出沙沙声，是童年的玩具。

二

前园竹篱套插一圈木槿。爷爷剪枝修叶，堆砌出厚实的围墙。

木槿花开时节，绿叶簇拥繁花，是乡下的厚道，繁花牵引绿叶，是乡下的善良，朝开暮落，撞个满怀，把我的童年点得透亮。

园子里种了扁豆、茄子、萝卜。扁豆苗一出头，竹架立起来，豆秧往上攀。乡下的豆角嫩而脆，一支一支挂起来，遇秋风起，在稻香里荡秋千。茄子素来性急，紧挨着茄叶往下结果，紫红中翻出白肚皮。萝卜苗淡青中透着泪光，往上举，纵向抽，把上半身憋得通红，萝卜被拔出敲掉土，一半是火焰红，一半是奶水白。

木槿篱边，植有蚕豆、毛豆、月季。毛豆结果，成群结队，把叶子都挤下去了。蚕豆爆芽，力顶土兮，冲冠一怒，冬去春来。月季执槿之手，与子偕老，红的，粉的，追追闹闹，醒目提神。

这两个小菜园，百花千草次第绽开，盖地擎天，各尽其才，惊羡了漫天鸟雀、一地昆虫，做了虫鸟乐园。虫子吃叶细嚼慢咽，看花走神，常常不小心被雀儿叼了去。

爷爷每天拾掇菜园，侍弄着他的新世界。爷爷兄弟五个，排行第二，叫庆正，族中都叫二伯，三岁吃素，喜食豆品，蔬菜炒出来，滴两行麻油，偶尔喝口五加皮酒。

三

穿过前园，是小池塘。乡下雨水多，土墩是集雨器，草舍地势略高，菜园次之，雨水沿菜畦汇集，哗哗地推起浪来，一泻到池。一众池塘生物，上蹿下跳，一齐欢腾起来；一众稻田生物，则狼狈地在这万顷碧水里，浮游起来，逐流开去，漂到哪里是哪里。

大多数时候，菜园前的池塘是平静的。微风轻轻一吻，水面漾起丝丝羞涩。鱼儿摆尾一驰，水面卷起层层细浪。天空中飞的小虫，想要照镜子，不小心被水沾住，在水面上打起转来，误入鱼的嘴，献身做了鱼的茶点。

池塘里常见的有鲤鱼、黑鱼、汪刺鱼、草条儿、泥鳅、田螺、蚂蟥，碧云天，灰泥池，伏翔浅底，身手矫健，竞其自由。鲤鱼健壮有劲儿，悠然游弋，大口呼气，是水中的力士。黑鱼潜伏一角，养精蓄锐，静若处子，像看护家院的良犬。汪刺鱼摆着须子，若有所思，伺机捕食，是勇谋的兵士。草条儿就是一支箭了，架在弦上，随时射出去，这样的速度和激情，常让我心生紧张。

池子里的泥鳅不张扬，只求做好自己，每日巡视池塘，多数是在边防线附近。若是遇了别的物种，主动让对方先走，偶尔曲圆弹直练几个"瑜伽"动作，也是一种才艺展示。

池子里的田螺，蹲态可掬，总是持一种姿态，俯着身去亲吻大地，嘴上磨出血结了痂，山岳不能移其志，江海不能变其心。田螺走得慢，笃实敦厚，路遥知螺力，日久见螺心，做了感动池塘的年度生物。

池子里的蚂蟥个头不大，披着虎豹的绚烂皮袍，是池塘的贵族。蚂蟥且行且舞，和着小曲，一伸一缩，腰段性感，很是吸睛。我的少年伙伴和邻家的水牛，一不留神被它咬了，吸了血留个洞，痒痒中带点刺痛。

这一墩雨水，浇注一池清水，滋养一众生灵。彼此脾性各异，却同处一池，相濡以沫，形同一家，伴我快乐童年行。

四

杭州乡下田野中，土墩之上草舍边，两园一塘，是我年少时的家。

门前的枇杷树，是西游的泥猴，拔根毫毛变的，标识了草舍，怕找不见来时的路。我们常在树下玩，也攀爬到树上摘枇杷吃。

枇杷树的叶子茶绿色，果子杏黄色，茶绿配杏黄，背衬草舍，雀白色打底。把镜头推出去，前面是稻田的青绿色，猛烈地向左撇出去，向右捺开来，来回拖几次，我的家，安静地坐在那土墩上。

风穿过枇杷树，心飘向远方去。奶奶静静地站在树下，一边看顾我，一边瞰远处，囡囡什么时候到？囡囡，是我的桂花妮娘。

奶奶的世界在东方，一角在龙头，舅公家，一角在义桥，妮娘家，一角在袁浦，我的家。一个世界，三个角，就在一条青天大路上，前头一程在龙头，后大半程在义桥。

我的家向东走，要么是一片接一片的稻浪，要么是一茬挨一茬的麦浪。一年两季稻子，早稻晚稻，田野由灰变青转黄，再插一季冬小麦，田野由灰变青转黄。灰是午夜灰，青是竹叶青，黄是苍狗黄。土地衣裳换几回，乡下的一年就勾走了。

正月十五，跟着奶奶去舅公家帮忙，俗称洗"家橱"（袁浦方言：碗橱）。阿母端出老鱼，分了大肉，夹俩肉圆塞嘴里，一边一个，鼓起腮帮扬起眉，一路跳着往回走，春天就开锣了。

从舅公家出来，绕过白茅湖，一直向东走，坐闻家堰的渡船，再向东走，就是去桂花妮娘家。一条斑驳石板路，铺了几百年，一直接到妮娘家。

漫漫义桥路，我紧紧相随。头几年我在右，奶奶在左，牵我手，慢慢地挪步。后两年，我在前，奶奶在后。塘路遇到山弯一弯，见不着我，奶奶赶不上，在后头喊：大孙子，等一等！

这一小一老，一条弯弯旱船，就在青石路上、芦花香里，一直摇到妮娘家。桂花妮娘站在村口塘上，一句"姆妈，侬来啦！"。

我从出生起，和奶奶住，一张大木床，睡到十一岁，两年后，奶奶在平静中离世。

奶奶叫阿金，大名袁金花，念阿弥陀佛，恭敬有礼，哺育两代。我常在梦里听奶奶说，囡囡耶噢！

二〇一五年十月二十九日

天可怜见

一

义桥民丰村，渔浦发祥地，今存古碑一座，古村西临浦阳江，站村头可一览渔浦夕照。

桂花妮娘住的屋舍村庄，已从大地抹平，插上秧子，还归田野，四十年前的村貌影像也已湮没消逝。

穿过古老的石板路，塘路弯弯，到了村口，汪汪一池塘，与田野齐。这一口塘，是残年的一丝妆痕，有情人垂的一滴泪，念想的一面花镜，依稀照见妮娘劳作的身影。

桂花妮娘挎一青布包裹，系一条湖蓝围巾，庚子年嫁到义桥。

娘家是雀白草舍，离家时有风乍起，正是钱塘沙上油菜花开得又蛮又野的季节。渡过江来，季节一样，风味一样，花间飞舞的蜜蜂也一样。

夫家低矮草舍三间，地是泥地，四周垒的是石头，糊一层泥巴，上头盖了厚厚的稻草，煤油灯光将柱影投到泥墙上，结实、温暖、亮堂，妮娘笑了。

义桥和袁浦，大唐年间，同属小泾湖，千年后沧海桑田，隔条深邃的钱塘江。一边叫钱塘沙上，一边属萧山地界，钱塘江连着浦阳江，同饮一江水，同顶一爿天。

二

闻家堰老渡埠，牵着夫家和娘家。

夫家的公公，妮娘没见过。冬日的钱塘江，风大浪急，公公从杭州回来，乘船过江，船沉了，游到闻家堰，岸上站的是鬼子，上岸即叫鬼子捉了，说是共产党。

婆婆托人去问，一说"通共"活埋，一说被杀扔进江里，从此人间蒸发。三十多年后，婆婆领了儿子、儿媳、孙子、孙女，跑到闻家堰，在江边竖起白幡，做起道场，叫回魂来，做了衣冠冢。

夫家的婆婆高大壮实，眉宇间透着经历磨难的刚毅和坚韧，一头银发向后拢起，挽一个发髻，将方正端庄的脸拔擢得神清气爽。

婆婆信佛，朴实善良，笃信一条：做人好上天堂、见亲人，做人恶下地狱、见厉鬼。每到清明、冬至、过年，安坐在南厢房，诵经念佛，祭祀先人。

三

夫家十一口人，早先也是苦人家。公公走时，志林姑父十一岁，有两个兄弟，一个八岁，一个两岁，一个妹妹六岁。婆婆养活了三个，最小的几乎饿死，只好送了人。

姑父在临平上班，一个月回一次家，每次住一两天。妮娘一人在家，埋下头，起早摸黑挣工分。

夫家兄弟和睦，妯娌感情好，相互帮衬，安顿十多年后，拆了草舍，合力盖起两层小木楼，三间两弄。

小木楼的大梁、柱子、瓦椽、门窗全是木头，沙墙用夹板套夯，填满掺石灰的沙石，隔间用灰砖砌起，灰瓦白墙，冬暖夏凉。这是那年月乡下一处上好的房子。

早起，站在小木楼窗前，迎着朝阳，瓦蓝的天空下，是泛着粼光的浦阳江。傍晚，顺着斜晖，千万道金光染红天空，渔浦夕照勾勒出妮娘圆润的脸庞。

四

娘家在袁浦公社红星大队，一九七六年建新农村，搞园田化，削平土墩，乡民集中搬迁到六号浦两岸。

妮娘惦着雀白草舍西南角的枇杷树，请二叔摇了村里的船，到对岸运树，种在小楼前的菜园里，每天开门，抬头见枇杷树。

枇杷树种下去是四月，年底开了满树的花，翌年春结出成串的枇杷。阳光穿过叶子，照见枇杷细密的绒毛。摘下枇杷，在裤子上蹭几下，一口半个，汁水丰沛，淡淡的甜。远处鸟雀，叽叽喳喳，喧腾不休。

妮娘育有两子一女，农忙一了，料理家务，拆拆洗洗，缝缝补补。晚上得空，灯下打草鞋，搓黄草绳。积够了，遇到行日，一根扁担，走十里路，挑到闻家堰卖了，贴补家用。

分田到户后，妮娘名下有两亩四分地。一年种两季稻，一季油菜或麦子。田间地头，"笃笃摸摸"（袁浦方言：耐劳、耐烦），种了甘蔗、芋艿、毛豆、韭菜、青菜，从不舍得抛荒。

小儿子到了婚龄，房子老旧，妮娘帮衬着，用承包田里的收成和打零工的微薄收入，挨着菜园枇杷树，盖起两层小平台，占地四十平方米。平台盖好第二年，把媳妇娶进门。

五

奶奶领我，远远地站在塘路上，一边是芦苇和白茅，拉伸出去的江滩和浅水，一边是稻田和菜蔬，延伸到一家一户自然堆砌的民居。一棵枇杷树，一方池塘，一圈杨树、柳树，桂花妮娘举起棒槌，正在捶打衣服哩。

这一老一小，被夕阳一拉，在塘路上刷出一块延长的阴影，惊起池里的鱼虾。桂花妮娘抬起头，喊一声：姆妈到咧！撒腿就往塘路方向跑。

奶奶站着，看清了跑过石桥的妮娘，一个颤巍巍地下，一个兴冲冲地上，塘坡中间会了面，提了斜挎的青布袋，手拉手攀着往小楼走。

我跑前头去，七跳八跳，冷不丁蹿出一只黄狗，对着我打招呼。我不领情，跑奶奶后头去，过了一条狗，我往前头去，又遇一条狗，我躲后头绕了去，连避三条狗，进到小楼。

妮娘家也有三条狗，毛色纯净，每天听诵佛，看烛光，不大叫的，起身过来，闻我的味，起先有担心，因为我累了爱尿床。这狗探闻一番，觉察了我的小心思，眼神里竟是宽慰，也不叫嚷，扭过头，带转身，去那常待的地儿趴好，半是好奇半是慵懒地盯着我看。

六

奶奶进门，和婆婆寒暄落座，接过一杯茉莉花茶。我得一杯糖茶，喝了一身热，"调皮滑獭"（袁浦方言：精灵古怪、滑头滑脑）的劲儿涌上心头，喜上眉梢。

奶奶和婆婆说得最多的，大抵是佛事，小木楼的堂屋，像一间小庙。

堂屋案几上，立着两根又高又粗的红蜡烛。蜡烛的光，是柔软的橘红，摩挲着投射出去，遇有阻挡，便谦卑地退后两步，低颔微笑，和气地打量你，预备了听你求愿。若无阻挡，一波一波摇曳的光，用力地把这温暖投到远处，常驻远方来客的心。

烛芯的光焰，是两枚菩提子，圆圆的，底端像金黄的花萼；顶端圆润的光焰收起来，用墨笔勾勒一下，是写意山水的余韵，缭绕在屋顶。遇有人进来，带微风起，烛光欠一欠身，浓烈地旺起，发出噗嗤声，急落几滴泪，便是同人行过见面礼了。

堂屋墙上贴着松鹤延年图。图上一棵松树，九只仙鹤，一轮红日挤出云涛。上联"苍松挺拔人皆寿"，下联"白鹤腾飞气自祥"，满堂屋的吉祥喜庆。

七

妮娘回到灶间，忙起做饭来，奶奶生了火。十五瓦的灯泡，微暖的光，很快淹在灶间的炊火里。奶奶秀气雅致、洁净清癯的脸，闪出黎明的霞光，就像清晨露水打湿的稻花，遇了新起的升出地平线的朝阳。

妮娘在云蒸霞蔚里,步子轻盈,手势灵动。或炒或煮或蒸,最是那转锅清底时,将温热的水从锅里舀出,泼进墙漏去,用竹丝绑的刷子抄净锅,阵阵水烟起,伴着淡淡的菜籽油香。

妮娘盛一碗白米饭,奶奶接了,夹一筷黑亮的陈年霉干菜,小口抿吃着。我爱义桥的腌鱼、腌鸭、腌肉。这鱼、鸭、肉,一般年头难能吃到,是丰年的馈赠。

第二天醒来,奶奶和妮娘,一刻不分开,妮娘做什么,奶奶做什么,说着说着便笑起来了。两个人在一起,嘴里不说时,眼里噙满话。在这话里话外,我从一个屋窜到另一个屋,玩得兴致勃发。

住两晚一天,第三天中饭后就回,斜搭的青布口袋,装的是霉干菜和萝卜条,它伴我一个喷香的童年。奶奶跟妮娘告别,拽了袖子不撒手,总是叮嘱千遍,还来一次,临别走出数十米,回头又来一次,快转过弯去,瞧不见了,用眼睛再瞩一次,眼角分明挂着小楼的烛火星。

我的冬季造访,奶奶在时,一起住了妮娘红漆的婚床,遗了童年的尿骚味儿。妮娘一次不曾怪我,连这被子褥子,来一次拆洗一次,挂在义桥小木屋外廊竿上,请煦暖的太阳公公赏脸,重新找回夜的温暖来。

八

一个秋日的中午,雨落得很大,地上满是水泡泡。妮娘领了几个穿蓑衣的人,抬了棺材,进门前做起法事,事毕搁进西屋贴墙摆下。从此我家添了一具萧山棺材。

棺材身子黑得发亮,前高后低,正面拱起,朱红色。我家瓦舍左间和堂屋连着，只有一根柱子，每天都要见到它。起先略持戒心，也有几分害怕，慢慢地，当作放贵重物的柜子，再以后心怀敬意，把它视为家中的一样圣物。

一九八四年冬，父亲中午回来，一家人吃饭，忽然冒出一句，政府不让土葬了。奶奶闻声色变，眼里满是惊惧。这天往铜手炉加些砻糠和未熄的草灰，早早地躺下了。

邻居故旧，和奶奶相仿的，三个两个，开始议棺材，也谈怎么烧化，说火烧疼不疼。一个故事，增添了恐慌，说人扔进炉子，给烧醒了，大叫起来，说快放他出去。烧人的讲，"时度"（袁浦方言：时间）不到，门不开，烧完了，才开门的。

奶奶眼里渗出泪水，我也害怕。心里想好，备一把钳子，偷放口袋里，奶奶一喊，我就把门拧开。这事，终究未曾发生，也不会发生了。

九

我上初二，奶奶去世。眼目闭合，额头光洁，面颊清癯，宁静安详，躺棺材里。停放三日，恸哭中起出，把棺材盖翻过当担架，郑重平放，装解放卡车载走了。

那几日，瓦舍点起一百瓦的灯泡，像一个太阳在屋子里。妮娘静静地坐在奶奶旁边，默默地点燃隔壁邻舍、亲眷、朋友送来的经和折的元宝，小心地看护床底的那盏长明灯。

奶奶去世这一年，母亲整理遗物时，得一把剪刀——妮娘送给奶奶裁黄纸的，从此也信了菩萨。劳作之余，日日念南无阿弥陀佛。看这渊源，奶奶念阿弥陀佛，源自妮娘和婆婆，母亲又接了信。从义桥到袁浦的缘分，教人向善，推己及人，便是人性明光。这些孩子的娘耶！

十

妮娘和奶奶生养作息的世界，于人世间，大都湮没了去。唯一的遗迹，是六号浦沿的香杉瓦舍，瓦舍也罕见，香杉依旧在。

钱塘江上的桥越修越多，有一座由袁浦直通义桥，老渡埠也日渐荒凉了，虽然也还有船在走。这曾经来回摆渡的过客，不少也都作了古。

我的妮娘孔桂花，个子不高，身材适中，素喜整洁，衣着朴素，五官清秀，眼含怜爱，一脸的和顺朴实，甲戌年去世，归葬义桥虎爪山。

我的姑父华志林，一九二八年二月四日生，丁酉年八十九岁，腰板笔直，面带红光，记性也好。姑父将小区楼门前的花圃，辟作小菜园，侍弄几样菜蔬，一见到我，开怀畅笑。

姑父也信佛，念的经和折的元宝，攒到一处，过年过节，给妮娘烧了，这一烧，也有二十年矣。

十一

袁浦和义桥，这一个世纪以来相守相思的深情厚谊，远在天际，近在眼前。远近之间，略挂一帘薄纱，待要模糊了去，梦便催人清醒。

袁浦是一根藕，半是踏实，半是虚空，齐折两半去，半是阴，半是阳，阴阳难解，藕丝相连，解不开，理不清，便让这藕丝牵了阴阳，说说不了情话。

斑痕大地，精细了看，这绕着故乡钱塘的江流，分明是嫦娥的造像！我猜想，中秋月圆之夜，嫦娥悄悄来到凡间，看袁浦和义桥出了神，留恋这钱塘，将秀姿刻上心动的波澜，化作一条奔流的江，筑起人间的蟾宫。

这蟾宫的模样，像婀娜的飞天，她用优美的弧线勾出钱塘沙上和渔浦古村，长长的披帛飘扬出去，拖住千年的善感深情，把怜爱留给钱塘人。

妮娘住的村落，是蟾宫飞出的一只蝴蝶。蝴蝶的头，便是这斑斓的花草树木牵引出的小木楼，楼板间响起的笃笃声，是蝴蝶振动翅膀的声音——我的桂花妮娘下楼来了。

二〇一五年十一月二十二日

归兮浮山

一

钱塘有座山，叫浮山。一千年前，它不是山，是一个岛，钱塘江里的岛。五百年前，沙泥堆积，拱成沙地，水退出去，岛便成了山。

浮山是神往之地。我知浮山是山，听奶奶说的。我第一次上浮山，是给奶奶上坟。

浮山有两片，东片略矮，西片稍长。奶奶的坟在东片，站坟前山坡上，钱塘一览眼底。

坡上坟茔错落。上坟有"前三后四"之说，清明节前三天、节后四天，一路上山，我常听得女人哀哀地哭，是唤其母亲的，大抵是叹息生活艰难，诉说生活不如意，思念老母之慈爱。这坟前的哭声，每临清明，总萦绕在耳畔，眼前浮现的，便是凄凉的雨丝、忧郁的天色、慵懒的春日。

不知从什么时候起，我把阴阳世界区分明了，山上是阴司，山下是阳间，山脚是两界的线。

东片山上的坟，有一年集中迁移到西片山上。奶奶的坟安在半山腰，坟前有一棵松树，山坡下一大片水塘。每年去祭扫，山上又多几个新坟。

三十年间，我的爷爷、伯父、父亲也都归了山去。

奶奶在世时常说：好到浮山上去了！神情庄重恬然，像是要参加一个神圣的仪式，又像要去办一件大事。我起初听了肃然起敬，慢慢地伤怀起来，渐渐明了，这叫撒手，是随那生命的规律，做了这一季的别离，就像花开了要谢，叶子入了秋要落，人陪伴一程也要散。

浮山，是这钱塘的祠堂。它虽未有雕栏玉砌精美气派的门庭，未有名人贤达题字刻石的牌坊，未有长长青石甬道连起的台阶，却有寻常百姓归去后托身的一寸土，有晚辈后世拜谒的一片山，有世代相传的精神的一点光。

二

生于钱塘，归于浮山。归，一如生。生，大抵有体面的仪式，来做嫁和娶。归，更要以仪式的体面，来做了和祭。

奶奶的归，是一个漫长的旅程。而我，从小和奶奶睡一张床，便是这归的送行者。

我的父亲，在他三十三岁这一年，得了一场大病。医生看了摇头说，回去吧！桂花妮娘和志林姑父很伤心，花一百元，早早地割了一具棺材，雇了人，从萧山抬到袁浦，进了我的家门。父亲命大，棺材进门，病却好了。

奶奶很高兴。一个种田人家，奶奶的归，也需一具棺材，这是一世体面必不可少的行头。二十世纪八十年代，钱塘沙上，殷实的种田人家，凡有老人，都会早早地预备好棺材。乡下作兴土葬时，这棺材，便是归去的帆船。

这个行头，父亲没用上，进得家门，安了奶奶的心。一户清平的种田人家，摆着一具寿材，终也是一件有面儿的事。

政府改兴火葬，奶奶忧虑过，害怕过，眼见大家都一样，也便坦然。

一世体面，由天不由人，乡下老人的归，这白发人，得要黑发人来送才好。我的奶奶，生一女两子，桂花妮娘，繁康伯父，我的父亲。

奶奶的归去，倘若列队送行，伯父当是站在最前头。可上苍弄人，乙丑年，伯父未留甚话，说走就走。

一个秋日，母亲提前替我请了假，不用去上学。一早起来，父亲、母亲、阿弟和我，坐车穿进灰云笼盖、雀鸟惊叫的杭州城，绕来绕去，终于进一大房子里。

一个人孤零零地躺着，睡得从容，安详无声。另一个人拿两片纸，说一席话，声音哽咽粗硬。站着的人我只数清有八排，绕着躺着的人走一圈，大部分散去了，剩下十几人推着躺着的人，继续往里走。又一个人，庄重地接过推车，转运到从炉子里拉出的架子上，推进炉子，关上炉门，门上有眼，我见到了火苗。后来，我推测，这是第一次去殡仪馆，那时叫"火葬场"。

坐车回到红星大队路口，天已见黑。父亲说，把黑袖套收起来，缓一缓再告诉奶奶。这一刻刻骨铭心，那拂过我耳的冰凉彻骨的风，至今仍留在童年不安的记忆里。

念悼词的人，叫庆堂，是我四爷，爷爷的阿弟。四爷曾是军人，站姿笔挺，气质儒雅，态度和蔼，曾送我一支钢笔和一个笔记本，本上写了"三思后行""名惭不具"这八个字。"三思后行"，常常从脑海里跳出来，提醒自己谨言慎行。"名惭不具"则教我时时怀有一份谦卑心。四爷见过世面，是个主事的人。

这躺着的人，我的伯父，去世了。

这个葬礼，把伯父送到另一个世界。

三

伯父读的是私塾，教书先生是奶奶的阿哥，叫永义，懂中医。伯父从武汉粮校毕业，入了杭州城，是省粮食局机关干部。伯父跳了农门，已不是种田人了，在匮乏、贫寒的乡下，对于爷爷奶奶而言，多一份生活的保障。

我和伯父接触不多。阿哥富荣说，读高中时，伯父到民丰村住过几天。阿哥第一次到丽水读书，武林门上的车，前一天在伯父家过夜，第二天一早伯父亲自送到车站。

伯父清清瘦瘦，学者模样，书卷气颇浓，讲话速度不快，条理清晰，很有修养，行事沉着干练。这是阿哥眼里的大舅。

我五六岁光景，在隔壁阿亨阿伯家瓦房里吃饭，伯父给了我两粒很香的剥壳板栗。我只记得板栗的样子和伯父坐着的样子，不知伯父站着什么模样，应和我父亲一般高吧？

不幸的消息递得快，终也透过空气，传到乡下我奶奶耳朵里。这一天，奶奶在厨房做饭，秋日的屋里气氛出奇凝重。吃完饭，收拾停当，奶奶找出铜手炉，添过草木灰，护一块蓝布，坐在门西侧的椅子上。

突听得一声叫喊，我正惊悸间，奶奶斜倒下去，在地上打了滚，过去，又过来，我只听奶奶不停地哭喊着——哎耶！长风啊！囡囡罪过呀！我命苦啊！

长风是伯父小名。母亲把奶奶抱起来，拉过竹椅靠门坐下，一边揉心窝处，一边陪着流泪。白发人送黑发人，奶奶生活覆地翻天，话越来越少。

我放学回家，静得只能听见自鸣钟响，指针上下转一圈，光影旋转一百八十度。奶奶终日裁那黄纸，用香蘸了洋红，点一下诵一句南无阿弥陀佛！攒够一些，点起两支蜡烛、三根清香，把黄纸燃了，呼小名长风，来拿了去！

多年后，我曾想，奶奶是怎么知道的？奶奶大抵也会问我，去了哪里，见了什么，虽然我未必讲得清楚，奶奶未必听得明白，她也从未参加过追悼会。

毕竟，奶奶已明了，这归程的送行者，不会有他的大儿子了。原本，这乡下的老母亲，奶奶的归，执事的该是伯父。伯父缺席了。

四

伯父的离世，奶奶更少欢颜。伯父把奶奶的心，从我身边带走了。

奶奶晕车，坐不得汽车，但可坐船，经闻家堰老渡埠，常走着去义桥探望桂花妮娘，极少进城，进城也须有人带。伯父的孩子、我的堂哥一出生，奶奶进城照看两年。母亲生我，奶奶回到乡下带我。

这进过一次城的奶奶，伯父去世后又进一回城。她要去看一看，眼见为实，或也为重访伯父生活过的世界。

陌生的杭州城，奶奶熟识的人并不多，这一次去了一个月，不知怎么过的，想也是默默地在墙隅，在买菜的路边，用衣角拭了泪去。

奶奶回到乡下的时候，我感到了这种变化，是伤心后的空白和迷茫。

从前，一张床，我睡这头，奶奶睡那头，各抱了一只热水瓶子，我把奶奶的脚焐热，奶奶把我的脚焐热。在冰凉的钱塘冬天，这温暖深入骨髓，一直暖到现在。

奶奶说，她有气管炎，我也大了，从此分床睡。其实，是奶奶想归去，去追她心爱的孩子——我的伯父。奶奶担心我伯父在那个世界太孤单。

两年里，奶奶说话不多，常抱了铜手炉在怀里，坐门口竹椅上，从瓦舍看香杉底下南来北往的人儿。那凝滞的眼神，有时是一面模糊的镜子，照见道地（袁浦方言：屋前平地）里、浦沿上繁盛的物象。

我挨着一张桌子，每日写作业，出神的时候，听到一记沉闷的轻响：咚！随后看到奶奶，那斜耷拉下去的脑袋，从大门边拖回到竹椅背上。

奶奶要归去了，没有惊慌，没有异象，没有悲伤。一个静而冷的夜，奶奶轻唤父亲的名，说要走了。父亲和母亲起来，陪坐了一晚。第二天早起，紧着预备寿衣、寿裤、寿袜、寿鞋。桂花妮娘第一个赶到，坐床前竹椅上，一手握奶奶的手，一手抹扑簌下落的泪。奶奶的朋友、亲眷，纷至沓来，悲戚问询，怅然张望。奶奶已不能言。

奶奶平静离世那一天，我走过大门口，太阳还未完全落下，斜晖里，冰凉的风从外往里灌，枯黄的灯轻轻晃动，好像一个人出去，不小心碰了一下。

五

奶奶离去，父亲的朋友万青阿伯，也是村里的医生，问切察看后，吩咐置办后事。妮娘和母亲张罗着，照乡风祖约，擦净奶奶的身子，换上寿衣寿裤。一旁帮衬的亲眷说，这吃斋念佛的老阿奶，无病无痛，活着利索，走得干净！

父亲带着一帮小弟兄家，去掉蚊帐和架子，在床底下点起两根蜡烛。先行赶到的亲眷，见了善良恭敬的奶奶，大声地哭出来。我和阿弟在懵懂中，轻唤着奶奶，想往常种种好处，悲从中来，哭作一团。

桂花妮娘、志林姑父，龙头上奶奶娘家袁家门的人，母亲的阿妹、阿弟，自寻职守，排好守夜者，安排次日早去报丧的人，一一列出生前故旧好友的名字。村里的电工，将瓦舍里的小灯，换作一百瓦的大灯。

哭丧的亲眷旧友，一个一个，一场一场，诉说奶奶生前嘉言懿行，祈求逝者庇佑生者安康，小孩顺利成年。

父亲的朋友们帮衬着里外应对，将丧事的一环套了一环，样样件件落到实处。这一夜，我们守在床头，父亲给我的任务，是看好床底的蜡烛，快要燃到尽头时，换上一根新的。我们度过第一个不眠之夜。

第二日，白天请和尚念"十二生肖佛"。傍晚办豆腐饭。入夜做道场，放焰口。

第三日，上午进棺，送龙驹坞火化。下午将骨灰盒捧回家，堂屋供祭。未时，送上浮山。从浮山下来，将奶奶衣物、棉被、篾席、床草等物，运到村头焚场烧化。名曰"节煞"。

第七日，也称"头七"。下午四时许，做羹饭，搁一碗盐。

第十四日，也称"两七"。下午三时许，做羹饭，一碗豆腐，一碗米饭。

第二十一日、二十八日，也称"三七""四七"。下午二时、一时许，各做羹饭，供以时令菜蔬。

第三十五日，也称"五七"。中午十二时，搭"望乡台"，台上安置一把椅子，摆了生前衣物和鞋袜，椅上绑一把大黑伞。白天请和尚念佛，中午请帮衬的人吃饭。晚上做道场，放焰口。事毕，将这些衣物和写有奶奶名字的木主牌，一并烧去。

第四十二天，也称"六七"。上午十一时，做羹饭。这一日不吃家里饭，烧饭的米，须从邻里讨来。

从"头七"到"六七"，行祭礼、做羹饭时间依次提前约一小时，以示越来越好之意。祭礼每一个环节，都须恭敬。

"六七"之后，第一百天，三周年，逢五逢十周年，照例做羹饭，烧一些经和元宝。所谓经，是念佛之人诵念点红的冥币，也叫纸钱。元宝，象征金银，以锡箔纸折叠成元宝状，也有用棉线串接起来，火柴盒大小、一片一片的黄纸或锡箔纸。每回点燃经和元宝，父亲叮嘱我说一声：奶奶拿去！我每次都很小心，一定先说了这话才点烧，烧的时候，也要再说几遍，免叫"生人"拿走了。

六

伯父去世后，伯母远在余杭上班，一星期回杭州一次，爷爷进城帮助看管伯父的孩子。我读的高中，离红太阳广场不远。周六放学或周日回宿舍，也常绕过去转一转。

我的堂哥小青，爱好航模和无线电，整日弄一堆零件，一手拿一把焊枪，一手举着露了玻璃眼的铁帽子，夹住一根焊条，滋溜一下，冒一团青烟，又滋溜一下，冒一团青烟，将一间本也不大的卧室弄得烟气缭绕，兴味盎然。他也曾带上我，背了一条航模船，到附近的小河里，遥控着驶出去、转回来。来劲的时候，带上一只脸盆，一个尼龙网兜，下到河里去捞鱼，这城里的河，水量不大，浅浅的，倒也似乡下的河清澈见底。没有捉到一条像样的鱼，有几只小虾，我在武林门附近的小河，找回几分乡下的豪迈。

爷爷蹲在小院里，侍弄一小畦青菜，一盆青葱，一蓬芋艿，七八丛草药，我只记得一种叫"官司草"的，深绿色，带了须，捣烂了能治牙痛。三棵葡萄，攀缘起来，有阳光的日子，也是一番洞天。楼上时有新晾衣物被单的，水悠悠地滴下来，落到叶子上，啪的一声四溅开去。春夏秋冬便这样一个接一个摇着走过去了。

堂哥不在屋时，我陪爷爷遛弯。爷爷中等身材，自小吃素，文静得很，走路却快，常在我前头。

延安路上的梧桐树长得敦实，树干和叶子在阳光里活泼泼的，像个跃动的少年，阴天里暖暖的，像要催人去睡，雨起时腾出一片蒙蒙水雾。我和爷爷常走一程，歇一阵，路边有长椅，拉近了和城市的距离，多了几分亲切。我最喜欢在报刊亭读报，爷爷在长椅上坐着，点起一支"雄狮"牌烟，慢慢吸，或是背了手在一旁看我。

我最末一次和爷爷散步，也是在延安路上。爷爷听我说放学后从九溪走回袁浦，动了心，掇转身说，不抽烟了，要攒钱为我买一辆自行车。后来，我从未见爷爷抽烟。

我上高二，省粮食局机关派车送回爷爷来。一个月后，爷爷在六号浦沿瓦舍平静离世。眉须皆白，额头饱满，面相庄严，四体周正，躺棺材里。停放三日，恸哭中起出，装解放卡车载走了。爷爷讲，此生遗憾，奶奶先走一步。遗言六字：侬归侬，吾归吾。

爷爷骨灰送上浮山前，伯父的骨灰从城里带回乡下，披了一块红布，一起上了山，两个坟挨着，中间隔了一支烟的距离。

丙申年初，我路过伯父当年住处附近的红太阳广场，精细地打量一番。夏日夜晚，纳凉的草地已剩很小的一片，伯父的宿舍，也早拆了。

七

袁浦这片土地，但凡生于斯，不论走多长，走多久，漂多远，也终要回来，定要落地，因这钱塘的神山、归去的圣地——浮山在这里。

甲申年，杭州市人民医院重症监护室，父亲病危。

我握父亲手，父亲左眼左角，流出一颗凄冷的泪，淡淡的，沿颧骨，极不愿地，想要停住，却还要走，遗了一条光明的泪痕。这颗泪，缓而静地流，隔了急而闹的年，驻在我心里。

泪流到尽头，父亲忽然弯起四指，在我惊惧中，轻而定地握我手，这瞬间我体味到一种经久的颤来。这颤是父亲的心和我的心相交，经手的传递，播出的一丝亲人的波澜。这一刻，是父亲与我在这一季生命世界的别。

父亲平静地仰望天空，左手大拇指弯四十五度，骨节像山一样挺立，消瘦的手背，血管像输油管道自然延伸，四指苍白、无泽。这只手，就这样一半在床，一半在我手，从此阴阳两隔。

这一天是农历十一月初一，钱塘沙上有风无雨，四野的白茅如骑士迅跑，阵脚慌乱。从医院出来，救护车奔走着，我护着父亲、喊着爸爸，叮嘱每一条路、每一座桥、每一个弯、每一道坡。

长风吹白茅，野火烧枯桑。田野父亲，依乡风祖约，回到六号浦东二十九号，在小楼里吐出最后一口气。

八

清明时节，从浮山东眺，曾有油菜花海蜂起荡漾。这些年，一幢幢洋房顶天立地，耸肩提臀，斑痕大地的天际线也变了，袁浦已是前尘往事。

明晃晃的水田，慢悠悠的耕牛，青簇簇的菜地，灰白相间的瓦舍，荷锄而归的乡民，一切都变得凌乱，变得模糊，变得遥远，种田的人越来越少。

我的爷爷、奶奶，我的伯父、父亲，就降生在这浮山脚下，他们从清朝走来，从民国走来，各有各的快乐，各有各的不幸，经过无数不平凡的日子，把最后一口气叹在了眼前这片土地上。我凄然地一个接一个把他们送上浮山。

山坡上，坟茔一个挨着一个，是一枚枚熟了的生命之果，而浮山，仿佛一只篮子，早落的果子，晚掉的果子，都在这只篮子里；又仿佛一条渡船，早到的，晚来的，都坐在了一起。这只篮，这条船，一直搁着，时时提醒自己，种田人的后代须脚踏实地、堂堂正正做人，这样才无愧于浮山的先人。

又到清明。从前父亲带我们去上坟。父亲走后，母亲带我们去。

如今我辈中人，五男两女，天各一方，远的去了新西兰，近的守在六号浦，都是纯正的钱塘人。我们一起上山祭扫、点香、跪拜，心怀虔诚，心怀敬仰，心怀感激。

浮山青青，吾祖归矣。

二〇一六年三月二十五日

猫头山脚黄泥屋

一

我的外婆家在猫头山脚，地处富阳县新联公社，从前这里的日子很慢很静。清明前后，猫头山上的映山红开起来，布谷鸟一叫，山民抬起头看，满山像是点起了灯。

猫头山脚有村，叫石墓村，村前有溪，叫坑西溪，村里有棵古老的桂花树，长了八百多年，八月里满村都是馥郁的桂花香。

村里的房子，大多是两层的黄泥屋。黄泥夯墙，木门、木窗、木柱、木楼板，地面坑坑洼洼，家具不多，归置整洁，冬暖夏凉。

远远看去，屋子掩映在一片又一片竹林中，刷了石灰的白墙，也刷了红字的标语，脱落了石灰的，露出黄泥的朴素。

外婆家有黄泥屋三间两弄，一楼进门是堂屋，东西两侧各一屋，南北各一窗，弄堂贴墙各一部楼梯。东侧楼梯下有灶台，摆一家橱。灶台南侧有一石砌火坑，是冬天烧柴火取暖用的，上方屋顶的楼板被烟熏成漆黑一片。

楼梯可容两人行，从东边上去走到头，二楼东侧有木窗，冲内拉开。楼上三间房，每间向南有木窗。北侧过道有三个小木窗、一张小木床。踩在楼板上，发出咚咚声响，每天早上不用人喊，便早早醒来。

住在黄泥屋的人，一辈子都在"做生活"（袁浦方言：干活），弯腰驼背，行进在田间地头、山林湖泽。去世的，平静而安详，在猫头山上垒一座石墓，把棺材放进去，用石头封上。在世的，凭了双手，挣口吃的，积蓄财用，自力更生，过上笃实的日子。

二

我的母亲是外婆的长女。外婆连生三个女儿，外公盼生儿子，续陶家香火，跑到杭州城隍庙烧香。庙里的算命先生很讲道义，算出来是好命的收一点钱，命不好的不收钱。对外公说不要钱，回去做件好事，就会有儿子。

外公回到猫头山，二话不说，把后山上能用的树一棵不留都斫了，就近在门前坑西溪上造了一座木桥，当年生下关根，排行第四。隔年又生祖根，排行老五。趁喜扯草舍，夯土墙，垒溪石，刷白灰，傍着猫头山脚，造了黄泥屋。

母亲说，黄泥屋是上好的房子。早年猫头山脚大多是草舍，屋顶用芦苇、茅草、稻草混编，舍内是烂泥地，一床薄被过冬，洋油灯一盏，用竹篾绕几圈点旺了当火把。

猫头山脚的路是石子路、烂泥路，山民多穿脚叉，冬日的脚叉包一层毛竹削的篾。

山民上山摘茶、下田种粮，吃的是玉米、番薯、荞麦，玉米用石磨碾碎了，切棵青菜煮糊糊，番薯切片搁阳光下晒干，和米一起煮，荞麦蒸糕。这些都是日常的主食。这还是好的，有得吃就很满足，往往吃了这顿忧着下顿，不知下锅的米在哪儿。

每年外婆养一头猪，过年宰了，卖掉一些，腌制一些，放饭锅头上蒸，猪吃草长大，肉质上乘，肉汤鲜美，常用来浇饭吃。

外婆来袁浦，我早早地到兰溪口等候。外婆挎一竹篮，篮里有凌家桥的肉馒头。吃肉馒头的那一年，我六岁，外婆在猫头山脚的地里做生活，一头栽在地上走了。

黄泥屋前，一众人等，喊着号子，外婆身子用被裹紧，几根绳子抬起来放进棺木，绳一节一节抽起来、扯出来。

外婆李桂凤，一九二八年生，高个子，能干力气活，一九七八年去世。

外公陶承安，一九一九年生，一九七○年去世。三岁无父，七岁无母，早年放牛为生，力气颇大。世人常见外公袒露上身，光肩扛负几百斤树木。

外婆离世，小姨八岁。外公离世，小姨九个月。

外婆之前，外公有过一任妻子，石墓村人，姓李。传闻是白天拿一大口袋抢来的亲，不幸生孩子时难产，连大人带小孩都没活下来。每年清明，大舅给上坟，两家至今往来。

三

母亲姐弟六个，大舅关根属虎，读书最多。

一九七五年大舅入富阳新联一中，读完两年高中，学费、书费三十四元，交不起，欠费，毕业证扣下。现在连学校也没了。

石墓村分田到户，大舅得山三亩三、水田一亩半、地半亩。之前不够吃，有了田地，水稻长得好、收得也多，大舅一顿吃米饭一斤半。稻米多得吃不完，用车驮到粮站，换回票子，路过高桥街头，吃下三碗面。

有地种，有饭吃，大舅笑必露齿，像一匹快乐的马。农闲时管山林、运石头、卖棒冰，有工就做，不时露出半斤老酒落肚后醉意蒙眬的憨笑。

一九八五年国庆节，大舅进杭州城排队买自行车，从凌晨候到八时。这一天放了三十个号，前二十是"大雁"牌，后十是"红旗"牌。大舅拿到第二十三号，付了一百七十元，骑回一辆新"红旗"。

大舅生性耿直，有一是一，像自行车辐，一根不多、一根不少，与车结缘，在郶村路边支起修车铺，每一辆坏了的车，都设法修好，修了一辈子的车。

他坐在车铺的小板凳上，眼见公社解散、建新联乡，眼见撤乡建镇，眼见高桥镇没了，改称街道，唯铺子坚挺，面积由四平方米扩到十五平方米，搁得下八头牛。

大舅的双手沾了机油，起身时像拎着两个耙子外垂着，手背棕黑，透出掩不住的晕红，翻过手来，手指如条条方石堆砌起手掌，上百道深纹横竖切插，用粗而浓的墨线勾出，一块块淡红锃亮的皮肉绽放开来，力道十足。

勤快的手，创造生活。乙未年，这双手盖起一幢三层小楼，从楼顶抛下无数上梁馒头。

大舅育有两子。小儿子说，父亲眼神严厉，掌心温暖，背影宽宽的，鞋码大大的。大儿子夭折，事起感冒，半夜发烧，抱到卫生所已是凌晨，医生说，治得快点还是慢点？大舅说，那就快点吧。医生给输液，挂了两瓶水，早五时抱起看，嘴唇发青，手脚发直，急送医院，孩子已无呼吸。

去的去了，活着的向前走，便是大舅的生活。

四

母亲说，这石墓村的女人，出村不出村，都得把房子盖起来，有新房住，心里踏实，也就没白走这苦命的一辈子。

母亲有妹子三个。大姨银兰属猴，嫁到萧山，做一本色笃实的乡民，有水田一亩半、菜地两分，农闲时在附近工厂帮衬烧饭。女儿玉珍生于石墓村，夸母亲能干，跟男人一样去砖厂，挑一两百斤的泥土，跟男人一样上山去，砍了柴木挑回家，割稻、插秧样样比别人干得快。

大姨做得一手好菜。我喜欢吃扣肉，若是家里起一股霉干菜和煎肉的味儿，揭开餐桌上的纱网罩，必有一碗皮焦肉嫩的扣肉，晓得大姨来过了。握大姨的手有硬木质感，如劳动布手套的凹凸，手背雀白里带点红，间杂一些浅色条纹，像太阳射在水牛背脊上浅浅的反光。大姨高个，肩背较宽，笑起来脸庞灿若一钩银月，嘴角上翘，带点俏皮，眼睛明亮，如坑西溪水般清澈，带着童话里小公主的好奇模样。

小姨正娣属狗，嫁到渔山，有水田两亩、山地半亩。小姨和姨夫都是富阳街上的清洁工人，早三时起上街打扫卫生，清理街面。小姨手指粗壮，手背黝黑，手指和掌接合处是黄色的茧。小姨长我两岁，笑起来，如坑西溪水清甜，带点青涩，我常把小姨当了姐姐看待。

二姨金娣属猪，嫁在本村，从一间黄泥屋搬到另一间黄泥屋，做一地道的山民。儿子强斌说，母亲上过一年小学，会写自己的名字，歪歪扭扭，倒也能辨认。二姨平时一边在村办工厂做工，一边种田种地操持家务。二姨的手红润，十指粗壮有力，搭配结实的肩膀，扛得起一座山，负起石墓男丁的担当。二姨笑起来，如坑西溪水般悦耳，未见水、先闻声，站在跟前，俨若一朵玫瑰盛开，把甜美浸透整个院子，眼睛透着喜悦，是这生活的主人。

我记得，二姨骑车驮着母亲，姨夫骑车驮我，一路兜风。我把他嘴里的烟蒂掏出来，狠命吸一口，大声咳起来，甩手把烟屁股扔了出去，竟落到反向骑车人的脖子里，那人大叫一声。好在也是抽烟的，姨夫给他一包烟，赔了不是。

丁卯兔年，石墓村报丧的上门来，说姨夫开的小车超大车，那路段正在清沟，路边堆了泥，小车头带了姨夫卷下大车去。

姨父叫梁关法，这一年二十七岁。墓地坐北朝南，像一只伏卧的知了，静静地注视着黄泥屋。姨夫没了声息，二姨拖儿带女，靠水田一亩四分、山地四亩过日子。

前些年，大姨、二姨造了小楼，小姨在富阳街上买了房，都有了新房，安了居。

五

己巳年冬，大雪过后，农历十一月十六日。一只黑白相间的鸟儿落在梢头，水杉梢儿弯弯，像蛇吐信子，预备拨过这个朴素的冬日。

正值晌午，我的小舅来了。小舅祖根，属龙，时年二十五岁。石墓村附近石英砂厂的裘会计做媒，小舅有了对象，你情我愿，好事将临。母亲已见过，说她蛮精干，是过日子的人。

我得了确证，是小舅亲口透露的。报这喜讯时，站在瓦舍前的道地里，小舅弯了眼、咧了嘴、挂了笑，看看这儿、望望那儿，兴奋的心按捺不住，似要跳出胸口。

　　中饭后小舅离开钱塘瓦舍，到了浦阳江边二姨家。心里揣着一个愿望，借到一笔钱。小舅没有说出口，去了又走了，趁了夜色回到黄泥屋。

　　小舅和他对象，那年同在一家石矿做工。小舅用钢丝车拉石头。对象相中小舅干活卖力气的实诚，已定制嫁妆，她只要一台电扇，供销社摆着，这笔钱相当于丰年一亩地的收成。

　　小舅借不到钱。小舅的床上，有一把蛇年夏天的大蒲扇，豁了一角。

　　第二天，猫头山上的太阳毫无表情地升起来，照在黄泥屋上，赤赤白白，慢慢地悄悄地往山顶蹭过去。

　　小舅去镇上买了农药，回到黄泥屋，未掩门，一仰脖，纯的农药，都给了胃；从水缸里舀了一勺山泉水，咕噜咕噜喝下，一会儿嘴里出些白沫。

　　这天下午晚些时候，石墓村来人报丧，说祖根喝了半瓶甲胺磷，不曾抢救过来，已辞了人间。

　　大舅是目击者。一早从猫头山上往黄泥屋搬运新斫的柴，见拴了的后门开着。进屋不久，小舅从楼上下来说：阿哥，我农药已喝下去，不行了。表情肃然，一无所顾。

　　大舅慌忙卸了柴，喊上人用拖拉机载着小舅往高桥卫生院跑。距太阳升到正中还有一个时辰，小舅闭了眼睛，没了呼吸。

　　我的小舅，石墓男丁，宁折不弯，心里有坎过不去，过不去也罢，折了便折了。

六

石墓往事，如缕如烟。石墓村，偏安一隅，村以墓名，传说山上曾有一巨型石墓，我从未见过。我只见过砌石墓，村里一个堂娘舅，早早地在山上择了一块墓地，劳作之余，前前后后修了二十年，砌起一个石墓，几年前平静地走了。石墓村不大，山民对生和死也都看开了。

从外公出生至今不足百年，至母亲和我这一辈，亲人里非正常死亡五人。成人俩，一人难产，一人短见；未成年人仨，一个五岁，一个一岁，未出世者无名也无日子。

石墓村的人，像猫头山上的石头，活着的，是块石头，死了的，虽然碎了，也是石头。

母亲说，活着，是吃苦头，真勇敢。还说，丢了东西，切勿伤悲，忘了，就好了。

母亲的忘年交，一位八十多岁的婆婆，是外公同辈兄弟的女人。母亲说，她一辈子都在猫头山脚挑呀背呀，生了九个孩子，今天生完小孩，明天早起下地，到田里拔一篮草，回来喂猪。婆婆命硬，至刚至韧，百病不侵。石墓之人，就是这样。

七

猫头山四季常青，白天的山林鸟啼啁啾，大过坑西溪的流水声。

山脚的冬天特别漫长。小时候，我拱着手，和村里的老人一起，坐在墙角享（袁浦方言：晒）太阳，看着斜阳一点点从山的后背挪过去。

山里夜来得早，月亮升起来，星星似点起的灯。山民聚拢来，柴火烧得噼啪作响，围坐火堆旁，说东说西，绘声绘色，每个夜晚都和过年一样开心。

夜深了，烤热了，人散了，上楼去，一阵楼梯、楼板的踩踏声后，钻进被子，听着小木窗外潺潺溪水声，慢慢睡去。

冬日过去，猫头山上的茶树吐绿，狼棘头抽芽，野草莓红了，黄番薯长得有模样，各尽其态，各展其美。

黄泥屋大多已拆毁，泥土还归山脚，木头也都当柴火烧了。清明猫头山上坟，母亲去时，往往约了阿妹、阿弟，大大小小十几人。

二〇一五年十一月十八日

种田人的学堂

一

　　乡民称袁浦和周边一带叫钱塘沙上，它是一个钱江潮托举而成的地方。袁浦聚沙成地，一千年矣，以相对独立的建制而存在，也就五百年，大概是北宋迁到江南，移民垦荒开发的产物。

　　袁浦不再是独立的乡镇，也有不少年了。心中的袁浦，却不肯走进故纸堆，每次想到它，也便想起袁浦中学，怎么也忘不了，仿佛又回到二十世纪八十年代。

　　一九六七年，白茅湖围垦造地，乡民挑了烂污泥，在"白洋洋"（袁浦方言：白茫茫）的湖里堆出一片平地，又建起校舍。

　　在这样一个地方聚人成校，创建一所中学，是过去半个世纪的大事。

　　校舍临湖，又分内湖和外湖，可说美丽不凡。一九六八年，白茅湖中学挂牌，它是一所为种田人服务的灵性学堂。

　　每年开学日，我总能想起故乡的最高学府。

　　一经闭上眼，脑中便浮现在教室做眼保健操的形景。湖里的鱼，老跳起来，招招尾摆深处，甩起的水，溅到脸上，醒来时，一点一滴，顺着一帘幽梦落下来。

二

白茅湖的中学生，清一色种田人的孩子，一只脚在大田，一只脚在学堂。我们的老师，不少也是种田人，生在钱塘沙上。

生物老师诸伟元家住转塘，十四岁参加生产队劳动。无论从正面、侧面或是背面，你都可以认为，这副结实的身板，经受过乡下劳动的锤炼。老师的外婆家在新沙村，实为袁浦的外甥。

诸老师一九六二年生，半工半读，一九七八年高考前几个月，赶上采茶季，白天上课，晚上到队上炒茶。

诸老师从山村走了出去。一九八一年从杭州师范学院毕业，是恢复高考后生物系的首届学生，分配时一纸通知，荣归故里，回到外婆家、母亲的出生地，比父亲的出生地距离城市更远的地方。

分田到户时，家里得茶地两亩，诸老师名下无地，也无村股份。

诸老师任校长两年，面对的是怎样留住人、怎样找到钱、怎样把教学抓上去。这三个问题的顺序，透出外部世界的变革带来的压力。

二十世纪最后二十年，旧体制日渐融化，新体制正在焊接，乡民摸着石头过河，八仙过海各显神通。这对教职十三年、已过不惑之年的袁浦外甥来说，感受到一份责任。

因为热忱，多年以后，不经意间的一个柔软场合，听人叫一声诸老师，心中不免自得。

诸老师跟我讲过一件事，管理怎样上去？全校二十四个班，每个班一个自行车方阵，车不上锁，学生不会骑错车。这虽是小事，可见校长管理重细节，治理有特色。

我的同学说诸老师平和。大家对诸老师教什么，回答不一，又很奇妙。有说教数学的，有说教生物的，有说教政治的。诸老师说先教的数学，后教生物，也代课教过数学。不少同学认为教过政治，而诸老师不记得了。

教了十五年书，离开校长岗位，依旧不失教师本色。诸老师真诚坦率，语调理性，点题透彻，有学者气。

同诸老师交流时，我仿佛坐在一位敦厚的内科医生面前。桌上泡了一杯山茶，茶香馥郁，产自西湖区，有时也叫龙井。

三

白茅湖边若是座大森林，就热情和活力而言，数学老师张万兵大概是头豹子。

张老师是地道的种田人，不过他不说，你看不出来。在激情燃烧的岁月，钱塘沙上，老师苦教，学生苦学。张老师印象最深的，是第一届学生毕业升学会考，一百三十多人，平均分一百零二分。带班参加杭州市数学竞赛，一、二、三等奖都拿了。

张老师上数学课，右手捏一截粉笔，左手放在胸前，长袖卷到胳膊肘，生龙活虎，好像随时要扑下讲台。张老师脾气急，语速快，讲解声音颇大，且不许学生走神，看人的眼神也与众不同，眼皮往往要微微耷拉那么一小点，带了质询，眼底下是自信，目力所及，我常在这圆圆的眼睛的注视下心中无数、慌里慌张。

张老师对学生很上心，一点点教，细致讲解，也很严厉，抓课堂纪律，一丝不苟，平日不常见笑。

一九八九年八月末的一天，天空下着小雨，张老师领我到贡院报到，在教务处注了册，叮嘱几句，笑得烂漫，挎一个小包匆匆地走了。那年张老师二十七岁。我看着老师的背影，想起老师的好，有些落寞。

张老师生活多趣味，爱好不少，练书法，弹吉他，画国画，也打乒乓球。

我曾心生一个念头，这么有趣的老师，那时如果省出一节数学课，教我们弹吉他，又有什么不好呢？张老师教了十四年数学，常说要努力上进，我至今想起，有一点紧张，大概是小动物见到豹子时的条件反射，总下意识地自问，数学作业做了没有，做对没有？

张老师一九八三年教书，第一个月工资三十元。六年后任副校长兼教导主任，又过二年做了校长，两年后又去了另一所中学当书记兼校长。

四

我在白茅湖边见过的老师，一些退休了，一些至今仍坚守课堂，一些走上行政岗位，担任过校长的不下七位，个个敬业，人人敬爱。

钱塘沙上的种田人见到老师，很高兴，听到喊老师的种田人也高兴。

我以为，做种田人的学堂的校长，是老师担荷的额外义务。这是种田人的使命，也是幸运。

五

二〇一六年九月二十八日，白茅湖中学的创始人之一，陈周耀老师逝世，享年七十七岁。

两周后，东江嘴村的赵民建给我一份生平简介。上面说，陈老师一九六五年十一月在袁浦农业中学参加工作，担任教师，后担任负责人。一九六八年一月调入袁浦中学工作，一九七八年九月起担任党支部副书记、校长。

参照《袁浦镇志》，获知袁浦中学挂牌后，一九六八年七月至一九六九年三月，陈周耀老师担任学校临时负责人。间隔九年后的一九七八年六月，成为袁浦中学第一任校长，任期到一九八三年十一月。

陈老师一九三九年二月生于杭州，毕业于浙江师范学院，担任中学负责人时二十九岁，离开校长岗位时四十四岁，从教十八年。

对白茅湖中学这一段，生平简介中这样评价：担任校长时，他忠诚党的教育事业，全面贯彻党的教育方针，以校为家，一心扑在教育上。他民主领导，带领全校教职员工共同努力，制定可行措施，发挥各方面作用，使学校的教育质量大幅提高。

"以校为家""民主领导""大幅提高"这十二字，是陈老师的写照，也是白茅湖中学的精神。

我第一次听到陈老师的名字，是在田间地头割草时，从一个钓黄鳝的阿哥口里知晓。这是三十多年前的事了。

十月二日，我在袁浦惊闻陈老师去世。童年的一点泪花，从眼角划过，扑簌一声，落在钱塘沙上。

我，终于，也未见到陈老师，只记得，四月里，还有点凉，镰刀、竹篮、青草，一个响亮的名字。

赵民建说，陈老师身材高大，气度不凡，普通话有乡音，为人平和正直。

他还说，从父辈到我们这个年龄段的袁浦人，都对这一辈老师心怀感恩和敬意，他们是袁浦的历史。

六

在我少年所见的人物里，袁浦中学所见，彼时令我眼前一亮。

这些人物，在我们这班十五六岁的少年面前，青春阳光，富有爱心，精力充沛，思维活跃，风华正茂，把教好书同服务乡村的炽热情怀，以及生命中最美丽最纯粹的一段时光甚至全部，都献给了袁浦。

若说已无建制的袁浦有什么特别的遗产：一份是我们的父辈在这片泥泞的水田里，用形同苦役的繁重劳动创造了经济的自足和奔向康乐生活的奇迹；一份是这所中学和各村小学的教师，用种田人的脚踏实地，在一个需要精神观照和激励的成长期，给这个地方注入一种向外向上勇于变革的动力。

一份遗产改变了这片土地的形态，一份遗产哺育了这片土地的新人，一起构成不朽的世纪袁浦和钱塘沙上的袁浦时代。

袁浦时代，可以和同一时期东方大地任何一个乡村相媲美，不仅不逊色，实在是骄傲。作为千年历史的生命共同体延续的一部分，这份自信和尊严，上无愧于天，中无愧于人，下不负于地。

由此上溯，自中学立校以来的袁浦，是精神的崛起，同物质的丰富一样，历千万祀，共三光而永光。

说说这些兼任校长的教师，纪念一段旅程，护持一份情感。

《袁浦镇志》载，袁浦未有中学前，一些小学毕业生去外地求学，单程一趟花时六七个钟头。一九七三年至一九八〇年，袁浦中学招收高中生，此后为初中编制。

　　每年建校日，是中学的生日，也是文化袁浦的生日。不妨在年年岁岁的这个日子，竖起大拇指，如果历经世纪袁浦，是袁浦时代的人，便也晓得，这是来自遥远的白茅湖的问候。

二〇一六年十月二十八日

孙昌建先生

一

第一眼见先生，以为在庙里，耳目鼻嘴慈善如佛，未开口，先送了弥勒的笑。

先生姓孙，名昌建，是我的初中语文老师。我给先生凿个像：

大步流星，力道蛮足，手背如稻谷丰满。后背宽绰圆润，找不出一只角。先生耸耸眉，像夏天早稻收了，顽皮的天要挤出毛毛雨来，抽抽定山鼻，从嘴到下巴带动秋天的江水涌起浪，有时像作文簿上打出改正号或增添号，向前面和两边排推开来。

先生眼神有妙处，和笑一般，弥勒久坐笑倦了，一时没人，打个盹，睁开眼来，球体遇午后三时的阳光，反射出泪光，泪未掉，一如初生的婴儿自然醒，睡足了，定定地看着你，你忍不住，挺想逗逗他。这一诚意的脸，忍了性，安了我上语文课的心。

二

先生的语文课，铃声一响，速度快如乒乓球大力扣杀，进门时带起一阵风。我想起童年打三角"撇纸",一下拍翻两个;或是争上游,捉"两二""一猫"(扑克里的"二"和"王"),也跟着快活起来。

上课第一模块,先生念课文。班上慢慢安静,除了听,一齐翻页外,都不落忍。学"抑扬顿挫"这个词,我一下记住,因为先生已抑扬顿挫许久了。我的中学语文,就在先生的琅琅读书声里化开。

我一度有疑,先生念课文,一念十分钟,究不会是头晚跟我一样田间草垛打纸牌,未备课吧?先生逢课必念,或短或长,这便是癖了。后见《湖心亭看雪》作者张岱讲,人无癖不可与交,以其无深情也。知这读课文,露了先生深情。

彼时看来,先生念得极准的,这是丙寅年。我们未从村言村语拔将出来。一个班,几种方言,一样事物,叫法不同,形容词、副词、介词、连词,各自言说。先生教语文,究竟是率先垂范,将叙说表达统一。

我们方言多,一个猪字,念 jū,念 zī,念 niǔ zī,都有。这个乡村联合国,先生是秘书长,职责头条,统一语言。我说话,是慢慢看了先生的嘴,把握了口形的。我的三级跳式注意力,也归到这弥勒的嘴上。我等顽愚,至今未把普通话说利落,但注意力从此聚焦,听人说话,既用耳朵,也看眼睛和嘴。

语文课最喜先生念自然文字,边听边看,联想"豆苗虫促促,篱上花当屋",悦耳赏心,实乃快事。

三

初中语文课最让我动心的,是先生借书。一日,先生唤我跟了去,说弄本书看。我想，这事大了，都用上"弄"字了，乡下借你书是把你当读书人，先生借你书，且用"弄"字，庄重之事。

教师宿舍紧邻礼堂，过道上飘着酱油炖油豆腐和炒青菜味。我记得抱书出来的欣喜，这是一阴天，我怀抱一晴天，灿烂到心跳欲奔。

借的"汪曾祺作品选集"，内有一篇《鸡毛》。说的是一个院子，总丢鸡，且丢得彻底。终有一天，院子里搬走一人，床下三堆鸡毛。这个故事，引起我创造的冲动，很想造句，说说乡下事。立了志，起了头，终因讲故事要造各式句子，造到毕业典礼，也没造出来。

我的初中语文课，长了神气，是先生让我写民间故事。忽一日，老师抱来一泥瓷杯，还有一部《汉语成语词典》，说我得了西湖区民间故事征文比赛三等奖。抱这杯端详半晌，后头一同学唤我，一扭头带了桌子，杯子重重落下，一声闷响，心跟着一起碎。我曾悔过几次，碎了的杯，还是不是奖。

先生的语文课，植下一种兴趣。语文，未必每天背生字词组，背课文练作文，你有心去听、用心去看、上心去想，就够了。若还怀有一颗童心，你想的时候，会止不住地写，忍不住去讲。不要管写成怎样、有个甚用，想走笔就写起，张口就说，想掷笔且搁下，闭目就歇。

四

先生是作家，也是诗人，教我们作过诗。先生的诗，是口语的，有民谣风。谈情，这样写：

有好多好多的梦要说呀 / 不能说就偷偷地写和画 / 轻轻地哼

小曲吹口哨。(《口吃的孩子》)

这种东西／我不能说出口／我也不敢写在纸上／这种隐痛／不是关于爱情什么的／在春天／爱情什么的／跟晚上的猫叫没有什么区别。(《在春天》)

她火红的风衣／是在给夜照明吗／默默地跟着／默默地跟着／好像路还在走着／好像音乐还在继续。(《旋律》)

说景,这样讲:

一场雨几乎没有任何预兆／就影响了一条江的情绪。(《开始》)

我们像一枝枝长在水里的芦苇／忍受暴风雨的摇撼／弯着身躯、望着渔火、追着流萤／想着太阳和月光下的彼岸。(《致同代人》)

为什么老天不肯下雪／哪怕给我一夜的纯洁／让我吹嘘浴缸的柔软／我反对非要搂住了才说爱。(《反对》)

先生指导我写过两回诗。一回在白茅湖中学南侧平房教室门口,叶子趋黄,秋风渐紧,我晓得写诗就是一句一行,分出几段,慎用、不用标点,一两句反复出现,憋一会儿气,大呼小叫。诗原来是说心里话,说短话,说真话,言志的。

先生又教一回,在北侧教室过道里,秋天快盯不住了,我用领悟的诗情,排出几段,每段变几字。先生笑笑说,也可以了。对《秋天》,先生这样开头:

我习惯在秋天里沉思默想／对着蓝天敞开胸膛／再也没有绿

荫能遮挡我的目光／只有光秃秃的树枝／悬挂着我朴素的思想。

　　我从此断了作诗的痴梦，那时我同村学哥阿龙已写出很妙的诗，我不是作诗的人，但我居然离诗人很近。对诗有一份好感，愿意看、愿意听，保持了对这一文体的热爱。

<h2 style="text-align:center">五</h2>

　　我的初中，形式上毕业，思想上未出门。这么多年，身体不动，脑筋转动，一次次梦回袁浦，落在原点白茅湖。我的语文，不曾爬出湖、走出中学，其间几次交集，索性留在中学语文课堂。

　　癸酉年，我大二实习，工作单位和先生新换的单位在同一个院里，算是"隔壁同事"，在平海路《今日青年》编辑部相见，既有点奇怪，更添些亲切，心中满是透彻。先生编发我一篇小文。高中三年、大学两年，又相见，这如同一人常求佛拜神，撞进一庙又一庙，佛有先见之明，总是早一段投来，坐那儿等你呢，终是我喜闻乐见的弥勒。

　　丙子年，我毕业实习，在安吉路二十一号上班，住文二路一百八十八号，和先生不远，我跑过去，先生热情相迎。彼时恍惚不定，安吉、平海两处大庙怜见，安吉路的楼老师、文老师，平海路的邱老师均出手留我，文老师专门报请增一编制。我想着好男儿志在四方，辜负好意，坐上火车，心急火燎地向北去了。这一年二十四岁。

　　几番交集，常念弥勒在杭城繁华处，把平海路六十一号做了高庙。弥勒去了下一处庙，这笑仍在此处飘然，我经此处必顺势去一趟，进门看两眼。

门卫已换过几茬，每次问时，我说老师在这里，问是谁，我说孙昌建先生，门卫疑惑，却从不阻我。

我曾想，初中语文教会我什么？是感知，发乎于心，是落笔，践之于行。白茅湖边，我的老师给了我生活的语文。

六

先生说，冬天来了，冰凌长了／你我捧着一碗汤年糕／等着墙角的百子炮炸响。(《短章·四季》)年末，我和铁儒炸一通百子炮，在香杉瓦舍边。想起这句诗，还特意看了看墙角。

先生长我一轮，也属鼠。著此文时，先生五十六岁，我四十四岁。

先生长我阿哥富荣两岁，这些年，不时想起，仿佛对面站着的是一位和顺的长兄，但刻度线是清楚的，先生是先生，学生是学生。先生如同书架上的《新华字典》，想起时打开，不想时合上，却总在书桌前，我可以够到的地方。

二〇一五年十一月十一日

阿哥富荣

一

我家阿哥，长我十岁，姓华，本名富荣，现名赴云，是桂花妮娘的心头肉。

我的父亲，喜欢外甥，常举起来"骑马拉哈"（袁浦方言：骑脖子上），用头顶开两腿，安坐到肩上。

我和阿哥是纯正的杭州乡下人，在钱塘江边、田间地头长大，离开家乡求学，漂在他乡谋生。不同的是，他在江对面，我在江这边。阿哥很认真地说，一个浦阳江，一个钱塘江，我说是一条江，都连着，坐了船来回，也无阻拦。

我的父亲在削平土墩前，把草舍前的枇杷树挖出来，搁在钢丝车上拉到钱塘江边。阿哥家二叔，用村里的小船，把树运到民丰村前的浦阳江滩。阿哥坐船头，二叔摇橹坐后头，水绿绿的、清清的，有点凉、有点甜，船过江心时，探身掬一捧水喝。

二

我第一次到阿哥谋生地，是丙申年春。阿哥已年过半百，走路像父亲一样堂正敦实。

阿哥家住丽水，古称处州，也有江，叫瓯江。江水绿绿的，更觉亲切，我以为，这江大抵和钱塘江连着，从水路，曲曲弯弯经过一片海，也过得去。

我说瓯江很美，阿哥说江里的石头才美哩。没有筑坝建电站前，瓯江绿水浅处，一床鹅卵石奇形怪状，没有两块是一样的，在绿水里泡久了，带了丽水的灵性，捡起的每块石头，都是一个美丽故事。

有一段时间，阿哥每天一下班，便奔瓯江去，孤独一人，行走江滩，翻拣各色各样的石头。在瓯江拣石头，拣的是野趣，步步惊喜，腾挪俯仰间，近距离触摸地表，这可真接了地气。

阿哥来袁浦，是甲申年秋末，父亲的葬礼。出殡日早晨，阿哥举了幡，在前头引路。那一刻，日色晦暗，雾浓而沉，只依稀见得阿哥沉重而缓慢的脚步。阿哥说，舅舅稀罕外甥，对外甥好，驮着一跳一跳往前走，还下池塘捉蟹捞虾，让外甥把玩一番耍够了再煮了吃。

我们通信往来，是丙子年夏。我大学毕业留京，学校让交"城市滞纳费"，一笔五千元，这可把我难住了。那一天，我在西郊紫竹院公园转了一圈又一圈，走累了，顺势躺卧草坡上，眯了一阵，醒时开眼，见天上白云朵朵悠悠飘动，想起阿哥富荣。弄来地址，写了信去，阿哥寄了钱来。彼时阿哥添一对双胞胎，又租房住，生活也不宽裕。我拿到工资后，留下够吃喝的，攒够一千元，寄一次，连寄五次。每次在百万庄邮局填写"丽水"两字时，仿佛听见家乡的江河托起小船往前走的水声。

从我成年谋生起，阿哥来一回袁浦，我去丽水聚一回，这样一来一去，已二十年矣。

三

大年初一去丽水。进哥家门，站起两个后生哥，是大侄儿。我说，我们见过吗？两侄相视一下，毫无疑问地说：第一次见到你！我既欢喜，又疑惑。喜的是我们相逢一笑，竟也熟了，一起过年来，疑的是我们没见过？那天晚上住丽水，连紫竹院山坡上空悠然而过的云，都一片一片地翻了，就是想不起我们见过。哦，他们在丽水生、丽水长，没去过袁浦，我没来过丽水，大抵真的未见过。

这一对可爱可亲的双胞胎，从阿哥这里，接了桂花妮娘的笃诚和厚道，一五一十地传续了，落到心里，浸在脸上。家里坐了一位姑娘，一脸的纯真和秀气。我初以为是侄儿俩的同学，大年初一来串门？一个侄儿说：这是我老婆！哦，我们肯定是第一次见了！

我的侄儿，先出生的叫大咪，后出生的叫小咪。小咪先结婚，正在度蜜月。

四

铁儒在日记中说：

大年初一，坐动车去丽水。丽水是浙江的一座小城，离杭州有点儿距离。

到那儿后有华伯伯和陈妈妈接待，因为伯伯家在火车站附近，所以我们便决定走过去。在火车站附近我还觉得比较荒凉，不知道传说的美究竟在哪里，当要过一座大桥的时候才知道美是什么样的。

　　不过美的并不是桥而是桥边的风景。桥下是绿色的河水，河中有几座长满草的小岛，河边有几个垂钓的人影。河岸上长满高树，有原始树林的气势。远方有很多山，虽然来的季节不对，没看到青色的山峰，却也有不同的韵味。因为山峰的颜色是庄严又宁静的墨绿色。山上还有几座亭子，增加了视觉效果，感觉像置身于人间仙境。

　　爸爸与伯伯一家寒暄了一会儿，吃过晚饭后，我们便又出门溜达了。不过与来时不一样，这次看到的是夜景。

　　丽水是一处净土，这里经常举行摄影比赛，陈妈妈说，我们走的路叫"摄影之路"。

　　我还看到水面上有老式的乌篷船。江水清澈见底，远方有几座小岛，岛上有零星灯光闪耀，再往前走，是紫金大桥，不知是灯光的效果，还是桥本身的颜色，让它看起来是金色的。树枝上挂满了灯饰，发着蓝光，像在另一个世界。

　　这夜间的美景，放在一起，最好的画家，用最好的颜料，也无法复制出如此美妙的景色。

铁儒给这一天的日记写了题目：《正月丽水》。

五

大年初二，阿哥领我看山看树。

山是白云山。爬上去，阿哥说，这是最好的山道，常来爬。上了山，意犹未尽，阿哥说，走南边台阶下去，可览丽水城全貌，风景更佳。走了半程，阿哥说，不好意思，下山道没选好，路"壁陡"（袁浦方言：坡度很大，直上直下），腿直抖。

山脚有块碑，我知这坡叫步云岭，一千三百六十级哩。白云山说矮不矮，说高也不高，山上摸不到云，天却很高，蓝蓝的，更高处有一点儿白云，悠悠地悬浮着。我们下山走得紧，路也陡，不敢大意。高天的那点儿云，悄悄地看着我们一脚一脚蹬下去。

丽水山青青，水绿绿，江流和缓，空气湿润，一路走，补了水，也不累。阿哥说，来丽水得看路湾的树。

什么树？古樟树。阿哥说，这是瓯江边最大的樟树，也是浙江境内第一古樟，生长于晋代，一千五百多年了，姿态优美，气度不凡。

铁儒在日记中这样形容：

> 我们看的不是一般的树，而是一棵上千年的老樟树，可谓枝繁叶茂。树干非常粗壮，布满岁月带来的沧桑感，上面挂满人们许愿的红布条。枝条也非常好看，像龙、像根、像手……还有一些植物生长其上，让人感觉树有一颗包容心。再看周围，一面是树，一面是水，远处又是青山，又觉老树是一位将军，满山都是小树兵。

我绕樟树一圈，树径大如乡下稻谷仓，树干遍布青苔，可见这里水分充盈，四季滋润。树下幽静清凉，站得稍久，竟生恋，想坐树下，靠着树，好好眯上一觉。

六

阿哥的家，在一栋楼的十六层，可以看到如黛远山。站在阳台，瓯江的一角收于眼底，抬头可见天处，一色的瓦蓝。我说，为什么买这房。阿哥答：老家小木楼，望得见青山，看得见绿水。哦，这不是把小木楼搬到丽水了吗？

阿哥有个小书房。墙上挂着林湘、徐君陶的字画。窗前一张小沙发，一个搁脚台，我忍不住坐上去。照耀江河的冬日阳光，也照进书房，暖洋洋的，抬头可见一方精致的蓝天，手持一卷新开的书，一页一页细细地读，这不大的一角，真是读书的好去处。这哪里是书房？分明是家乡的大树底下、稻麦田头和油菜花地！

书架上有沈从文、汪曾祺、张中行、黄裳、孙犁的书，还有《史记》《世说新语》《聊斋志异》《陶渊明集》《杜甫诗选》《苏轼词选》等经典古籍。案头桌下，也堆了沉甸甸的书。阿哥喜欢老先生的书，说他们学问好，见识高，文笔简练老辣，文风高洁古雅，不浮不躁，从容淡定，读了宁静。

现而今，不少人图清静，到乡野山间建个房子，阿哥却住在闹市里，晴好的日子，摊开一本书来，世间万物也静静地躺在书里了。

阿哥走到哪里，都不忘带上一本书，在行进的火车上，或旅程的客房里，一读书，心就变得分外安静。读书，大抵成了阿哥数十年一种静心修为的方式。

七

读书之余，阿哥也舞文弄墨，老家是其挥之不去的抒写话题，满纸都是浓浓乡情。我认得的萧山义桥，那些老家的人，一个个跃动在字里行间；老家的景，一幕幕闪现于篇什段落，仿佛又回到少年时光。

阿哥写了不少亲人，有外公、奶奶、母亲、二叔。至今仍记得奶奶讲的道理，说做人跟河里的水一样，做好人，就像水倒到酒缸里，喷喷香；做坏人、恶人，就像水倒到粪缸里，"蛮蛮臭"（萧山方言：很臭）。

阿哥写了老家的景物，有古井、小河、石桥，有洋槐树、乌桕树、杨树、柳树，还有生长着的水稻、麦子、油菜花……

我说，文集出版后，还写吗？阿哥说，写，老家，放不下呢。顺手从书架上抽出一本旧年的笔记本，念出一首诗：

> 我心怀感激 在童年时代／可以常常用手抚摸那些幼小的动物／那是一些温情脉脉柔情似水的小生命啊／在寒冷的季节 抑或黯淡的时日／弥漫着永恒的温暖、光亮和善意／因此 当我告别童年 步入青年、中年／那暖如春风亲如家人的感觉 仍然／无数次出现在我的心头／我知道 即使躲到夜的背后／或者窗户紧闭的幽室／它们也会从时间的缝隙中／探出头来 注视着我／悄悄抹去我心中的孤独与忧伤／真的 哪怕到了头发凋谢、牙齿脱落的晚年／我仍会记得这些小动物 并用心感受它们 曾经／给我的温暖和美好

这首诗的名字叫《那些小动物》。阿哥说，儿时那些小狗、小猫、小兔子，温柔、活泼、灵性，几十年过去了，还记得，还那么可亲可爱。

这天晚上，我住在丽水，躺着时，眼前总是浮现这些小动物。半夜起来，忍不住看房间的四壁，是否也有那么一只两只小动物，温柔地探出头来注视着我。我身在丽水，心却同阿哥一起回到了遥远的浦阳江畔。

八

我的阿哥，离开家乡，把家安在丽水。从前，由老家到丽水，坐车要一天。现在通了高铁，也就一个多小时。

大年初一，我出车站，见到阿嫂。阿嫂是地道的丽水人，中学教师，大气端庄，上得课堂，下得厨房，做了丽水特色的饭菜，纯正的浙南味道。

踩在一地炮仗和百子炮开出的红花瓣上，阿嫂和阿哥将我们送进车站，直到见不着，才往回走。

阿哥轻轻挥手，很慢很慢，微微笑着，作别的那延长的一瞬里，我想起我的父亲，丽水也仿佛在一日之间，是我亲爱的故乡了。

与我同赴丽水探亲的铁儒，十二周岁。他说：我还要再来！

二〇一六年三月二十七日

　　小鬼头们没头没脑地跑，一会儿撞这女人怀里，一会儿摔那男人脚下。女人喊一声，摸摸小鬼头，男人骂一句，斜伸一脚，小鬼头不待起身，又摔跟头，哇哇大哭，跳着对骂，引来小鬼头的娘和爹，怨骂两句，照例要补打一拳，或让小鬼头补踢一脚，破涕为笑，才肯罢休。（《香杉瓦舍六号浦》）

　　奶奶六十多岁，牙已全数脱落。我吃饭时，不小心掉地上，即便一粒饭，奶奶都恭敬地捡起来，一边放进嘴里，一边说，浪费饭要天打杀耶！（《社舍散了》）

　　田塍路又湿又滑，稍不留意，不是滑一脚掼倒，就是一屁股蹲地，口里哼着：喔唷喔唷。起来揉揉膝盖、拍拍屁股，一瘸一拐负痛前行。遇到田塍路的缺口，不小心踏空，一头摔下去，慌乱里下了田、进了沟，沾一身泥浆水。（《钱塘杂忆》）

香杉瓦舍六号浦

一

我的故乡袁浦，又叫钱塘沙上，大唐年间，沙泥堆积，元末明初，露出头来，是由千百个钱塘小洲连成的一个美丽群落。

水鸟将此地做了憩息天堂，飞起落下，原生的鱼虾鳖蟹，随着浪打沙洲，涌上岸来，水去时，带腿的急速跑窜开去，鱼虾不及避，上了岸，慌了神，赶紧颠着跳起，七弹八跃奔江而去。

据爷爷讲，五百年前，钱塘江里的一条船翻了，一个人游到沙洲上，捡了条命，这人的名字已无从知晓，从此却引来数百年的迁徙，开掘了一片新大陆。先人们一处处夯泥做高台，一个个土墩立起来，三五十、千八百，上头搭起一爿爿草舍。

钱塘沙上产鱼，又种水稻，是名副其实的鱼米之乡。江对面的跨湖桥，八千年前就有先民种植稻谷。千年袁浦说不上历史悠久，还只是一个少年，江里涨起的一条鱼米之舟！

二十世纪七十年代，小江村连续两个冬季，乡民大动员，扁担、"泥垡"（袁浦农具，竹或藤制，形似簸箕）、箩筐齐上阵，挖泥开浦，先通南头，再接北头，风掣红旗冻不翻，虫鱼鸟兽都来到。

这新开的浦，在袁浦排到第六号，我们的新家安在了六号浦东边。

六号浦凫趋鱼跃，好一派袁浦风光！水杉疏密有致地植在浦两边，由南而北，由北向南，两条并行线，长达三公里，隔起一堵树墙，西风来护东爿，东风来护西爿，南风、北风引一引，排山倒海荫庇六号浦沿。

杉阵如廊，杉荫成路，浦沿之上，弥散着水杉幽幽树香。拾一片杉叶，揉碎在掌心，杉香馥郁。道两旁是民居，一列一列，一排一排，井然有序，墙是一色的雪白、一色的土黄，瓦是一色的黑灰、一色的橘红，家家户户敞了大门，清一色的香杉瓦舍。

二

六号浦两岸，挖浦的泥，夯实做了泥路。春天到，水杉底下的"绿荼"（袁浦方言：柳条），生发出俏皮绿，一枝枝像举着的钓鱼竿，那细芽，便是鱼钩了，钓住一季的春风，拉出一蓬蓬翠绿的叶来。

绿荼这一蓬、那一蓬，织起密密的两条护浦带，沿六号浦纵贯到北塘小江水闸，和越拔越高的水杉一起，围圈出一个长长的江湖。

我给六号浦沿取个名，叫"钱堤"吧！钱塘人之堤！钱塘人见缝栽树种花，堤上散见精致的景观树，四景常青，滋养了你的眼。

香杉瓦舍，彼时不设围墙，栅栏也少。我们呼朋唤友，从一队跑到又一队，一家跑到另一家。白日里，家家户户门大都开着，进门前大喊一声，大伯！大妈！若无人应，再问一句，有没有人呀？再不答，则讲一句：没人我走了！

一般家里都有人在，即便不在，隔壁邻居也会跑出来，告诉你去向。有时邻居见我们玩得渴了，还未讨水讨茶喝，便嚷一句：小鬼头，泡杯茶吃吃！我们一见这哥哥、姐姐、大伯、大妈随和，茶还未泡上，早跑水缸边，舀一勺凉水咕咚咕咚几口，也有调皮的，把嘴探进缸去学那牛、羊或猪饮的，还发出吧唧吧唧的声音来。

一路跑，一路玩，春天的香杉瓦舍，是一块块积木，我的家，小伙伴的家，小伙伴的哥哥、姐姐、弟弟、妹妹的家。

钱堤上的两行水杉，像两排持戟的军士。少年时，我说这杉那杉，是一个个骑马的将军，跑到钱塘，跳下马背，看这稻海雪原，出了神、生了根，从此站在了钱塘沙上。

三

正月十五上元节，六号浦沿养蚕的乡民，炒出蚕花年糕来，请左邻右舍吃，来吃的越多，喻示蚕茧收得越多。蚕花年糕，有蒸了蘸糖的，有摘了青菜炒的，有放了芥腌菜加肉片炒的，一样样色泽诱人，绵软可口，既解馋，又扛饿。

我最留恋那青菜叶炒年糕，挖一勺猪油，在锅里化开，放进一把板油渣，搁糕片一起炒，软香模样和味道一出来，抛些菜叶进锅，嗞嗞咝咝冒出阵阵香烟，勾起我的馋虫，一起爬到灶台前。

我跟奶奶去兰溪口姨奶奶家，也炒这青菜年糕吃。一小姐姐同我一般大，每回吃年糕，端个碗爬梯子上阁楼坐着，甩着腿吃。我见了青菜年糕，便想起这小姐姐的模样，目光里带探询，深藏了小秘密。

放学回家，拎一竹篮或挎一泥堆，操一把割麦的镰刀，去割猪草。临出门，拿刀将年糕切成薄片，拿开水泡，放上酱油和味精，这是乡下少年的美食。若是天色渐晚，抓紧出门，从水缸里抓一块，拿水冲冲，边走边啃，软硬适中，极有嚼头，练了牙了。

四

冬至后一百零五天，是清明节。年年此节，前三后四和正清明八天里，钱塘沙上先人归葬浮山的，挎着竹篮，拎着袋子，举着缚了彩带的竹枝奔那山去。

我知浮山，是奶奶归山去。站浮山上，东望钱塘，油菜花断了魂地开放，一片接一片。清明的勾魂丝雨垂垂息息，空气里满是水，人的脸庞、鼻子、嘴、眉眼、额，也是水珠。趁了雨息，上山祭祖，又急急地下来，躲过这山雨去。我见那山上，女人哀哀地哭，喊那悲凄的老母，边哭边诉，这诉连起来，是一首母亲的史诗。后来浮山迁坟，集中到南头，坟头密密麻麻，人头攒动，人声鼎沸，这哀唱的诗，也淹没在这喧响里。

清明，一半是纷纷雨，一半是艳晴天。人们疾行着，孩子们脸上挂起虔敬，肃穆里行了祭礼。程颢有诗云：况是清明好天气，不妨游衍莫忘归。赶紧在这山上跑一跑，到高处迎风四处看一会儿，大人忙着招呼，吃一个清明团子。清明团子糯米做，馅依人喜好，种类不少，我最爱吃两样，一样咸的，芥腌菜炒豆腐干、细肉丝；一样甜的，是豆沙馅。

归依浮山的钱塘先人，从这最高处，俯瞰斑痕大地。浮山，古有"浪吞泗磐秋浮玉"之险，是钱塘的神山，山里有诸神。

五

乡下好吃的东西，同稻米攥得紧。立夏前后，烧偶米饭。从外婆家往回走，母亲往往带一大麻袋，到祝家村下车。见有乌树的，得了允许，满山寻树勒叶，满满一袋，背下山，搭上车，赶回家。将乌树嫩叶浸泡，揉搓滤汁，和糯米一起蒸，叫偶米饭。紫黑间蓝的偶米饭，闪着光泽，把香杉瓦舍染成暖色。

农历五月初五，是端午节。六号浦沿的乡民，把箬叶洗净，挂出晾干，预备包粽子。粽子的米是糯米，淘洗后沥干，按各家口味，弄些大枣、猪肉，拿箬叶折出三角袋，将米和馅放入、压实，持络麻绳绑定系牢。包粽子时，邻居们聚一起，搭把手，有说有笑，煞是闹热。

新蒸的粽子，不待蒸熟，箬叶的清香沁人心脾，从锅台的热气里逸出，给屋子熏了一个箬叶浴。打开锅盖，粽子青绿的叶发着亚光，一个挨一个，柴锅用柔和的黑亮架扶起一座粽山。捏住系粽的绳，拎出一个，热气上扬，水珠滚落，抽开绳子，剥下粽叶，用筷子戳住，伸出一只粽角，蘸一撮白糖，一口咬下来，甜甜的，软软的，露出去核的枣，或是猪肉条，紧着跟一口，追那香馅去。

夏日里，天气日渐燥热，小鬼头们开始长痱子。父亲去道地或田间捉癞蛤蟆，剥皮刮肚，拿荷叶包起，糊一层泥，放灶肚里煨，一餐饭做好，这蛤蟆也熟了。敲掉烤干的泥，小心撕开荷叶，露出冒白烟的蛤蟆肉。乡下叫这蛤蟆带个"癞"，大概是皮肤颜色偏灰、带些疙瘩的缘故，我亦吃过田鸡的肉，远不如癞蛤蟆肉香。不曾沾过天鹅肉，我想好吃不过蛤蟆。

六

夏夜，红星大队广场，放起露天电影，像《南征北战》《地道战》《地雷战》这样的战争片，引得周边村落乡民成群结队往大队部赶。操场东边两根电杆间，拉起一块白帆布的银幕，八点五毫米放映机两台，胶片盘架上去，吱吱嘎嘎匀速旋转。电影里的对白、歌唱、音响，轰开乡村寂静，撩动少年的心。

小鬼头们没头没脑地跑，一会儿撞这女人怀里，一会儿摔那男人脚下。女人喊一声，摸摸小鬼头，男人骂一句，斜伸一脚，小鬼头不待起身，又摔跟头，哇哇大哭，跳着对骂，引来小鬼头的娘和爹，怨骂两句，照例要补打一拳，或让小鬼头补踢一脚，破涕为笑，才肯罢休。

后生家们，更大一些的少年男孩，刚长起身子，三五成群，占一角落，避了家长，偷偷抽烟，云山雾罩。女孩很少赶这热闹，钱塘沙上的女孩，中规中矩，家长管得极严，晚上不肯出来，不少还要编黄草绳、织草包，是过日子的人。

电影放起，我最喜欢跑那银幕后头的操场去，一边静静地看电影，一边看乡民热闹快活。男人们抽上烟，一支一支，闪着火星亮，冒着炊火烟，接续不上的，跑进大队部小店赊一盒，是这夜的活神仙。

广场上临时搭起三两个瓜子摊，乡民撕一块儿报纸，打个三角，包了二两、四两或半斤，举着嗑。临近的伸手抓一把，瓜子嗑下肉吐出皮，径直往地上吹吐。有善嗑者，瓜子抛起来，嘴叼住了舌尖一推、牙一合，舌拉了肉进去，嘴吹出壳来，但见瓜子壳像落花一样飘飞起来。一部放完，加映一部，乡民意犹未尽里散了去，遗了一广场的瓜子壳。

月亮挂起在天空，六号浦沿，香杉瓦舍，号子田间，一种黑灰色，一种月白色，将斑痕大地分割涂色。夜风清凉，普吹众生，去的路上欣喜，回的路上倦困，拉一角毯子搭背上，安然酣睡了去。

七

中元节，俗称七月半，是秋收之际，乡民照例祭祀先人，报告收成。虽余热仍续，但已走出炎酷。农作之余，乡民纷纷跳浦里洗澡，或跑到大池塘里游一会儿，至饥饿难耐，拖一身水出来，跑回屋换上干净衣裤。

秋天的瓦舍，稻草鱼点起的炊烟，一串一串，冒着泡泡，空气里弥散了稻草香。柴锅里的米饭和蒸菜，煤饼炉子上的铝锅炒菜，一齐热乎乎地端上来。

抬一小长桌到道地里，夜饭四菜一汤。炒丝瓜，炒药葫芦，炒青菜，摊鸡蛋，芥菜腌的"老菩头"（袁浦方言：根）汤鲜而略咸，解热去暑，就势添些毛豆、笋干、萝卜条，是瓦舍的极品一汤。

乡民们辛劳一日，舒坦地躺竹榻、藤椅上纳凉，摇摇蒲扇，拉扯风凉，兼驱蚊虫，看闪闪的星星和皎洁的明月。这左邻右舍，远近故交，常聚拢来，说东道西，将秋夜聊到深处，月笼银纱，带些凉意，四散了去。

八

冬至大如年，奶奶早早开始张罗，家祭祖先。瓦舍的稻米库，平添一样冬至汤团，手工制作，糯米揉捏的皮，硬度适中，蔗糖的馅，甜度适宜。我去了不少地方，吃过的汤团，要么皮太软，要么馅过甜，急急地咽下，敷衍了事。钱塘汤团，慢慢咀嚼，末了连汤喝了，才算圆满。

冷风嗖嗖，年成好，杀了猪，钱塘看家菜油豆腐烧肉登场了。这肉要用大柴锅，弄些木头在锅肚里，架起来烧。

洗净柴锅，将猪头肉和五花肉切成火柴盒大小，置于锅中。挑一担六号浦的水，放大水缸里，沉一沉，舀出来，和肉一起煮。煮到七分熟，往里放袁家浦老街的油豆腐，倒半碗酱油，放一勺绵白糖，再煮四十分钟起出，放到瓷质的大钵头里，加上木盖，待这热失了，冻成一体，上浮一层白色猪油，像抹脸的雪花膏。拿筷子挖一块，连肉带油、连泡带冻，和着青菜年糕泡饭吃，和着新烧的热米饭吃，这是杭州乡下过冬的当家菜。

年猪宰了，留两刀肉，用粗盐腌上，半个月后，即可蒸食，也叫腌肉。我吃过浦沿上一些家的腌肉蒸蛋，肉香可口，汤香不腻，至今记得。我问母亲，母亲说，年猪吃野草、吃砻糠，一年才长一百来斤，怎能不香？

九

快过年了，第一样事是理发。大队部理发室要排很长的队。老塘的阿文叔叔开出一爿店，在家里理。这叔叔笑口常开，理一个头，讲一通笑话，把一屋子的人都逗乐了。我爱去那儿理发，安静地坐着。在台基厂或王府井理头，我一坐下来，马上想起阿文叔叔的理发店——少则三两人，多则七八人，那会儿，头理得好，心理得也好。

这叔这店，给了我童年少有的欢笑。理了跑北塘上转一圈，看那大江奔流，又多几分开阔。

年去岁来，从雀白草舍到香杉瓦舍，父亲总是和红星大队、袁家浦街、八一大队的小弟兄家们在一起，谈天说地。我印象最深的是康伯，和父亲交往五十年。阿伯一双帆布般粗糙的大手，砌过石磉，做过石匠；一副猛虎的宽肩，拉过大车，做过纤夫；有好酒量，能吃肥肉。最忆寒夜里，一海碗老酒，一钵头冻肉，一布袋花生，阿伯喝到半夜踏雪归去。最喜阿伯的豪爽、厚道，他是我童年的偶像。我曾想，做人要做阿伯这样笃实的人。

六号浦沿，我最怀念的朋友是浩哥，时常想起。阿哥的话不多，我从哥手里接过去北京的车票。阿哥是木匠，我家大门、窗子，是哥做的。阿哥是店主，我带回北京的茶叶，是哥置办的。阿哥站在瓦舍里，憨憨地笑，这笑天真而又深邃，朴素而又辉煌。阿哥走的这一天，天上的雨忍着，未流下来。

十

六号浦的两排水杉，大都已过不惑之年，它们有三公里长、四层楼高。飞鸟来了，栖于枝头，松鼠来了，乐不思蜀，乡民世代居于此，耕读传家。

六号浦两岸的瓦舍，从二十世纪九十年代起，陆续拆了去，瓦舍变新楼。我却常想那瓦舍，瓦舍里的人儿，瓦舍里的事儿。

二〇一五年十二月十三日

四亩八分号子田

一

《袁浦镇志》说,一九七四年公社整饬园田,钱塘沙上错落有致的湖汉河浜,化为园田齐整的新农村。

瓦舍前后对正,左右看齐。农田长八十米、宽二十米,一块田两亩四分,又叫号子田。

一九八二年分田到户。我家六口,得号子田两块,四亩八分。有了田地,我们修成纯正的种田人,一家子欢喜振奋。

立春。铁耙高高举起,叩响农耕的地扉。大铁耙四根齿,齿尖呈蛇头形,小铁耙四根齿,像四根刚劲的猪肋。

赤脚下地,一股钻心凉爬上小腿。我虔诚地从父亲手里接过小铁耙,学乡民的样,吐口唾沫在手心,紧握耙柄,抡起来,速坠下去,勾拉一下,一块泥土翻过,露出青灰条纹的犁底层。掘不得法,耙把分离,连耙带楔掉落下来。父亲过来,默默地帮我装好,找块平整的石头,将铁耙蹾实,推到我手心。偶尔翻出几条泥鳅,引了心头的惊喜,撇开铁耙,奋力去捉,添了动乱,把翻好的齐整地踩成一堆烂污泥。

父亲、母亲和我，间隔四米，一起往前掘进，一下接一下，连贯起来，从身体里抽出劳力，辟出号子田的鲜灰色，扬起浓浓土腥味儿。

号子田间，原本繁花鲜草遍野，经年未烂透的稻梗或麦茬，一小撮一小片，翻过身，轻喘气，作别一季，平卧在泥土里睡去。一些未压实，露出头来的小花小草，在风里轻颤，像是遗落的使者、掉队的雁儿，寂寥地诉说前尘往事，回味上一季的风语。

钱塘沙上一个劳力，一日翻地三四分，一块号子田，翻六七天。我勉强够三分之一个劳力。母亲的鼓舞，给我信心，我往往使大劲，多掘一会儿，紧紧跟上。

二

年成好，手头宽裕，父亲请了赶牛人来犁。赶牛人套上犁铧，调整好入泥的角度，轻甩一下鞭，吆喝一声，牛悠悠地往前迈开步。犁铧解开湿润土地，如一叶踏浪扁舟，航行在号子田上，卷起的泥块线条流畅、刀工上乘，是速雕的海上花。

有牛来犁，我们特别开心，站在犁过的地上，用铁耙补一些未尽落实之处。待补翻过边角地，一块规则而又新鲜的号子田，向天空敞开怀抱，把新的季节摊开在了天光云影里，预备一个奇妙世界的降临。

后又请手扶拖拉机手来犁。拖拉机大声喘气，以不容置疑的果决，碾过田塍路（田埂），迈进稻田，挂上拖犁，土地一绺绺连绵翻卷而去。这是绝美的歌者，号子田被吞没在拖拉机的欢叫声里。

一块地两个壮劳力每天干八小时，连干三天。牛上场，只需干一天。拖拉机手上场，约莫三小时，一块地顺从地翻过身，长长的泥花被子，舒展地仰卧着，并排铺在号子田上。

拖拉机停在号子田头，机头顶一窝沸水，热的水烟抖开来像一块软飘飘的白绸。趁这停靠间隙，我蹭过去摸索着坐一会儿，赤脚摩挲着轮子踏板，紧握扶手，陡生一股前所未有的力量。

翻过地，在浸满浦水的号子田里，拖拉机笃实地跑起来，刨碎了土，爆破音骤起，叭叭叭叭，狂野地吹打水面。父亲跟在后面，用推泥板平整田面。稻茬和杂草随同生命的上一季安稳地入了土，在潺潺水流里，欢实地沉浸，做了繁华的序，以全部的热诚复活在新生季的百花千草里。

平静的水田，白洋洋一片，把蓝天白云拥入怀中。微风轻启的素颜的唇，一下一下吻过，羞涩了天空，红了季节的脸和脖子，一如快要上花轿的女孩。一顶浩浩荡荡的迎娶的大花轿，停在了号子田头。

三

清明。育苗插秧时节，也是各样生物竞相攻击之时。我最惧白天秧畈蚂蟥的偷袭，傍晚半空蚊子密集的叮咬。

拔秧之时，蚂蟥或蜷依秧根或踏波潜泳，一不留意粘人腿上。小腿下部没入水的部分，泡久了麻木，一有痛感，半条蚂蟥已钻进去，吸足了血，撑圆腰身，像一个斑斓的果实，贴腿悬挂着。

我被这勇猛的"软兽"攻击过，失了些血，留下一处又红又痒的圆斑。自此极为留神，预防被攻击，拔一会儿秧，检视一通。

秧田蚂蟥数量极多，防不胜防，一经得手，乡民也无报复之法，甩丢一旁，蚂蟥得胜而去。

乡下的傍晚，蚊虫成群抱团飞舞时，又常是乡民一日劳作、酸痛饥渴之时，虫子得势，脖脸手腿莫不受到叮咬，一波又一波。我抡起泥浆手，狠拍下去，身手快的蚊虫飞跑开去，死了几只贪心的琐屑虫。我的皮肤红了一大片，又痒又痛，触到心头烦躁处，忙不迭地收工。

　　回家剥掉上衣，扑通一声纵进六号浦里，游一会儿，水淋淋地上岸来，换过衣衫，搬出竹榻躺下纳凉，拿出大蒲扇，呼呼地扇风。

　　抹了花露水，蚊虫仍不放过，叫起来如蜂鸣，这时已不易得手。那饿极的扇不走，非要叮吃一口再走，只好腾出手来，拍晕了它，一吹了之。

四

　　秧子插下，月上杉梢，头等事是放水灌田。

　　吃过夜饭，急急地奔田里。乡民们聚在号子田头巡视田塍路，堵塞缺口，等活水来。用水量骤增，机埠抽的水一时供不上，沟渠水位又极低，各家拿了盆扎水。一蹲一提一扬，浑水笼了银，哗的泼出去，心头一颤，好生快意。

　　秧子如鸭群，在清风里，向着月亮，发出沉雄的抖翅声，去够天上的星星，仿佛要挽住黑不下来的夜。因为水，天上星，我的心，和这秧苗紧紧地贴在一起。

　　挹干渠里的水，跑到号子田另一头泄水沟里，一盆一盆往上提，举过肩，倒进秧田。

　　月光经了水声的濯洗，分外皎洁，钻出洞眼纳凉的黄鳝，呆呆地游弋，沉寂于所思，我怕它醒神跑了，赶紧喊父亲。父亲下沟捉黄鳝，专注而娴熟，一手握鳝头，一手托鳝腰，郑重其事，像捧了初生的婴儿，放进盆里，我端回家抛进水缸去。

再出来，四野的蛙声此起彼伏，把瓦舍的窗子都喊了开来，起初一二、七八声，是一堂午后的语文诵读课。紧接着一阵高过一阵、一片赛过一片，像是顶起一只会飞的大河蚌，欢天喜地地去吻那月光，向蟾宫里的嫦娥和兔子示好。

平日秧田缺水，父亲让我找管机埠的阿伯请水。抽水泵又粗又长，瘦小个几可钻进去。

得了允许，先用盆从出水的泵嘴往里扡水，一二十盆下去，引来哼哼唧唧的震荡声。继续扡水，引出一小水流，渐汹渐粗，挤满泵嘴的三分之一、二分之一……

扔了水盆，直起腰来，用身子去堵出水口，水从泵嘴挤出来，顷刻把人推倒一边，一股巨流顺渠狂奔而去。

我沿水渠奔跑，把阻碍物拨开，将支流堵住，让水快速溢满水渠，流到号子田头。

五

钱塘江畔出稻米。考古学家在江对岸的跨湖桥挖出先民种植的稻谷和一条独木舟，距今八千年。

先民泛舟钱塘江，舟上一头坐螃蟹，一头蹲石蛙，一个嗞嗞，一个呱呱，各抒己见。先民笑着捕鱼，一来二去数千年，从江中到河上，从河上到沟里，从沟里到田间，处处鱼鲜。

我爱号子田里的鱼。最常见的，是鲤鱼、鲫鱼、鲢鱼、鳙鱼、草鱼、汪刺鱼、"肉托步鱼"（袁浦方言：爬地虎鱼），还有虾、鳗、黄鳝、泥鳅。

清明，微凉，我放学路经一涵洞，闻听嬉水声，起了好奇心，循声跟过去。露了黑鳍的鲤鱼安详地游弋，"老板鲫鱼"（袁浦方言：大鲫鱼）急切地逆水上蹿，沉着的虾十来只，弹腰甩须，散布其间。

我急急地跑回家，拿盆、桶、小铁耙，喊上正在道地专注地玩弹子的阿弟，来到涵洞前。

我俩一头把一个涵洞口，分头筑坝，两头一截，将水舀掉三分之二，露出洞口。阿弟钻进去，将捉住的鱼虾条条只只往外递，竟攒了小半桶。

油菜花开时节，鲫鱼劲爆欢畅地疾行在垄间水沟。闻见花香，听见水声，扔了书包，脱了布鞋，我钻进油菜花地，追那鱼去。

鲫鱼灵动而敏感，追到头时，对峙一瞬，它迅速摆鳍，掉过头来，疾射而去，扬起一个水脊，带起阵阵放射状的弧纹。

三两个来回，我便气喘吁吁，一脸的汗水，一头一肩一地的落花。垄上草青青，在夕阳西下里，满身滴翠，诱你忍不住揪一把嚼两口，舌间唯余淡苦和微涩。

稻田蓄水，冒失的鲤鱼从沟渠一路折转，蹿入水田，不满这浅浅的水，乘势腾跃，横冲直撞，弄出极大声响。

我赤脚下田，循声而去，看个究竟。鱼闻人声，哧溜一下，箭似的疾驰而去，脱落无寻。不远处秧苗的晃动，露出鱼的蛛丝马迹，知这大抵是它弄出的动静。

号子田水面开阔，鱼入水田，不易捉得。极高明而幸运的鱼，趁泄水时游出田畈，进入水沟，回归浦里或江里。

六

号子田头有一片高地。说高，其实不过与田塍路齐，未积水罢了。近水田的一头，种了毛豆，毛豆围着一畦地，地里是瓜秧。

瓜秧出个头，憨实直爽，无所顾忌，欢蹦着活泼泼地滋长开去，秧头抬起来，脉脉仰望天空，盯着朵朵白云出了神儿。

叶子往上托，摇青漾碧，承"天露水"（袁浦方言：雨水），一张叶一把伞，荫庇这片地，护住身下土。

日色月光昼夜切换，悠悠碧空，枝蔓叶长，朵朵花儿顺着瓜藤，向前向上开放，透过叶隙，结小青瓜，一周两周三五周，变大变圆，通体翠青，让人不舍移视。这翠青，见久了光，泛出鱼肚白，起初淡淡的一点、薄薄的一层，像隔了重纱的一点灯火，慢慢衍成片，脱落出雪白，瓜皮凝脂如玉，偎靠在暖暖的地床上，日散独一无二的雪瓜香。

钱塘当季雪瓜，不负碧空日色，香远愈浓，熟到通体乳白，摘捧起来轻置竹篮，挂在屋间或檐下阴凉处，留给爷爷享用。正这一口，爷爷欢喜，掰一块含嘴里，笑着说好香哩！

号子田头，高地中央，每年留出甘蔗地。早先排种青直细长的柴蔗，后改作粗壮脆甜的红皮甘蔗。排种甘蔗时，先整饬好地，开挖长而直的坑，将甘蔗排放下去，结点带芽的冲上，灌浇了水，用泥浆渗实了，半在泥里半坦露。

甘蔗有柴木的蛮野阳刚，水稻的劲挺饱满，油菜的温润光泽，长起绿芽之后，如竹笋般攒劲上抽，趁时培土，新生甘蔗的根须，像江上机帆船的桅绳，绷紧蔓扎下去，和泥土系在一起，一如酣睡少年抱着枕头的胳膊。

我常守在甘蔗地里，坐着啃个够，解了渴，前后左右察看一番，确信没有蛇虫出没，干脆躺在地上，从蔗叶的空隙，仰望蓝天白云和飞鸟。

一季的甘蔗，也辨不清是红多一点，还是紫多一点，这一色的红、一色的紫，逐日递变，大红大紫，是钱塘的喜色，少年的企盼。

甘蔗节节拔高，蔗叶如剑，旋舞着伸展开来，像仗剑欲击、出手神速的剑客。蔗叶的色，先着亮青，渐作墨绿，随圈拔高，乡民上手，去了底圈的几轮叶，露出浅紫或浅红。紫色的、红色的节，自下而上，渐长渐淡，淡到嫩青，在重重笋壳般包裹的蔗梢里，唯余一截白芯，带点浅浅的绿影。

我家蔗林初长成，只短短的八行，坐在林边看那长叶飘飘，穿过密枝繁叶的风，有一种渗了糖水的甜。咬一口，甜到心底，满嘴的霜白，抖落下来的蔗霜，像扑棱的鸟儿没入草丛中。

我的童年，顺着蔗林甜甜的风，把梦想的线一寸一寸放手，在甜甜的天边，抖曳起一面风筝，拖着长长的尾。我的梦，也曾趴在那嗖嗖轻响的风筝的尾上，从天上俯瞰着，一个圆头圆脑的点。

七

交够公粮，号子田头慢慢沉静下来，香杉瓦舍像是怀揣一只兔子，骚动出闹热来。牛马拉的大车，驮来"六谷菩头"（袁浦方言：玉米棒子）、洋芋芳（袁浦方言：土豆）、番薯，以物易物，换取稻谷。也有黄岩蜜桃，拖拉机运来，称取稻谷，折了蜜桃比重。还有一样解馋良物，是机器做的中空的白色米棒，折成等长，用编织袋装好，提回家去，再扛一袋稻谷，折了工钱。

公社散时，一村只一个小店，设在大队部。卖的一种糕点，叫香蕉酥，通体赭黄，闻见糕香，涎水直流。还有一种麻酥糖，一块一块用纸包起，展开来轻捻起，软糕层层紧贴，蘸了甜的酥粉，吃得满嘴跑粉，把空气也弄得甜丝丝的。

父亲曾叫我去小店买一回烟，嘱咐买"大红鹰"牌，我一路默念烟名，临到大队部转弯处，雨后的路面出个坑，露出石头一角，绊了一跤，摔得半晕，昏昏沉沉跑进小店。阿伯笑眯眯地问要什么，我说"雄狮"牌！

走村串户的货郎，挑一担零碎杂什，拨浪鼓叮咚，叮咚叮咚，响个不停。奶奶见了买些针头线脑、扣子木梳，补齐日常针线活的缺处，或挑一两样给小孩把玩的物件。

一拨少年跟在后头，只是眼巴巴地看着，却不出手，末了偶也唤起邻家哥哥姐姐的爱心，出点钱，货郎给几根棒棒糖，小鬼头们一人一根含在嘴里，欢快地呼啸着散开去。

八

晚稻收起，空旷的田野，连声的鸟喧，这一声，那一嗓，拖出一片接一片的红花草子（袁浦方言：紫云英），齐齐怯怯静静地站着。

红花草子新栽的绿，嫩到滴出翠来，青瘦的草茎，竖着堆叠开去，翠色欲射而紧绷，纤茎娇嗔而欲折，遇了秋风紧处，发出轻轻的唤啼声。红花草子秀色可餐，引人狂野，恨不得变作一头壮年的牛，一匹饿急的马，一只跳栏的猪，冲进田野，左吃右啃，一通畅快的咀嚼，末了不忘舔净嘴角，那挂着的几滴鲜美草汁。

冬阳轻捶红花草子的长靴，熏紫红花草子的美帽。草子花开，越过稻梗，高过田塍路，新染的紫，一式的紫，透些嫩白，如霜红的婴儿的脸。号子田静伏在紫云被下，打着拍子，轻轻吟唱，把那风声水声，草长草摇声，花开花卷声，风起风落声，一塌刮子编进田野的不眠曲。

灰云天，西北风，冷雨阵阵，漫过红花草子的靴。戴了宽沿的箬帽，穿上硬挺的蓑衣，赤脚踩在田里，冰冷的寒流爬过脚趾，死死地抱紧脚背，脚赤红而白，一脚追一脚，拖着冒泡的雨水忽忽前行，紫云被头划出一道深深的墨笔的线。

飞过红花草子地的鸟儿，目迷于斯，耳迷于斯，影子从天空落下，像一只只灰色的锚，勾起号子田间一船又一船的欢喜。

故乡的号子田，乃是人间天上，种田人的驻场耕作之所、财用支出之基。

分田到户的第二年，钱塘稻谷丰登，一根扁担，两个箩筐，我的父亲把一副盛大的担脚挑到江对岸义桥镇民丰村，桂花妮娘笑了。

站在民丰村小木楼顶上抛下的上梁馒头，出自袁浦，是四亩八分号子田笃诚的尖叫！

二〇一六年一月二十九日

浦东二十九号

一

六号浦东二十九号，是我默写最多的词组。确切地说，是地址，在钱塘沙上，从六和塔东南沿江边走，不到十公里。

这个地址，早年给父亲寄信，现在给母亲寄药。寄的方式变了，过去跑邮局，现在约个快递员上门收，省事了。

这个地址，用了三十年，我以为是不变的，也没有必要变了。

事物在变化，不光二十九号，浦东的号，浦西的号，连同六号浦，也是旧事了。

丙申年清明夜，我步行走过六号浦沿，眼见浦东近北塘几户人家，已成废墟。浦西几家卸了门窗，人去楼空。二十九号不是拆不拆，而是何时拆。

二

一九七六年冬天，袁浦公社开挖六号浦南段。红星大队乡民逐渐临浦而居，居住在浦西的，给个号，组成地址。我们从东边搬来，落在浦东，自然序号二十九，有了号，从此替代"红星十队"。

从队到号，翻天覆地。一九八四年，六号浦两岸乡民开会抽号，落实民主，分田到户，人均八分。这一年，西湖区最大的官，把"中央一号文件"送到外张村一户乡民家中。

二十九号一家六口，不论男女老幼，一人一份，得四亩八分，两块号子田，举家高兴。有田就有吃，穿自不必说，一切会好起来，也真的好起来了。

三

浦东二十九号，是一个独立单位，我的父亲和母亲，两个主劳力，上有老，年届七十的爷爷奶奶，下有小，十岁光景的我和阿弟。

分田到户，从此每个家庭凭自己的劳动，养活自己。

四亩八分地，一年种植两季稻、一季麦和油菜。生产什么，种多少，自己做主，上交什么，也可选择，有一基数，相当于承包田的租金。

交够公家的，剩下是自己的，这是新政策简洁明了的概括。因政策实惠，乡民种田热情高了，积极性大涨，为生产更多的粮食，而一往无前地走向号子田。

四

浦东二十九号，以种好田、多收粮为中心，人人上心，个个用力。

我的爷爷奶奶，农忙期间重活干不动，辅助的农活却不少干。拔秧时，放条长脚板凳，坐着拔洗秧苗，集拢捆扎起来。收割脱粒时，在田间捧稻，捆扎去谷的稻草。晒谷时，在道地上来回翻动去湿。这些农活，只是分工不同，他们承担了体力所及的最大付出。至于抢收抢种的日子，送饭送茶送水到田间地头，更不必说。

我和阿弟，和六号浦两岸的小鬼头一样，努力担荷更多工作，渐成一种自觉。置身田间地头，种田技能愈发娴熟，怀揣即将成为可观劳力的欣喜，对生活充满自信。

五

六号浦两岸，从公社时期起，不提供公共住所。三十年间，乡镇不提供住所，也从未成其义务。新农村的红旗插到钱塘沙上，自力更生造房子，是同生死和嫁娶一样重要的人生大事。

二十世纪七十年代末，我的父亲和母亲，用了全部气力，盖了三间两弄的瓦舍，又在二十一世纪的阳光出地平线前，稍为宽裕后，拆了漏风透雨的瓦房，造了占地八十平方米的三层小楼。

父亲把小楼视为一生创造的高峰。小楼的每个细节，无一例外地受父亲注目。父亲说，小楼外立面通体用小块拼接的马赛克砖，颜色用清爽的深青、淡绿、乳白三种混搭，青簇簇地矗立在一片水杉林边。打图纸，铺地板，贴瓷砖，安顶灯，挂窗帘，莫不倾注父亲心血。小楼完工，父亲说，一辈子最大的事办完了！

一家一户办上梁酒，是村庄的盛大欢会，彰显一种勤俭持家的美德。子女多的，也都各自用力，相互帮衬，想方设法把房子造起来。瓦舍当家人，特别是年长的户主，把自力更生造小楼，视为一种荣誉，一样不言自明的使命。

小楼落成，父亲住了五年，意外离世。见到小楼，我便见到父亲。站在楼前，便是父亲在眼前。住在楼里，便是躺在父亲怀里。小楼，即吾父也。

六

承包田是乡民的生产资料，基于比较优势，也是生活常识，乡民几乎无一例外地拿出几分地，种植日常所需的蔬菜。这些菜一般不进市场，基本自采自食。

母亲在号子田头，依据喜好，种了应季时蔬。袁浦雨水丰沛，菜长得也快，模样清新鲜嫩。长年不断的，有青菜、白菜、芹菜、萝卜。平时见缝插针，在地里撒些菜籽、种上菜苗。四季餐桌的蔬菜供应，依靠就地产出。

这是一种朴素大方的生活形态，二十九号如此，六号浦两岸如此，袁浦有地的乡民也大抵如此。

延伸开去，钱塘沙上的土地以承包形式，掌握在一家一户乡民手里，他们自种自吃的不在少数。这一个群体，抗压能力强，面对外部世界变化，像海绵一样，稀释冲击力量，也将影响降到最低。

不论市场价格贵贱，这几分地照种照吃。这一自耕农的经济存在，其收成不见于统计数据，更遑论什么成绩，却是乡民生活的常态，也可说是国力的一部分。

这股力量，是钱塘沙上的一个能耐、一项大德。

七

六号浦沿两岸民风淳朴，又爽快又"大派"（袁浦方言：大气）。号子田头，家家户户有菜地，种多的吃不光，种少的不够吃，青黄不接，打个招呼，得了允许，随时可进邻家园子摘菜。

我在袁浦探亲的时光里，常听到窗外有女人大喊：阿奶，我到你家地里摘篮菜去！只喊一遍，无须重复。另一情形，也是大喊：阿奶，我家地里菜好吃了，我给你摘一篮来！也是喊一遍，楼下水池边多了一堆新鲜的菜。

自然的互济，悠久的存在，是六号浦沿一景，也是富有人情味的文化。它既非等价交换，也非以物易物，全凭了一种生活的自觉。

我三四十年所见，六号浦沿乡民，眉宇交谈间，处事交往中，透出一种芋艿的朴素、黄南瓜的热诚、红皮甘蔗的甜润。在这样一个独特鲜明的生活群里，相处久了，莫不受到一种鼓舞，做人做事厚道大派起来。

八

六号浦沿的大多数乡民，保存和延续了流传千年的祭祖文化。

祭祖不是一年一次，而是同节气配合，同家中故去的人的周年忌日呼应，衍变出一套合乎乡村伦理、以食为天且简便易行的文化仪式。

家祭无忘告乃翁。每年春节、冬至、七月半、年三十和逝者周年，举行简短的仪式，执事的父亲在这一日中午或黄昏的饭前，点香烧纸祷告，报告一年收成，人事变化。

儿时，我每次侍立一旁听父亲讲时，仿佛眼前站满故去的亲人，父亲说得诚恳简洁，村言白话，听了也往往振奋，觉得每个人当努力。每次仪程，警示生者上进，不可懒惰。

从此，为人行事，笃信人做事天看着，身前立起一面铜镜。年去岁来，节气循环，不时轮到，又有祷告，也成了家庭自省的庄重仪礼。

家祭，总有各式小吃。母亲手巧，会做不少地方小吃。做小吃时，邻里过来帮忙，人人动手，又有趣又闹热。小吃攀上节日和节气，名堂多多，譬如清明团子、端午粽子、冬至汤圆，大人小孩都喜欢。吃了团子，记住清明，吃了粽子，记得端午，吃了汤团，记挂冬至，民俗在席间，也便在心里消化了。

家祭，有鱼也有肉。儿时一听祭祀，便如坐到一桌丰盛菜肴前。祭祀的菜，比平日多炒几个，鱼和肉是不可少的。母亲说，吃祭过祖的饭菜，每个人都平安。我们也往往多吃几口菜，多盛一些饭。在乡下，吃得多，力气大，多干活，讨人喜欢。少年时，我胃口大，吃米饭两大碗，常得母亲夸奖。我常常扭转头去，看一眼堂几上燃着的香，似乎也得了神明的注目。

九

生活离不开灶台，六号浦沿，家家有两灶。传统大灶，燃料是号子田里的稻麦草和附近山上斫的柴火，两个柴锅煮饭炒菜，两个汤罐烧开水。新式小灶也叫煤气灶，烧的是桶装天然气，专送上门。日常用小灶，办祭席、过大年用大灶，否则跟不上、吃不开。

过去乡下办上梁酒，先看大灶起了没有，锅肚冒烟，是房子落成的第一道风景。

袁浦一地五千户、三万人，街上的餐厅不如农家红火，是因为大灶威猛，地位牢固。逢年过节，乡民宴客，要开不少席，自己做实惠，选料又好，也秀了厨艺。红白喜事，请了厨师，也都在家办。这些风俗，保留至今，是地道的袁浦味。

丙申年春，阿弟从钱塘江边买来大胖头鱼，收拾洗净。母亲说，用大柴烧，我点旺了火，一屋子飘起木头香。鱼头搁柴锅里过油，通体出焦香，放上各种调料，慢煮近两小时，楼上楼下都是鱼香。

我们排了队，一人盛一海碗，再搭两碗新煮的米饭。母亲见一条鱼太单薄又炒两盆地头的青菜。袁浦青菜，菜味馥馥，吃过的没有不记挂的。

用三十年不换、黑沉沉的大柴锅，煮一条大胖头鱼，母亲的手艺，配上袁浦青菜和柴锅煮的晚稻米饭，这是我吃到的最美味的东西。

钱塘沙上，我的故乡，丙申年，六号浦在，二十九号在，家在，灶在，母亲在。

二〇一六年六月九日

粜米路上

霜降。一盏十五瓦的灯，依稀照见劳碌的身影，影子投在地上、墙上，抖动着，仿佛在跳侵晨之舞，又像是编织起一个人的圆舞曲。

我把钢丝车的轮胎扛到泊车处，翻过支着的车架，拿脚够车轮，对齐凹槽，车架落位，拉到大门口，对着台阶停放到位。

和母亲抬了米袋，估摸了平衡点，平放钢丝车上，绑好绳子，勒紧系牢。

倒杯隔夜的茶水，从篾壳的暖壶里兑些热水，咕咚咕咚喝下去。母亲关了灯，眼睛在熄灭的光亮和关门的嘎吱声里，沉入清夜浅海的底。

母亲拉着钢丝车，我套上斜拉的绳，用点力气，沿田间小道，咿咿呀呀，往东方日出的地方行进。

从村庄里拉车出来，夜的黑整片地提起，一帘一帘地抽离，剥出丝丝鲜色的亮。田野静而凉，升起薄薄的水雾，慢慢地刮掉夜的漆黑，我依稀看见脚下的路。

车轮碾地的震荡，是这号子田头连绵不断的鼓点。趴在路上憩息的小田鸡，受了惊扰，睡意蒙眬，半眯的双眼不待睁满，急三火四的往田头、沟里胡乱跳开，身后甩下一串水珠。

东方鱼肚白，澄澈的天空，挂着一丝甜蜜的笑。

母亲和我，身上已汗津津，每往前迈出两步，钢丝车便扭一扭嘎吱一圈，这淡青薄纱覆被的号子田头，吐起两口轻的热烟。这烟一朵一朵，轻轻轻轻，挂在空中，像一只一只失重的鸟，错过了时间的航船，停靠在渐亮的天空。

一地的野草，挂满露珠儿，遇了东方微黄的光，闪闪闪闪，一如未睡醒又好奇，欲哭又无赖的婴儿，从从容容，慢慢醒来，窜动几下腿脚，咯咯一下，呵呵一下，呀呀一下，终也忍不住醒的快意，笑出声来，唤醒号子田的黎明。

远方传来轮船的笛声，我们离那奔流的江，也越来越近了。母亲的脸，泛着金秋苹果般飘香的红，半是这红带起的冬瓜霜白，半是这晨凉侵袭的牛奶稠白。

马达突突，把力的美荡着传给号子田。收割后的田野，稻梗一排排、一丛丛，倒映在积水的脚窝里。草垛一个个站着，早起的麻雀密密匝匝，飞到东拐向南，飞往西沉向北，扑棱翅膀，用浅白的羽翼，驮了晨光，把乡下弄得风生水起，也消了睡意。乡民们也早早地荷了铁耙和锄头，拎了一缸茶，慢悠悠地往田野走去。

用十二分劲拖拉钢丝车，上了北塘，长长地呼出一口热气，右边是灰黄相间的田块。收割后的稻田，稻梗手掌高，连成一张网，紧紧地攥住号子田。左边是碧波万顷的钱塘江，用蛮而重的力量，不断撞击号子田，南北塘便是缓释这力的坐垫、看田守舍的围堰。

芦苇的灰影，一枝一枝，一簇一簇，轻轻摇晃，把江和塘的接合部揉软了。

走在奔老渡埠去的这段泥路，我们已浑身汗淋淋。熟悉的渡轮从江心垂直冲过来，划开滚滚江浪，像袁家浦老街沸腾的馄饨汤。对岸，就是闻家堰了。

这一日，号子田上的米，在闻家堰卖出一季最好的"价佃"（袁浦方言：价钱）。

二○一六年三月十七日

年去岁来

一

袁浦过年！

手握一张硬座票，高高擎起，挥舞着，随欢喜的人流奋进。火车一路嘶吼，用八言文，大声叫唤：过年回家、回家过年……

通往春天的路上皆年客。车厢内外，年天年地，年日年月，年男年女，年长年幼，年胖年瘦，年高年低，年站年坐，年吃年喝，年说年笑，满脸是年，满嘴是年，满眼是年，一身是年。

哐的一声，抖一抖，轻晃一下，刚得平衡，杭州站戛然停住。连着倒三回公交车，便是我嫡嫡亲的故乡钱塘沙上。黄沙桥站下车，一脚踏实，一年到头。

回袁浦过年，是出门在外的种田人一年里极庄重的大事。

回来得好！早先是父亲，后来是母亲，早早地站村口迎了上来。暖心的话刚让人欢颜，村口一声熟悉的"嘭"——仿佛火星从乐开的嘴掉进胸膛，点旺了胃。

制作"逗米糖"（袁浦方言：胖米糖）的"钱塘老人"，把米倒进椭圆形、一端开口的黑铁肚子，架在火上转呀转，烤到火候，对着粗麻口袋，拉开嘴，"嘭"的一声闷响，爆出膨化的米花，溢出一股熟而甜的米香。抓一把填嘴里，攥两把塞兜里。

米花做出来，"钱塘老人"抓一勺蔗糖，搁锅子心，遇热化开，和米花搅匀，压紧切块，就是醇香的逗米糖。还未咬上，"口里水"（袁浦方言：唾液）滴出，拌糖米花，击中味蕾，从舌尖到胃底快感成一线。

我爱这鱼米之乡的"不同稻香"：稻花香，稻浪香，稻谷香，稻米香，稻草香，稻田香。未能抛得袁浦去，一半勾留是此稻。钱塘无稻，不知袁浦为何乡，钱塘无糖，不知童年为何年，不吃逗米糖，枉做钱塘人。

二

一户户炊烟，连绵起一串串泡泡云，袁浦坠入甜蜜蜜的爱河。灶间的稻草鱼，一条接一条，欢畅地扬明眸、伸鱼腰，扑闪扑闪，每一根"鱼刺"都是温暖的，咯吱咯吱，打着节拍，唱响田歌：油菜花开黄似金，荞麦花开白似银，草子花开满天星，蚕豆花开黑良心。

奶奶拿出早先备下的净沙，倒进柴锅，翻覆去湿，腾起细浪。

一样样炒货，从边角旮旯儿寻出，集拢起来，常见的有年糕片、番薯片、老蚕豆。年糕片色浅白，也有带黑芝麻的，和沙子混了，在柴锅里翻滚，忽而出沙，倏尔入沙，三两分钟，失水皲裂板结的糕花，圆润起来，欢喜地膨胀，泛起诱人的乳黄白。年糕的醇香，大抵渗透了木头、石头、稻头的欢情爱意，用钱塘独一无二的草木香诱惑了你的胃，禁不住摸一下肚子，抚慰年糕的魅惑。

淡黄色的番薯片天生敏感，起初不乐意，好像使了性子，在沙子里背着手，给你怨伤的颜色，黄白的斑里，透着无所谓的神情。待这翻着热浪的净沙，煨暖薯心窝，逸出阵阵甜甜的体香，挺胸收腹提臀，为悦己者容，给你饱满的笑颜。捏两片甩一甩，去了烫，咔嚓咔嚓，碎在牙床上，薯香随呼气借了这热，扑哧哧直往外冲。这炒货的火候须拿捏准了，一旦过了热劲，薯片不乐意了，酥黄脸顷刻布满忧郁的黑色素，煳焦味哄哄而起。

老蚕豆是褐色的，遇了热沙，抚摸一会儿，禁不住痒，抖抖身子，将外衣撑鼓起来，像男孩含了两粒水果糖的腮帮。这豆瓣相拥，搂着转着，出了膘肥，慢慢虚胖起来。豆胖子隔着外衣看这朦胧昏沉的豆房，渐黄渐圆渐亮，终于耐不住好奇心，挣破了豆袄，来看这美妙的新世界。

两片夹一豆，鼓舞起种田人的味蕾和视线，盛放在嘴里、眼里，勾引了舌头、牙齿和咽喉，都骚动起来，急着上口哩。

一方水土一方糕花。钱塘糕花温甜如邻家女孩的笑模样。品尝故乡的糕花，仿佛芋艿的稠、黄南瓜的甜、豆角的嫩一起涌上来，酥软了种田人的舌头，向食道奔跑。一入故乡的领地，所有的矜持也都抖搂了，一丝不挂地将心捧了出来。

三

家祭是袁浦过年的仪礼。所谓祭，是托请之意，由一家之长操持行礼，请列祖列宗享这营收，报告年成人事，告慰先人。

祭席设九座，北向三席，东西各三席，每座一副筷子、一个酒盅，筷右盅左，斟半杯老酒，祭礼中间，临末再斟些许。主桌菜蔬，应时应季，有什么摆什么，并不考究，一般不少于六盘。下方桌上摆香炉一只，大红高烛一对。年成好时，西侧一块生猪肉、一盆米饭，东侧一条活鱼、一叠豆腐干，鱼头及鱼身贴一块大红纸，边上搁一把菜刀。祭席南侧近前底下放一跪垫。

仪礼开始，父亲或母亲主事，先点燃蜡烛，又点三支香，用白描方式，极简报上收成人事，祈求人健财旺、平安吉祥。禀告毕，持香拜三拜，插香炉里。家人依长幼序，分别点香三支，有话当说，许了诺言，禀过先人。拜的仪礼毕了，桌前右下方，将新诵念的纸钱烧了，另取一些摆大门口右侧去烧，敬过母亲一系的先人。

待火熄了，主事宣告：明年再来过！先移了座，默念眼前这供奉的神稳重地踱开，整饬祭祀物品，烛台和香炉移至堂几，换上新置筷、碟等物，一家人享用这祭过的吉食。

子曰：祭神如神在。三十年前所见，钱塘沙上的种田人，对先人极为恭敬孝顺。古钱塘仪礼年年传，老年人笃信不移，晚辈后生默而从之，是一地文脉所系，乡下圣明所依，蕴藏了浓浓的乡情。

钱塘沙上，袁浦地面，历经大唐以来千年时光，种田人家守这祖制民俗，过年家祭，禀告先人，有信有守，有情有义。此等信仰，此等族群，历千万祀，与天地同在，与日月同辉。

四

百子炮一个接一个，扔上天，响下来，这一声，那一炸，点出灰云天的小喜庆，连连绵绵二十天。小鬼头不惧冻，不怕冷，一脸绯红，鼻涕成绳丝，抽抽又坠坠，三五成群靠靠紧、跑跑开，开心地把太阳牵出云层来。

在这冷冻天、火药味、噼啪响里，种田人的除夕年夜饭，隆重上场了。

钱塘鱼米之乡，稻舟为证，文明数千年，食字大如天。这年夜饭，是天底下一年里团圆圣洁恭敬欢实的一顿饭，年成好，年成歉，一样吃，要吃好。

年夜饭，人人上手，我眼见这四十多年，像一件陈年夹袄，褪了颜色，穿了温暖，不在保温，而在念旧，旧得心安；像一坛陈年老酒，埋在地下，除夕取出，不在好喝，而在闻香，香得亲切。年夜饭是每年发的新芽，一年一发，长在了结实粗壮得抱不过来的故乡香樟树上。

香杉瓦舍时光，寒气由透风的木门、屋顶和檐墙交接处嘶嘶往里灌吹。有一回周围这一片瓦房突地跳了电闸，一下坠入无边的暗夜里。奶奶摸索着点起蜡烛，这一夜透出一种别样的魅惑。

灶台喷吐腾腾热气，沿木质蒸屉同铁质柴锅的接合处，冉冉升起，一家六口身影忙碌，穿走在烛光摇曳探照的云雾里。

点续几条稻草鱼，燃三两根硬柴木，我坐在灶壁角，这一房最红最暖处，脸烤得泛起赤潮。前胸和膝盖是暖的，索性脱了鞋，将冷脚掌伸到灶口，慢慢去了湿潮，脚心痒痒起来，热的快感传送上来，通彻一体的舒泰。抄几个番薯、洋芋艿，埋灰堆里，烤出生气，散出甜香，悠悠地萦绕在灶壁角的小天地。

父亲掀开柴锅的大木锅盖，忽刺刺一阵骤雨般的急响，好似天上落冰雹，厨房充盈起肉的浓香。一锅白汤肉，顷刻捉了黑的眼，推开夜宴的软香帷幕。

透过淡薄的香雾，我看见年夜饭的主菜：一个猪头陪煮两只童子鸡。靠近了往下瞅，有肋条肉两刀、鸡肠两串，白汤里泛起一小堆一小堆金黄色的亮油。奶奶舀一勺盛碗里，还带个鸡胗，给我一碗，也给我弟一碗，我吹开热烟，小口啜这宴前鲜汤，肚子像公鸡一般，发出咯咯咯的轻唤声。

熟猪头、童子鸡趁热开拆。我最喜猪头上下颌骨，骨上肉八成熟，最有嚼头。童子鸡的肋下肉，看着十分可喜，撕下一条，拿住了，挑起来，一角蘸了蒸过的酱油放嘴里，小口吃着，做一回钱塘沙上"活神仙"。

未出灶间，我已三分饱。有这汤肉垫底，一夜不愁。只是亏负了番薯和洋芋艿，闻见烤焦味才想起来，急切里拨将出来，拧开来看，唯余俏皮的小黄心和小白心。

五

屋外炮仗争先恐后响起，堂屋烛光婀娜多姿，涌出种种无名的颤动，生活被春之吻挑开了。

种田人心中的这顿饭，寓意安定和美好。爷爷说，年夜饭，要团团圆圆，一气呵成，图个顺年。我记了这话，一晚上紧抓两根筷子、一只饭碗，这是不能掉、不能碎的，既要吃饱吃好，又要谨慎合礼，用种田人的虔敬，守护千年传统。

烛光里，一家人的面庞，浮现出朝霞的煦暖，驱散了冷风，把人间天上映衬得无比绚烂。有田种，有饭吃，有屋住，合家团圆，这是种田人一年最朴实的祈盼。

年夜饭的座位大有讲究，东为首，北次之，西再次，南为下。奶奶说，旧时女人和孩子不上主桌，往往在另一桌。我记事起，大抵早已不分男女，依长幼坐了。夜已向晚，堂屋的大门开着，和瓦舍外一样的冷，从厨房端出的菜，经这冷夜的风覆，热气消散，一会儿凉了。十五瓦的灯在风里摇曳，心里充盈的都是欢喜。

许多年里年夜饭吃什么，往往记不得，倒是年年除夕那闹热的气氛，却萦绕在心里，好像一年必得有的一个盛大的仪礼，同时光一样，一年归一年，逝而不返，失了这礼，这一年便总是过不去，而新的一年便要笼在不如意里。谁家的某某回来过年，是一样合乎仪礼的规矩，倒是某一年谁未及时回来，未在家吃饭，记得还十分准确，常在一年才一见的除夕夜被提起的。

夜宴毕，我们节制而有序地坐着，可说是非礼勿动。母亲把八仙桌重新整理，端上逗米糖、年糕片、红薯片、炒蚕豆，泡一壶石墓村后山粗茶，端着白瓷的水杯，闻着茶香，嚼着糕花。炮仗像跃起的孩子，试着去触摸星空，大地跟着略微摇一摇，连片的瓦房沉沉地扯亮除夕的夜空，把每一颗种田人的心带了欢笑拖入深处。

吃一会儿，父亲说，分岁了。母亲拿出预备的红包，全家六口，每人一个，用闻家堰的喜庆红纸，包一张平整的角票，画面是欢实的劳动者。

六

大年初一，一早起身下床，穿戴整齐，先恭恭敬敬地给爷爷奶奶拜年，出门去，依了风俗，拜年拜到正月十五。我这样的小客人，每进一家，常得一杯"糖茶"，其实是蔗糖冲泡的甜水，不放茶叶的，喝了"茶"，吃过饭，或住一宿，一站一站走亲戚。

杭州乡下拜年，路上遇见来往的熟客，大抵带一只大包，包里方方正正摆了闻家堰的糖包。糖包上一律压一张红纸，用黄色的纸绳方正地绑好，纸上有"白糖""红糖"字样。还有萧山的麻酥糖包，也是方正的，拆开是一个个长方形的小纸包，像一块又一块微缩的砖头，只是颜色像煮熟的芋艿。一家的亲戚，每个人也都了然于胸，拜年的日子大致固定，依了各家成年男女的社会关系，一家一家地走过。

兄弟姐妹多的，叔伯兄弟多的，中饭在这家吃，夜饭在那家吃，也都轮流了来。譬如上年在邻家大房吃的，这年该在二房吃了，轮到的以为是一桩喜事，像节日一样对待。排在下一年的，也都早早地在心里预备了，至于上桌的菜蔬，也早已在心里想好。正月里准备宴席的，也不限于这一家，邻近各家的女人，也都一起上手帮衬。

近前的邻居，父亲的小弟兄家，大多在附近村落，走走就到，极有趣的。拜年吃饭，最恭敬的是老年人，见了莫不亲切，促膝叙旧。青壮年喜闹热，见面搂了肩膀，兴奋莫名，大声说着话，旋即支起一桌，打一通纸牌或麻将，抑或下几盘棋。孩子们在地上掼撇纸、抽旋陀螺，一样样引人起兴欢笑。

我家嫡亲，往往住得远。正月初二开始，坐船过江、步行、骑车或坐车去闻家堰、大庄桥、义桥、高桥、渔山等处，各处语言不同、风俗相异，礼节却无大的不同。亲戚往往这样，越走越近，越远越亲，拉着手，走时唏嘘留恋半天，也莫不怀了期待，来年再会吧。

七

袁浦过年，到了初三、初四，龙灯竹马相继上场，唢呐、小号、大鼓一通喧响，桥头孩子们一阵骚动，一路跑一路喊，龙灯来得！龙灯来得！

六号浦两岸，立时沸腾起来。乡民们从屋里涌出来，下棋的、聊天的立马停下来，聚集在浦两岸。打牌的一时还停不下来，捉到好牌的握紧了高举着，牌不好的借机掼桌上，一边高叫着：收了收了！

八个青壮年，举一条金黄的稻龙，上下游弋，穿进了村，打头的举一盏灯笼，挎一收红包的皮袋。龙后随一支乐队，对着天空、民居、田野，又吹又打，呼唤春天。

舞龙在袁浦，俗称掼龙灯。我以为，这上下翻腾飞沙走石的，是要抢出一条希望的路，以期除旧布新。龙头、龙尾各一，龙身十余节，节之间灵活善变。龙灯从六号浦南身东岸头排人家穿进，从北头穿出，再从西岸北头穿进，南身穿出。凡开了门，点了蜡烛，得了允许，一家一户，从楼下到楼上，挨屋绕一圈。青壮年们使足气力，一刻工夫，冒一身汗，替换的后生，接举过龙，秀一番身手。一条龙，三五日里，游行在村，排场阔大，这农历的新年想必也将风调雨顺。

竹马紧跟龙灯，黄布伞打头，摇摆着进村。通常五六骑，竹马由竹篾扎出骨架、糊了彩纸，装饰俏丽，引来浦沿两岸女人和孩子好奇的张望。骑竹马的手扬马鞭，节奏舒缓自如，如意词且行且唱，唢呐锣鼓叮叮咣咣。《竹马调》说：正月十五闹元宵，龙灯竹马来热闹，热热闹闹田稻好，一年四季步步高。竹马的音乐，多是地方曲调，寄托了美好祝愿。

戏文以黄梅戏和越剧为主。印象最深的，是越剧《红楼梦》唱段：

　　天上掉下个林妹妹／似一朵轻云刚出岫／只道他腹内草莽人轻浮／却原来骨格清奇非俗流／娴静犹似花照水／行动好比风拂柳／眉梢眼角藏秀气／声音笑貌露温柔／眼前分明外来客／心底却似旧时友

　　这一段，一年四季常唱不歇，百听不厌。搭了戏台唱的戏文，只有富裕人家请得起，或一家单请，或几家合邀戏班来唱。母亲爱听戏文，不仅在村里听，也到邻村去听，可背下几段常听易记的。

八

　　嚼着糕花，看龙灯、听戏文，正月七跳八跳，闹过元宵，在外求学或谋生的四散了去各奔前程。

　　吾回去得！过去是父亲，现在是母亲，站门口，看我坐车远去，从门口站到浦沿路中央。我扭身去看，母亲的身影，越来越远，越远越小，脑中的影像却总是不小的，似乎愈放愈大。

　　车过九溪，眼前翻过香樟树，暂抛袁浦去。

　　手里举张硬座票，亮一亮，随落寞的人流挺进火车站台，向北去了！

二〇一五年十一月二十一日

袁家浦老街

一

袁浦是一个古镇，镇中心叫袁家浦，三十年前有条老街，形似一个"人"字。一撇是主街，一捺是临浦东街，一撇一捺约合一里长。

袁浦良田两万亩，田里有一种鸟，乡民叫它"老鸥"，振翅欲飞叫一声吖，飞到半空叫一声吖，行将远遁叫一声吖。这三声吖，时常响起在老街，我把这条街叫"一里吖街"。

老街是一个自由的地摊市场，乡民种菜养鱼，摘落来，抲起来，留下足用，最近的交易地，就在一里吖街上。

二

到街佬去!

袁浦早市开街的时度一到，启明星翻个身，天际线晃两下，抖出些亮光，天空露了灰白，大地房颤，起先甩出点，慢慢集成流，往老街淌去。

乡民弄些田间地头和湖浜河汊的物产，搁街边随意叫卖了去，一个接一个的地摊把老街两边装点成人间形胜。

从六号浦出发去老街，向左走黄沙桥上主街，直走上临浦东街，同顶一个人字尖。

尖顶处的老字号，是一爿豆腐作坊，制卖油豆腐、豆干、豆皮、豆浆，日日飘起豆花香，热气从门口、窗口、立壁缝隙吹送出去，扶摇直上，蔚为大观。

奶奶领我上街，豆腐店常去，必买些回来。豆腐店的妮娘，同奶奶熟，是桂花妮娘要好的姐妹。妮娘四季笑口常开，声音洪亮，天庭饱满，性行淑均，每回进店称豆腐，都关切地问生计，秤梢翘得老高，常跳了起来，将秤砣甩一边。

三

豆腐店旁边，是生猛门的猪市和禽市。

猪肉新鲜，现宰不久。禽是活的，现挑现宰，也有买了活鸡、活鸭、活鹅回去的。隔壁瓦舍待宰的猪啼唤呼应，笼子里的禽各自主张争先发声，邻近住家的狗煞有介事乱吠一阵，旺了老街早市。

挨生猛门，是鱼市，一应江河生鲜，鲢鱼、鲤鱼、草鱼、鲫鱼、黑鱼、汪刺鱼、江鳗、黄鳝、泥鳅、螃蟹、青虾、河蚌、螺蛳，蓄在盆里，养在缸里。不满于浅水的鱼虾，紧着往盆口缸外跳，一虾正捉着，一鱼又蹿出，在地上蹦蹦跳跳，露了鱼虾的陆生本事，提了卖鱼的和买鱼的兴头，连嗓门都高了八度。

我常随奶奶上市卖螺蛳，也卖过几回鱼。记得有一年入冬，端了一盆泥鳅，杀入鱼市去，摆过一回摊。来一口袋插支钢笔读书人模样的，包圆儿了连盆提走。泥鳅个头不够鳝的三分之一，卖鳝的大伯给定了价，是鳝的一半，我攥了钱票子，谢了"鳝大伯"，跳着笑着撞出江鲜河生门，奔那小人书摊去。

四

从人字尖一捺向南走，是临浦东街。时令菜蔬摆两边，大多刚摘下、带露水，不光炒了好吃，绿白青红黄紫，绒滑细润清亮，好看煞。

袁浦蔬菜瓜果，百式千样，绝无相同。这担了来、拉了来、提了来卖菜的乡民，早前抛撒的菜籽种，取自周边乡下，来源不一，品种多。蔬菜瓜果靠农家自然肥，或仅凭地力，从田畈间野蛮长起，鸟儿啄出的小坑，虫子咬穿的洞眼，自然天成，有的连虫儿还呆挂叶上、静伏果心哩。

朝霞起处，老街鼎沸，人声压过猪啼、禽鸣、狗吠。人群居中划开两拨热流，一拨往前涌进，一拨往回抽提，相中的，略停顿，慢蹲下，快起身，挑了菜，结了钱，相互谢过，买的和卖的一样客气。

我在老街卖过几回菜，大抵是长得快吃不掉的青菜、芹菜、苋菜，还有结果多的南瓜、药葫芦。一回去卖苋菜，根不够嫩，买主嫌老，砍半价，我只肯七折，竟一把未卖出。拎了去，又拎了回，白辛苦一趟。

五

从人字尖一撇向南走，是主街。街上有家照相馆，我记事起就有了，一照三四十年。

出生的百日照，办证的大头照，毕业的集体照，结婚的双喜照，告别的黑白照，照来照去，照出印象大袁浦。

红庙边的土墩住着我的小学同学阿洪，家里种了几亩红皮甘蔗，脆甜可口，养了一草舍的鸭子，下蛋无数。我们一起啃甘蔗，吃煮鸭蛋，一起骑车跑村串户，收购粮票和饲料票。经过照相馆，用购票钱，闯进去拍了一张合影。我穿花格子衬衫，略胖、敦实，阿洪手搭我肩，少年义气拍了出来。

上中学时，我常骑车穿过老街，去古朴自然的南塘边玩。同学俞家距塘路不足百步，陈家出门即上塘坡，都是观景佳处。三人行，一道进照相馆拍了合影，一个坐两个站，也是意气风发。

乙未年春节，重访照相馆，原址无迹，所幸在黄沙桥附近寻到，馆主外出未遇，馆主女儿已上大学，出手老到，咔嚓咔嚓利落如刃，将这三十年一挑了结。

中学毕业照，也是老街照相馆拍的。拍出的学生头，睁了渴望的大大的眼，闭眼的一个没有。

六

忆袁浦，最忆袁家浦老街。一里吁街，小吃当家。

老街小馄饨，汤清见底，润滑如肤，葱翠飘香，撒勺虾皮，带点咸腥，端一碗来，猫馋急眼。

老街肉馒头，皮到好处，麦香远溢，馅大汁浓，色如发糕，一屉四只，只只鼓脸，狗见直眼。

一口一只馄饨，一勺葱末汤，一口半个肉馒头，拖一整馅，落进胃口，醇香四溢，解了鼻子的馋。

老街黄豆浆，一碗出桶，热了心窝，还未端起，香已扑鼻，嘟声拖长，吸将一嘴，浑身渐暖，汗沁出，去了寒。配两只闪金黄、溢焦香，惹了一身芝麻的麻球，一口下去，糊一嘴甜馅，美得想要变青蛙，"吧唧"一声纵出门去。

老街豆腐脑，没头没脑，一体白净，连黄花菜做的卤汁，等你来吞，撑圆了嘴，压进嗓门，轻抚食道，钻进胃里，拥入温柔乡。

老街雪菜面，暴腌菜青里透黄，配上白面，一个娇怜，一个笃实，的的确确，好大一份袁浦情面。

袁家浦小吃，食料地道，制作精细，菜味上乘，水质也好，取自钱塘沙上，让人久久回味。

七

太阳一点一点举高，袁家浦老街暴晒在苍天白日下。一棵经年的梧桐树参天耸立，把老街罩在碧叶青枝的怀抱里，仿佛穿了一套色彩斑斓的曳地长裙，又好似一只美丽的凤凰落在高高的墙头。

梧桐树下有门，门里是邮电局，驮着邮袋的邮差，收发电报的、寄信取信的乡民走进走出，行色匆匆。

梧桐树下有筒，筒是邮筒，带了檐的长长的嘴优雅地微笑着，是阳光照进袁浦心灵的一条缝。少年时节，把信塞进缝里，心思的风筝便放了出去，远远地从天上看过去，魂不守舍地坐在稻田水渠上、油菜花垄边，等邮铃响，等信来。

梧桐树下有摊，摊是小人书摊。摊子不大，书却不少，书里的人来头都不小。书一本挨一本码着，可看可买，蹲着、站着看的人也不少。我攥了钱票子，逗留一会儿，看过几本，走时不忘买一本。

从《杨家将演义》到《水浒传》，从《三国演义》到《西游记》，还有《封神演义》，是在老街书摊上看的。

四季的太阳，白花花地照在袁家浦老街上，照在古代服饰的英雄身上，照在杭州乡下的少年脸上。

八

乡下天气，像孩子的脸，说变就变。一片乌云来，半空一记惊雷，地平线接起闪电，远处的水田传来老鸥的叫声。

雷一记记响，闪一线线亮，一阵斜风细雨惊起，一阵狂风暴雨掠过，一场滂沱大雨浇下，袁家浦老街泡在水汪塘里。

街上的小木楼吱吱嘎嘎，像搁浅的乌篷船扭扭捏捏，三十年间，一座座划了出去。

二〇一五年十一月二十六日

社舍散了

一

六号浦两岸，昔日金贵的号子田，已号不对田，田失其形，要么筑墙垒瓦盖七长八短的房，要么挖土成塘养活蹦乱跳的鱼。

边角地棚棚架架不少，豆呀瓜呀的花，红的黄的紫的白的，清纯闹热地开着。蜻蜓、蝴蝶、蜜蜂、螳螂、蚂蚱专注其事，一点没变，仿佛养在深闺长不大的孩童。

瓦舍所剩无几，一片两片，散落楼间，是童年居所。

在一大片鱼塘中间，有一座橘红色顶土黄色墙的瓦舍。白日青天下，孤零零地耸立，也还引人注目。夜间走过，橘黄色灯光从窗子和门溢出，在田野里十分醒目。

这不是普通瓦舍，是旧日红星十队的小队部，乡民叫它社舍。

二

早年社舍灰顶泥墙，面南背北，四间，双开木门，两边各一小窗。舍内屋顶有面玻璃，光线平和地灌进来。站在这片明媚的光前，恰似逢了一个同老天对话的地方，仿佛有很多话说。

社舍内的六根柱子，撑起屋架，顶起两坡瓦片，零星的碎瓦之隙，垂下几束锥刺般锋利的光。落在地上的光圈，似一个通体发亮的玻璃罐，四周是坑坑洼洼的泥地，农忙时堆放谷物和农具。

社舍门前有一开阔的场子，浇筑了"洋灰板"，是生产队最大的晒场。

农忙季节，每日田间收割的谷物，用麻袋装了肩扛车拉集中到社舍，搬到场子上晒。收割完一垄地，黄昏前核出谷物总数，按全队人数均分，乡民各自领回家。

爷爷、奶奶、父亲、母亲每日出工，挣工分。我家六口，人均口粮六百斤，早稻、晚稻各三百斤，正常一年三千六百斤，挣满工分才得足额配给。一年工分不足部分，要么从口粮中扣除，要么补交一点钱。多劳所得不多，少劳少得不少，不劳会饿肚皮。

领回口粮，各家门前道地摊开簸席来晒。晒干后从社舍借来木制风车，在手摇转轴的呼啸里，残叶和尘屑随风而去。

社舍分配后的稻谷先交公粮，送到粮管所，每人每年合五十斤。

队里一年种两季水稻，冬春之季种一季大麦、小麦和油菜，田间逮空套种的蚕豆、毛豆，也按劳力均分实物。

油菜收割后，晒干油菜籽，由队里统一拿到加工站榨油，收成好时，一家可分三五斤油。乡民平时炒菜，舍不得放油，只滴一点润锅底。一般人家上街打油，也只舀二两。

大队鱼塘每年分鱼，我家可得三五条。有的年份鱼个头大，又不多，队里估摸分量宰割，公平均分到两，一点不含糊。

三

红星大队有十几个生产队，每个生产队都有社舍，门前的场子也是小鬼头们玩的地方。掼撒纸，投弹子，打扑克，跳皮筋，捉小鸡，往往跨社舍。约架、摔跤，也大都在这里。不玩不熟，不打不识，又玩又打，六号浦沿的小鬼头，来往很多。

小鬼头一起玩，遇到饭点，主人乐意，也不客气，一同上桌吃饭。菜以蒸为主，长茄子、药葫芦、青菜、南瓜，多数蘸酱油吃，也有人家蒸咸鱼、咸虾米，还有咸肉蒸蛋，肉香绕梁半日不绝。

夏秋时节，不少小鬼头晚间带上手电筒，去沟里浦里捉蟹、虾、鳝、鱼，捉的人多，去得频繁，不易捉得，也不空手。傍晚下池入浦游泳，水管草丛间摸到鱼虾，凑一只荤碗，添夜饭一口鲜。

社员家养猪，一头两头，过年时杀了，卖一部分，腌一部分，猪头祭祀后切块，煮出两钵头油豆腐烧肉。猪的板油，在大灶柴锅里熬，熬一半捞出来，油汪汪的，叫猪冠油，是一道大菜。油熬尽捞出，黄澄澄的，叫油渣渣，香气扑鼻。

杀猪的日子，社员请小弟兄家吃饭，也给左邻右舍送过一碗肉去。

年根，社舍搭伙打年糕。约好日子，各带了米去，选一殷实人家，堂前放了大石臼，队里的壮劳力用大木槌轮番一下下搡。打出的年糕，像大面团，抱出来摊成大圆饼，切成块泡入水缸中。我家每年打一百斤米的年糕，早晨年糕泡饭，"四餐头"（袁浦方言：午后至黄昏的中点）青菜炒年糕，一直吃到四五月间，年糕出了酸味。

四

社舍是无围墙的集体农庄，也是公社在生产队的象征。社员在一起劳动，吃住在自己家，距离也都不远，站在最西头，可看清最东头一家人的模样。

每年七月、十月，袁浦水稻熟了。收割时社舍调配几组人做生活，割稻、打稻、捆稻草、扛谷袋、晒稻谷、送茶水，井然有序，一派江南丰收景象。

社舍有两架打稻机，打稻时一块号子田分两半，两队同时挺进，发动机的"忽忽"旋转声、谷粒的"簌簌"抽落声、机座的"嘭嘭"振荡声混杂一处，惊起麻雀飞飞落落叫个不休。

在社舍工作一天，挣的工分，相当于两角钱。少做一天，也就少挣两角钱。

母亲生我，满月之后，即下田做生活。母亲说，不劳动，没有工分，就是"倒挂户"，年底要给队里交钱，相当于用钱买口粮。

社舍集体劳动，人与人熟，作兴取外号。大人小孩人人都有，外号大多放在名字后当面叫，以示亲昵无间。

我去外婆家拜年，得一外号"钱塘猫"。山民老远叫，我莫名兴奋，以为母亲生在猫头山脚，父亲长在钱塘，我便是钱塘猫。

母亲呵呵一笑，说不是这样的。那些年，深夜里钱塘有人去外婆家后山一带，偷偷摸摸地伐树砍竹。山民设卡拦截，防不胜防，也很无奈，心里愤愤的，戏称钱塘人钱塘猫。

从钱塘到猫头山伐树砍竹，来回超过五十公里。钱塘猫一夜走一个马拉松，其中一半路程背一棵树走。

五

一九八二年的一天，父亲神情庄重，说要分田到户。

这一天，乡民在一户社员家开会抽号，对号入田，分到田块。我家得水田两块四亩八分，还有两小块旱地，挨着八一大队。

社舍就这样解体了。

社舍的房子，空了很长一段时间。东边的窗子破了，小鬼头们从那儿爬进去，里头堆满稻草，上蹿下跳，来回翻滚，当作乐园。

过几年，社舍住了人。我升入小学高部，从此再没进去过。

又隔几十年，旧屋仍在。从社舍门前走过，觉得亲切，就像翻出一个小学作文本。

生产队的人，也都鲜活灵动，在田间地头，起早摸夜，辛勤劳作。这未必是有效率的，他们却勤勤恳恳，在一个微小的单元挣扎，艰难地生存，也有相对的公平。

那个平凡的世界，人的生活状态，已无从想象，说了也未必可信，信者也愈来愈少。我却不能忘却，一笔一画地印刻在心。

社舍时代，勤俭是命。奶奶六十多岁，牙已全数脱落。我吃饭时，不小心掉地上，即便一粒饭，奶奶都恭敬地捡起来，一边放进嘴里，一边说，浪费饭要天打杀耶！

大灶的锅里，每一粒饭都盛净了，洗锅时，边沿或木盖，但有一粒米饭，必捡到嘴里。爷爷讲，一粥一饭当思来之不易，一丝一缕恒念物力维艰。

六

社舍已是旧日的一曲挽歌，也意味一种生活方式的终结。

对社舍未有丝毫留恋的理由，却又不能不想起，因为童年时的我们，在那里度过。

社舍散了，我们也慢慢长大了。不再饥饿了，我们也慢慢地变老。老了，常想起小时候的饿。

奶奶说，囡囡，坐门槛上不要走开，看好门，吾去借了米，烧饭吃。

二〇一六年八月二十二日

四餐头抢阵雨

钱塘沙上的双抢也无非是这样，早稻谷熟了，要收起来，晚稻秧青得流油，要种下去。

六号浦瓦舍两边，沉甸甸的金黄稻海，怀揣宝贝伏在田野，略有点风从香杉叶间悄悄吹过，吹褶了它绸缎的睡衣，又似一角薄薄的瓦片，擦过平静而开阔的池面。

打稻机修葺一新，斜搁到寂静的号子田头，脱粒的稻辊子，已是一触即发。不远处瓦舍的屋顶，要么浅灰，要么橘红，像是号子田的头发。瓦蓝的天上，云彩似游丝，阳光轻轻一灼无所遁形。田间小路走过的乡民，估摸着地头的收成，脚步带鼓点声。

父亲在田头电杆边喊：小心站好，吾要插电哩！父亲摆摆手，我俯身摁下开关，马达飞转，带动稻辊，打稻机底座嘭嘭嘭敲打地面。母亲放上第一捧稻，谷子像密集的小青蛙跳进谷柜。

十里袁浦大丰收，空气又闷热又紧张，像夏日泡澡沉到池底憋不住了，冒出头来的猛喘。农忙日汗流如水，也容易饿。除一日三餐之外，乡民在午后至傍晚的半程又加一餐，叫"四餐头"。

不讲究，图省事，倒也简单。中午做的米饭，放进竹篮，盖了防蝇纱布，送到田头，盛一大碗，夹几筷猪油蒸的霉干菜，拌着吃，叫

"吃冷饭头"。

大热天，热急风，抢收与抢种的慌张时光，多数时候盛了米饭搁柴锅里，煮开了切棵青菜，撒少许盐，做菜泡饭。锅肚里稻草鱼点起的炊烟，顺势抖一抖，扬入蓝天，薄薄的云絮略显矜持，慢吞吞地挪移，一副不在意的样子。

尖峰时刻激励士气，奶奶和母亲搭手，用柴锅煮了沸水，和一块面，掐出一锅"麦滴头"，锅沿烤了麦烧饼，穿过浓浓麦香，农忙攀上山顶。

做生活的人席地而坐，吃冷饭头，吃菜泡饭，吃麦滴头，吃麦烧饼，汗珠从脸上、脖颈、前胸、后背密密渗出。我放下碗筷的一刻，忍不住倦意，挨着泥地凉席，沉沉地躺下，一合眼进入梦乡。

喊我醒的是奶奶：大孙子，你听听，都打雷呢，要落雨了，快去帮侬姆妈背谷袋去！

天色乌青灰暗，响雷隆隆撩耳，道地上冒起雨烟，抬眼望去，但有人处，急切地卷了篾席，拖到避雨的阶沿上。洋灰板上的稻谷，用推谷板快速拢到阶沿下，用簸箕抢了倒在阶沿角落。

头上扣一顶宽沿的箬帽，背上架一身扎得生疼的蓑衣，一手抓了三顶箬帽，一手抱了三身蓑衣，赤着脚急匆匆地往号子田跑。

晴天落白雨，黄狗背蓑衣。雨如织布似的流泻下来，眼前一片朦胧白。乡民从眼前晃过，连跑带蹿，三个两个，也看不清脸庞，各都顾了一个目的。

耳边残留四餐头的吞咽声，身上早已为雨水所溅湿，滑腻而凉爽，脚背脚趾痒痒的，脚心触及处，似乎被一双柔软的手轻轻抚过，一切忙乱都被这雨，突如其来地放松，也似乎没那么要紧了。

龙王住在钱塘沙上，村头广播预报说天晴，站在号子田头，从来信七分，三分随龙王。乡下的天随性，说落雨就落雨，说放晴就放晴，七成晴、三成雨，也宜雨，也宜晴，说晴也没什么，下了也就罢了。

　　雨后放晴，穹顶沉静安详，东南角起座彩虹的门，门里门外满眼的潋滟水色。乡民们从瓦舍出来，稻谷一处处摊开来晒，一切重又奔忙起来。趁着太阳还未落西，余热威风犹在，来回翻动稻谷去湿。也有殷实之家，搬出从工厂淘的风扇，像一只立起身的大黑狗，尖锐的吼声里，一丝丝刮下稻谷的湿气，透出几分隆重与繁华。

　　太阳照在六号浦上，过了今夜，稻不潮，谷不霉，添些辛苦，不差年成。

二〇一六年三月二十九日

菜花蛇

一

号子田头，每回割稻，七月或十月里，总在西北角，见到两条菜花蛇，相随而来，成对而去，像是伴侣。

大抵这蛇也有号子地，分田到户，也有蛇的一份。在这不大的一角，割稻的时候，蛇静静地匍匐在那儿，打稻时捧起稻来，赫然遇见，不免惊叫一声，蛇似也通灵，带了歉意，不慌不忙地游了开去。

最近一次见到菜花蛇，是一九九二年。

钱塘沙上的菜花蛇，半米多长，较成人大拇指略粗，黑色为主，杂以蓝红，像织锦一样好看。

二

蛇要图饱，田鸡要活命。走在乡间，目力所及，常遇惊险一幕：蛇追了不作声的田鸡，或是吱吱叫的老鼠跑，一个死追，一个狂奔。

有一年插秧时节，我家号子田刚翻好，水欢畅地漫灌开去。田鸡遇水，慌里慌张，纵了开去，水一路紧随，愈流愈烈，终于淹没号子田，一片白洋洋。

田鸡浮在水面学狗刨，后腿十分着力，屁股太大沉于水中，只斜露出尖尖的脑袋，两只眼睛鼓起来，警觉地注视水面，哪怕一丝蚊虫打转舞起的风，也休想躲过它的耳目。

临近黄昏，两条菜花蛇摆动长腰，旋舞着急切地寻找安身之所。游在前头的见到田鸡，停住了，僵持片刻，西南突然一声惊响，打乱了专注的神思，无心恋田鸡，放松蛇颈，微叹口气往东走，游弋一会儿又闻一更大声响，惊一下转往北走，蹿上田塍路，探视一番，定了神，看好方向，远遁而去，慢慢淡出田鸡的天眼。

田鸡还未卸下紧张，跟在后头的菜花蛇，从背后拖着水声，船一样漾起波澜，浪到身也到了。眼看已是蛇的口中物，田鸡异常镇定，后脚掌受力的一瞬间，触到实处，逃生的本能，激发了潜力，奋勇地把整个身子激射而去，脚尖几乎贴到蛇头。

很多年里，每想到这两条菜花蛇，也便想到这只蛇口余生的田鸡。

号子田头的田鸡，扑向天空时迸发的神勇，仿佛也在眼前，冉冉拔高再拔高，一阵强烈的生的快感，从腹部环绕着一起挤过后背，抵达大脑。活着，真是一种漂亮！

三

菜花蛇不光号子田有，瓦舍也有。

六月末侵晨，我从眠床下来，踩到一物，它快速摆脱，睁眼看去，原是一条菜花蛇，正在追老鼠哩，一会儿没影了，我的心怦怦直跳。

那一天，正好是初中升高中的会考，我坐在狮子山脚上泗中学的考场，头脑因这蛇而异常清醒。

钱塘沙上的瓦舍泥地坐起，东西北三面泥墙，鼠洞有增无减，老鼠出入自由。我家的黄花肥猫，半眯着眼，多数时候伏在一隅，一动不动。有时无聊里捉了鼠，在那里把弄，露一手，算是尽职，终也心不在鼠，不怎么管。

瓦舍木柱木梁木椽，门下空隙，便宜了蛇鼠出没。屋子西南角的棺材盖，常站几只一岁多的猫一般个头的硕鼠，也不怕人，唯有人近前去，才讪讪地跑入黑影里去。

舍内的鼠大而肥，身手敏捷，在梁上窜奔，有时一两只，有时三五成群，跑跑停停，肆无忌惮，弄出不小的声响。我偶尔攀爬阁子间取稻草，那鼠眼见被堵，哧溜一声，冒险探路，跳下梁去，翻过身子，跑入暗影。

棺底垫了砖，空旷而潮湿。我时常目睹一帮大蛇集结。说起时，母亲不以为然，淡淡地答：这是菜花蛇，每家都有，是家蛇。父亲也这么以为，我便也信了。

四

既是家蛇，专镇宅子，自然是灵物。一九七六年六号浦挖成，红星大队集中搬迁到浦沿两边，不少乡民离开土墩草舍时，专做法术，焚香撒米，请出菜花蛇来。蛇也听话，游到脚箩里，乡民用扁担挑到瓦舍，由其寻了适宜的角落游了去。

我家的菜花蛇，说是自行跟了来的，也有说是阿亨阿伯用毯子裹抱来的。人蛇久处，同猫狗一样，日久生情，爱屋及蛇，一家子都搬，家蛇也便一同喜迁新居。

我也有担忧，每回织草包，从棺材旁取物，常要接近这黑漆漆的一角，被老鼠惊到，联想到棺材底下一窝蛇，终日盘桓在那里，虽心怀敬畏，也压不住呼吸急促，手脚忍不住颤抖。

雨天，还有深夜，静坐舍中，但有嗞嗞叫渐渐息去时，我也怀疑是一种绝望，为那蛇追到末路，鼠或已入蛇口。

菜花蛇无毒，以老鼠、田鸡为食，在瓦舍颐养天年，我从未见它攻击人，人蛇共处一舍，倒也相安无事。菜花蛇的地位，也比黄花猫高。

五

三十年前，每回割稻，接近号子田西北角时，我格外留神，怕镰刀不小心划到蛇，故意拨动稻蓬，弄出很多声响，催促菜花蛇躲开去。

离开故乡，不种田了，也不见蛇，也便挂念。每年春节、清明，走过号子田头，见到西北角的那一丛蓬蒿，心中慌乱，半是期待，半是疑惑，那两条菜花蛇，还在那儿吗？

二〇一六年三月二十九日

四月蜂

一夜春风度，田野里的蚕豆花紫里带些黑，浓妆出碧绿。过了清明，蚕豆熟了，也老了。油菜一反先前的低调，通体深青，像是泡在青花瓷里染了。花开得野蛮，仿佛醉了，将田野笼在黄灿灿的衾枕下，把叶茎压实，密得让青透不过气来。

蚕豆丛边，油菜丛里，不知名的野草，经了风吹，抖起机灵，三步变两步，紧着往外铺向上蹿，清新的草香花香，醇厚的土香水香，托起馥郁的袁浦四月天。

蜻蜓、螳螂、蝴蝶、纺织娘，各样精灵，趁这日色暖意，飞呀纵呀爬呀，觅一自在叶茎，静静地享受春光摩挲。最忙活的，要数蜜蜂，体态丰腴，却不臃肿，不停地飞奔，灵动地从一颗花心跳到另一颗花心，浅唱低吟。

蜂去蜂回，也不怕人，偶尔变换鸣声，急促的小调，嗡嗡嗡地叫着，夹杂翅振的抖动声，是对冒失鬼挡路提出的小小警告。即便如此，蜜蜂在空中辟出的春天航路，忽一下，倏一下，也都是经过复杂而又缜密的计算。

黄泥墙上密布的蜂窝，洞口一律做出圆形，且经精心琢磨过，定睛看去，常为这营屋匠意而心服。蜂落到洞口，娴熟地腾挪翻转，倒着钻进眼去，没了声响，或许在困倦里睡着。

持一根纤细的软棍，轻轻捅两下，蜜蜂便醒了，有时干脆惫懒地抱着软棍出来，也省了力。把出窝的蜜蜂小心地拨到透明小瓶里，积上三五只，闹热一番，便又放飞。从瓶里脱身的蜂，大凡元气有伤，疲惫的模样，刚放生时爬一会儿，试飞几下，都不很远，直待体能复原，忘了不堪前尘，才肯起翅复奔百花去。

一侧是闲情偶寄的黄泥墙蜂窝，一侧是漫卷开去的油菜花地，邻近的老人蹒跚聚拢来，顶着一头没遮拦的春日，泡一杯茶，半眯了眼，小口抿着，静静坐上大半日。凳子的影子在前一拨的上半日里收起，又在后一拨的下半日里拉长，任这辛劳欢乐的蜂飞来舞去。蜂是高明的飞行者，从不曾见在空中相撞，也未见撞人身。

攀墙上瓦的猫，动若脱兔，蜂也能巧妙而灵活地避开，这唤起猫的好胜心，提起右前爪，对着空中使劲地挥拍，像要捉一只来玩。我从未见猫的脚掌揪住过一只蜂。

人来禽去，猫跳狗奔，站坐走飞，各安其行，未见有不耐烦的，莫不怀了喜悦，带些顽皮心，目送蜂飞蜂落，为那花儿狂野，采得一嘴甜蜜。

春天到袁浦来放蜂的人，拉了几十只蜂箱，摆在一处花草繁盛地，遇有好天气，便掀起箱盖，蜂儿轰叫着四散开去。去红庙学堂路上，遇到放蜂，须停留一会儿，慢慢走过。

初时未有经验，见到空中黑压压的一团蜂，情急之下，跑起来，心想着避过去。蜂儿以为受到袭击，一拥而上，凡身无遮蔽处，从脸到脖到手，中了不少螫针，痒疼难耐。蜂射出针，往往内脏受伤，也活不长。

遭遇过一回,从此见蜂群,必老实地静站一会儿,避过蜂去。这大抵教会我,乡下小精灵,不论个头大小,都要讲究物理,怀了敬心,若非如此,还免不得被蜂蜇。

二〇一六年三月二十九日

雄鸭鬼

袁浦分田到户第二年，我家养了鸭。

那年暮春，父亲一早拿块毛巾匆匆出门。临近中午，提回一篮黄毛小鸭，有十几只。

后院猪栏外东侧用石头隔出一角，搭了一块黑乎乎的油毛毡，凑合起个棚，安了一道门，又在猪栏和瓦舍间加一护栏，我家有了鸭栏。

小鸭稍大一些褪去黄毛，鸭背呈棕色和黑色，叫雄鸭鬼。

我家雄鸭鬼，只占一间逼仄的棚屋，却也欢起。父亲给鸭做记号，常教我去号子田头水沟放鸭。

鸭栏一开，雄鸭鬼前呼后拥，一边迈脚，一边嘎叫，吧嗒吧嗒往外跑，像一个摇摇晃晃的船队，却不必担心它翻过来。轰赶鸭群，用一根长长的竹竿，头上绑一段颜色醒目的短绳。甩长竹，引头鸭，沿着浦边，转弯抹角，也很可观地往田沟轰。

雄鸭鬼扑通扑通跳进去，吧唧起嘴，突突突突，抖擞着把水压出，能吃的咽下。吃过一通浮萍，又将头伸进水里一通觅啄，曲脖衔了螺蛳、小虾，将脑袋上提，伸直脖子，鼓一鼓，吞咽下去。

放鸭怕混又怕丢。鸭群会面，一不留神跑错群，凭了记号才得分辨，捉将回来。鸭群入稻田，走散开去，一两只鸭子跑到田头，站远处田塍路嘎嘎叫。也有不幸遇到黄鼠狼，给叼走了。

鸭子吃饱，天已落黑，匆匆往回赶，腆着个大肚子，也不叫唤，一片吧嗒吧嗒声，心满意足地走在田间路上。

赶回鸭群，仔细清点，一只不少才放心。寻鸭翻田过沟，走不少路，还得问附近养鸭的，捡到没有，答案一时不能给出。鸭群认生，误撞进去，也很生分，孤零零的，也易识别。

雄鸭鬼养了大多自家吃，也有成百上千只专业养的。挨着一片开阔的水面，垒起土墩，种上树、搭了舍，从电杆引根线入舍照明，鸭子浮水、振翅、啄食，整日嘎嘎嘎地叫，此起彼伏，闹热极了。专业户多以养蛋鸭为主，每日进棚掏蛋，一箱箱往外搬，运到市场叫卖。这些较早富起来的农户也叫"万元户"。

乡民散养的雄鸭鬼，留够自己吃，过年过节也往亲戚家、菜市场送。袁家浦老街卖的鸭毛色油亮，大多是散养的本地鸭。

活鸭现宰，拧住脖子揪一撮毛，拿刀一抹取了鸭血，烫水拔毛，洗净爆炒后红烧一通，趁热盛起，甜滋滋的，肉质鲜美，好吃极了。

瓦舍时光，鸭肉生香，引来隔壁邻舍的家猫，喵呜声声，拖得老长。

二〇一六年三月二十九日

腌缸菜

缸里有货，一年不愁。六号浦沿，家家有缸，盛水装米，腌肉腌鸡，也腌菜。

先不必说各样暴腌货，每年地头吃不掉的，收割了，搁缸里腌，常见的有白腌菜、芥腌菜和苋菜秆，是四季不断的家常菜。

立冬过后，大白菜洗净晒干，码放齐整。母亲带我先用"洋苷"（袁浦方言：肥皂）把脚洗净，父亲往缸里铺菜，每铺一层撒些粗盐，我站缸里绕着圈踩结实，再铺再撒，用脚踩实，码到缸沿三寸处，往里浇水与菜齐，搬两块石头压紧。

白菜腌制一周即可食用，两周通体饱满泛出亚光。放学回家，从墨绿腌汁下扯一棵菜，舀一勺凉水冲净，掰一片嚼着吃，剥菜至心，越吃越嫩，至于佳境。

奶奶炒的头等下饭菜，就是腌缸白菜。从缸里起出，洗净切小段，往柴锅搁菜籽油，油烟起时爆炒，三餐不嫌、四季皆宜。腌缸白菜加笋干，放饭锅头上蒸，做汤泡饭吃。

芥菜味苦，新鲜炒吃，清香爽口。清明前后，芥菜收割，浣洗干净，挂在浦沿水杉之间、瓦舍檐下的麻绳上，晾干失水后渐呈金黄，间杂鲜妍翠绿。家中老少轮流切菜，拌盐压实。芥菜、老菩头放最上层一同压紧，用油纸封口，十日后打开，像一坛翡翠金。

腌好的芥菜和老菩头取出，黄灿灿的，摆在篾席上，在太阳底下晒，色渐转青灰变黑亮。从篾席前走过，往往抓一把嚼，老菩头的皮，腌后滋味更胜，咸咸的，田野里飘过的风，也带了腌菜香。

芥腌菜做佐料炒菜、做汤俱佳。取五花猪肉，切块过油，与晒干的芥腌菜放盐和糖上锅蒸，做成地道的"干菜肉"，是钱塘看家菜。

小暑大暑之间，每年地里吃不了的苋菜，长成熟后取籽晒干，留作来季的种子，苋菜秆斫下洗净，砍成三四寸长的小段，放入缸内，加盐，腌足月后，盛一海碗，滴几滴油，放饭锅头蒸，吃时夹一段，居中咬一口，秆肉脱壳而出，鲜软爽滑，汤汁稠密柳绿，浮了一层薄薄的泡泡油，我和阿弟抢着拌饭，蛮好吃。

菜地里的萝卜，顶一蓬翠绿的菜头，露出泥土的部分，像是围了一块鲜红的丝帛。拔出萝卜带出泥，也露出白净身子，抖净须泥，模样娇美，生吃辣嘴，像带刺玫瑰。洗了切条，做腌萝卜，酸甜味的、咸味的。桂花妮娘做的萧山萝卜干，还有黑漆漆的陈年干菜，是佐饭的家常小菜。

每年翻缸，倒扣在阶沿，沥干水，预备新的腌货。大大小小的缸，深棕色的釉面，在阳光下发出刺眼的光。

二〇一六年三月二十九日

童年六号浦

一

红庙小学春游，登上五云山顶，天色晦暝，只见千年古树；午后爬上六和塔顶，晴空十里，放眼可见钱塘江南岸六号浦。

六号浦南段，一九七六年挖通，乡民临浦而居，种水杉，造瓦舍，一字排开。

六年后，红星大队分田到户。乡民无论男女老幼，一口八分。人有其田，劳者得食，斑痕大地，一派繁华，好似浦沿绿荼，遇春吐芽，见风抽长。

越过瓦舍木窗，我见到乡民骑了簇新的脚踏车，听到一路高喊：发财了！

那些年，我家有房有地，瓦舍三间两弄，通电亮灯，号子田四亩八分，种满庄稼，谷柜装得满满，生活稳定而明朗。

二

侵晨，站在六号浦桥埠石板，欸乃一声杉水绿。

浦沿两排水杉，像护浦墙，又像两行旗阵。

浦水清湛，又经一夜沉淀，风起处清凌凌的，浦沿响起木桶扁担和桥埠石板的磕碰声，还有木桶入水起水的哗啦声。

瓦舍水缸担得满满的，洒在凹凸不平的泥地上的水，又黑又亮。缸里的鲫鱼、鲤鱼、泥鳅和虾，上下游弋，拍弄起层层细浪，顺着缸沿溢出来。

太阳还未醒起，六号浦沿已起身，木头、竹板、棕绷、稻草的眠床，一齐嘎吱，瓦舍也似摇摇欲坠，睡不成了。

乡民催着爬起，麻利地套上衣裤，蹑手蹑脚地走过湿地，跑出瓦舍，去茅坑解手。

报晓的雄鸡还未叫，也有干扯两下嗓子，不作数的。浦沿鸡叫，不看人眼色，只问瓦舍锅肚烧未烧火。

稻草鱼一个个续燃，瓦舍上空腾些黑烟，像练习本封皮上工厂烟囱冒的圈圈，又像跑过田野的火车，连起朵朵泡泡云，稻草香弥散起来，飘浮在六号浦上。

我家红冠大公鸡，从鸡舍里小心地低头迈出，整顿羽衣，抖正鸡冠，踱到东南角，气度不凡。

日色一暖，出些光线，东方见亮，大公鸡长扯一声：咯咯咯咯，咯……隔壁的鸡跟一声，又扯又跟，起初涩哑，慢慢嘹亮，浦沿的鸡争先恐后地叫开了。

母鸡从窝里鱼贯而出，连蹦带跳地跑拢来，东啄啄西啄啄，在道地里耍。

奶奶抓两把稻谷，往东南角哗的一撒，鸡不分公母，挤到一处觅啄起来，喉咙里发出自得的咕咕咕咕声。奶奶从鸡窝里掏蛋，一边数个，捡齐了，用青蓝色围裙裹起一兜，端进门去。

东方的太阳，叫这群鸡啄得不耐烦，揪住光的耳朵，努着升上来，在浦沿的炊烟和稻草香里，把乡下扯得一片金光白。

三

鱼戏杉影里，鱼戏浮萍下，鱼戏水草间。春风拂面，又是一年垂钓时。

戴个宽沿草帽，在浦沿背阴地，码张小方凳，或找块平整石头，调整浮标，甩出钓饵，悠悠地垂钓小半日。

鱼饵是天然的，随手在瓦舍门前菜地扒拉几下，捉几条蚯蚓就好。

浦上草条儿最多，一手长、一指宽，成群结队浮游水面，背脊和翘起的头，在阳光底下银光闪闪，同粼粼波光交织，妩媚灵动。

水底鲫鱼多，三两条结伴审行。鲤鱼、草鱼、鲢鱼也常撞见，引人惊呼，吓鱼一跃，没了踪影，不知闪哪了。

浦鱼日久知人性，稍有动静，即奋力击水而去，好似倏然一阵暴雨，哗的一下掀起浪花。

钓鱼拿捏分寸，急不来，慢不得。鱼初见饵，试咬一下，不动真格，性急张狂，动了鱼竿，起些声响，必定不成。待鱼吞饵，用力一拉，鱼便钓住，稍持一段，慢慢拖到岸边，拎出水面。六号浦的鱼，灵光得很，不轻易上钩。

鱼钓到手，拿根稻草，从鳃边穿进口里出来，积成串搁一阴凉地。

香杉成荫，河浦漫水，鱼类沸腾，出手垂钓从未空手而归。倒是一些小不点儿鱼，搁柴锅里，煮没影了。后来钓到小鱼，奶奶收拾了搁海碗里清蒸，谁钓谁吃。

四

六号浦水浅时，露出两岸泥面的壁陡堤基，蟹洞一目了然。

小河蚌一经俯拾，急速将肉舌缩进壳去。取锐物轻轻一撬，掰壳取肉，绑在新劈的竹条上，轻轻送进蟹洞。

浦蟹遇了水退，正待出去觅食，揸手揸脚，举了蟹钳，径自取食小鲜肉。好似微量级拔河，一点点匀着往外拉，不能过劲，用力稍大，蟹便起疑。一经出洞，够得到手，一把摁住，捏住蟹盖，翻将过来。

浦蟹刚勇，挥舞双钳，蟹沫四溅，其姿威武。钳过几回，吃痛长智，捉蟹时让钳够不着。

遇过谨慎之蟹，拿蚌肉试钓，毫无所动，以为洞空。蟹行将出洞时，举起两只潜望眼，扫视一番，惊觉异常，连爬带跳往外跑。身手快的杊蟹人，一把捉住，或一脚"踏牢"（袁浦方言：摁住）。

蟹急切之间也有倏地一下快速往回退，爬到洞底一窝，不管怎么捅，装死不动弹。找来一些稻草、水草，揉成一团，把蟹洞堵实，约莫半个时辰，掏出草团，蟹老老实实地在洞口趴着哩。

这招不灵，最末的法子是徒手挖洞。洞有浅有深，深洞颇费周折，挖洞不利浦沿水土保持。心有不甘，也只好放弃，寻下一个洞去。

浦水浅时，也有惊喜。踩到河蟹，粗硬一块，带扎刺感，但不痛。屏住呼吸，沉下身去，出手摁住，挪开脚抓举起来，迈开步子爬上桥埠，仿佛连环画上的常胜将军。

五

盛夏七月，透过水杉的阳光，火辣辣的异常浓烈，让人心绪不宁，我的胸腔憋了一团火，像塞住进气孔的煤饼炉子，渗出的汗水汇成几条线，无声地淌下来。

点了稻草鱼，灶间温度瞬间拔高，裸露的皮肤有些灼疼。柴锅泡饭煮开，切一把小青菜，放一点盐，热气腾腾里，盛一海碗，坐在门槛上吃了，中午一点点蹭过。

母亲将钵头隔夜酽茶泼了，捏一撮大叶粗茶，倒一壶新开的水，屋里溢满茶香。后门吹进的热风，夹杂泥土味，困意从脚心穿过后背上抵脑门，昏沉沉里在竹榻上眯着。

浦沿香杉上的知了，痴痴叫着，热浪一波波从门外推进屋。午后最热辰光，母亲舀一勺温茶，一手叉腰，咕咚咕咚喝下。

母亲顶一宽沿草帽，取下廊竿，安上三脚架，套系尼龙袋，扛着出门"蹚螺蛳"。我起身拎一竹篮，带上一瓦罐浓茶跟着走。

六号浦连着卫星浦，都是人工河，两岸种水杉插绿茶，浦底是泥，适宜生物繁殖，是水生物大本营。最为繁密的是螺蛳，且不说泥地上挪步的，便是入浦的木头、竹枝、石头、瓦片，一应硬质物件上，都可见到，俯身捏住轻轻一掰，就下来了。

最喜大个黛绿田螺，握在手里玩一整天不撒手。捡到老蚌蚬，用手托着，像拿了失重的生命之石。

母亲将廊竿伸进浦底，平着往前推，推到头拉回来，推拉七八下，网兜实甸甸。拉拎上岸，倒在浦沿，石块、碎木、陈草、螺蛳、老虾（袁浦方言：虾，音huō）、泥鳅、汪剌鱼，偶尔也有河蟹、黄鳝、鳗鱼。挑出活物，螺蛳装袋，其余搁竹篮，会跳的鱼儿，弄两根稻草穿成一串。

夜饭后去蹚，比白日要多，一晚蹚十几斤。奶奶将螺蛳拿到早市去卖，三斤合一角钱，卖不掉的，拿回家用韭菜炒了吃。

六

深秋时节，六号浦日光充盈，浦面的水似敷了一层温过的老酒，浦沿上一片小鬼头打闹声，一记记沉闷的扑通入水声。

父亲教我"游水"（袁浦方言：游泳），托了肚子，我舞动双手压打，抬举脚背拍踢，父亲竟松了手，我喝过几回浑水，慢慢求得平衡，也会游水了。从桥埠游出去，往南到一号桥，往北到抽水机埠，姿势两种，狗刨和仰游，从此不怕水。

浦水时涨时落，落时只及一半，更浅时仅没膝盖，但得水清，夜饭未开，绝不错过，哪怕在浦里泡一会儿也好。

一帮皮糙肉厚的小鬼头，光着屁股，打起水来，水浅时惹一身泥浆，都成烂泥冬瓜。

嬉水浦里，遇淘米洗菜，远远避开，不致搅浑近处的水。倒是淘米洗菜的，顺手搂几把攀附在桥埠上的螺蛳，也请我们帮忙，从浦里摸几把，凑一碗趣。近岸露脸甩须的老虾，容易捉的，一并捉了，添夜饭一口香。

七

童年里，太阳照在六号浦上。

分田到户的第二年，袁家浦街上，公社门口的牌子，换上乡政府的牌。政府的牌子，大多白底红字，那年的牌子，底子是白的，字很喜庆，是新娘嫁妆的颜色。

那一年，袁浦生产粮食一万八千三百多吨，是积沙成洲千年以来最多的。从那时起，家家有粮，也便慢慢殷实起来，袁浦红了。

二〇一六年三月二十九日

袁浦夜话

一

袁浦，又叫钱塘沙上，山水下泻，潮水顶托，一泻一托，勾勒出一个又一个小洲，连洲成片，千年堆积，成通灵宝地。

地以沙名，有鲤鱼沙、鱼泡沙、麻鸟沙、墩树沙、元宝沙、盘头沙……

无沙不成地，土墩八百个，自然村依沙洲、土墩而建，有西岸三房、五间头、小宅里、棉花地、椰树根、大洼畈、塌浦畈、郑家畈、葛家埭、陈家埭、打鸟陈、许家、张家、老坎、浦塘、老塘、新浦沿、浦沙头、夏家桥、兰溪口……

一九六一年，设立袁浦公社。一九七四年，削土墩，填池塘，修格子田。一块田长八十米，宽四十米，两亩四分。

一九八二年，分田到户。分田时我得八分，是杭州乡下纯正的种田人。

一九八四年，公社散了，建乡。

一九九五年，撤乡建镇。

二

填学籍卡，铁儒问，为什么原籍写浙江杭州？我是哪里人？

孩子生于北京，每年春节、清明，陪我回杭州。我说，几十年间春节在哪儿过，就是哪儿的人，清明去哪里，就是哪儿的人。我们春节在袁浦过，清明去袁浦，便是袁浦人。

原籍写杭州，也是这个原因。

袁浦又是什么？有人说，是乡下。有人说，是渔村。有人说，是渡口。

我说，袁浦是老家。

袁浦是江南版图的沧海一粟。缩小了，是一个点，地球上相对固定的一个点。放大了，是一个块，叫龙头，叫江咀，叫浦沿，叫岭沙，叫钱塘，每一地名，都是一个又一个家，同顶一片天。

友人说，赶紧乘势趁时写出来，不写，就没有了。又说，老了再写，失掉激情。

袁浦阳光、温存、灵动。我要把老家一股脑儿说出口。

三

袁浦，我生于斯，长于斯，父母亲在那里，祖先在那里。

根系袁浦，既是血缘使然，又是文脉所致。血缘拴心，文脉牵魂。心在袁浦，魂系袁浦，便是纯正地道的袁浦人。

我们在一条船上，叫钱塘之舟。舟上的乡民，吃一辈子钱塘土，钱塘土吃一回人，终要老去，上浮山，落土为安。

我愿这定山、浮山脚下，留得一条条田塍路，一个个老地名，一棵棵老树，还有一处处老房子，把一地的乡情村史装进去。

袁浦到底有什么好？我说，哪儿都不错，哪儿也不坏，童年袁浦，美得醉心，少年袁浦，美得惊心。

四

少年时，心又高又大又紧张，背起包，走出家门，头都不回，眼里满是前方。

中年到，背起包，往老家走，心又细又密又活泼，头都不抬，一朵花，就叫故乡，亮在眼里，长在脚尖，开在走向春天的路上。

少年时，不知世界有多精彩，中年来，才知故乡有这精彩。

经年劳作，背谷袋、拉板车、接线头，母亲四十，落下腰疾，六十之后，不能下蹲，胃也不适。北京和袁浦，隔了千里地，过去同母亲一周通一次话，互问健康，互道平安。

中年南望老家，常需求证，往往三两天通一次话，母亲兴致勃勃，滔滔长话，叙说陈年往事。我和母亲的话，也比往年多了。电话那头的母亲，活泼泼的，更多的袁浦话题，仿佛又回到当年。

五

半个世纪前，袁浦划归西湖区，区名是西湖，浦同这湖却有距离，同江挺近，怕又太近，近到贴江。

千年袁浦，本是江的一部分，定山和浮山，是江中岛哩！

袁浦这片土地，本是山水冲积、江潮托举而成。一铁耙下去，是耕作层，约三十厘米，有橘红色斑痕和青灰色条纹。

一方水土养一方人。钱塘沙上，养的是天下一等一的种田人。

这里的人，金木水火土，一样不缺，千年濡染，立地擎天，笃实厚道，温润体面，恭敬有礼。

钱塘沙上以田养人、耕读传家，千百年形成叹为观止的种田文化。三百六十行，种田第一行。父亲说，衙门钱一蓬烟，生意钱三十年，种田钱万万年。

少年时终也耐不住，跑出油菜花地，从那水田拔腿上田塍路，一路小跑，出了九溪，暂抛钱塘，坐了隆隆火车，去挣一蓬烟钱。

六

小时候，瓦舍白日呆坐，或夜沉沉躺着，大车爬过六号浦沿，大地摇晃，我常忧这房哪天摇塌了去。

读民间传说，晓得袁浦是条睡熟的龙，大地摇晃是龙的呼噜。

千年惊鸿一瞥，百年沉鱼一瞬，一瞥一瞬间，已是翻天覆地。

读《袁浦镇志》，我以为二十世纪七十年代以来，袁浦往事大的有：修南北大塘、集资办学、更新农业技术、兴水利、筑马路、园田化改造、办乡镇企业、村村通自来水、医疗便民服务。

这些事，母亲聊起，心头最重，一样样摆出来，是钱塘沙上半个世纪生活拉长的影子，里头有父辈战天斗地、改造自然、种田吃饭、做工创业的人文精神。

母亲说，这一生世，前头担心台风天江沿塌掉，后头担心老起来身体垮掉，一路提心看过，一路吊胆走来，渐行渐佳，越过越踏实。

七

　　南望袁浦，千百年来，渗透在乡野之间，存于乡民本心，立身待人接物的"道德性"，用方言表达，我以为是孝顺、恭敬、"结果"（袁浦方言：省吃俭用、精打细算）、信用、"甜赞"（袁浦方言：懂事，音tián za）、爽快、大派。这些"老古话"，劝人向善。

　　近百年来，新社会倡导教育，一世小乡民，逐渐融入现代社会，走向广阔世界。袁浦百年，从一个文盲半文盲占九成以上的鱼米之乡，变成一个普及九年义务教育、各种人才辈出的重教崇学之区。

　　从童年到中年，我所见的袁浦公社、袁浦乡、袁浦镇，所见的红星大队、小江村，是善治的，是帮忙的。

　　母亲常说，"格种人"（袁浦方言：这些人）蛮肯帮忙，都蛮客气，态度也蛮好，谢谢伊都来不及！这简洁地道出一个过来人的感受，也是一个钱塘种田人对公家人的朴素看法。

八

　　父亲曾说，一个粽子四只角，解绳又脱壳，筷一戳，糖蘸蘸，咬只角。这大抵是正在变迁的袁浦。

　　近三十年来，种田人的袁浦，水稻的黄，大麦的黄，油菜花的黄，陆续褪色，这是一个浩荡事实。

　　在区域一体化中，钱塘是江湖板块的一部分，已失去作为一个整体的可能性。

走在旧日袁浦的地面上，又陌生又新鲜：高速公路、城际铁路，纵横穿梭，钱江大桥，大字换数字，一二三四五六七，架在江上。

西湖，是世界的。袁浦，是之江的。钱塘江已成时代，如何留住一抹钱塘特色？

西湖不能替了袁浦。我们有世界的，也该有袁浦的，钱塘沙上，这一方乡民的创造，应该记取。

这里的大传统乡情味足，这里的种田文化浸肌入骨，这里的村落文化、移民文化本色犹在，也还鲜活如初，保留多样性，走出乡土袁浦来！

二〇一五年十二月十一日

红庙七年

一

钱塘沙上有座庙，叫红庙。我的小学，在红庙里。庙在田间一土墩上。

小学叫红星，太阳给出的一星斜晖，落进小池，折射起来，见了红，应了景，成了名。红星小学，也叫小江小学，前身为小江国民小学，一九二七年创办。小学旧址红庙，前些年，还在那里凄然挺立着。

当年的红星小学，大得很。一座礼堂，八间教室，围出长方形的大操场。我们奔跑，上气不接下气时，追着太阳往东跑出大门去。出门又是一操场，不归小学，戏耍打闹时，我们把两场连一场。

小学后门有池塘，塘边有木槿，木槿开花，池塘变花池。从红星大队棉花地极目看去，可见学校后门，门前是池塘。

池塘经年累月冒泡泡，里面有多少鱼，至今是未知数。冬天池面浮起一团云雾，是确知的。我脑袋往领子里钻，缩脖耸肩提臀，跺脚纵身生暖，常见一仅着短裤下池泡水的先生，据说是医生，姓曹。这池子，是小学最暖和的地方。我曾想象，这池底安了煤饼炉子。

二

入学红庙第三年冬天，下了学，天空灰蒙蒙的，回村路上，两行柳树分列站着，寒风吹起柳枝，一路飘过头顶，像是一列前不见头，后不见尾，缓缓行进的火车，伴着呼呼声，让人生发倦意，也催人快步，早些钻进温暖的被窝。

从柳树根往下看，是一条水沟，两米宽、一米深。沟里干枯，我便跳下去，身后遗了两行浅浅的脚印。终有一天，寻见沟里一洼浅水、一条泥鳅，捋袖提裤，将它捉了，不料又冒出一条，顿时揭开沟的秘密，这或将板结的沟底，潜伏无数冬眠的泥鳅。

我将包里的书本笔物，找个稻草垛，塞了进去，插了两根柳枝，估摸了位置，便提起一块见了利刃的碎瓦片，去翻陈年的沟底。快要入眠的泥鳅，从这柔滑温暖、闪着微光的窝里，被刨将出来，起初愣了，犹豫一阵，伸伸懒腰，卷展身子，想着逃走，急迫之下躲之不及，钻地无门，我弯曲食指和中指，钳住塞进书包。刨完的沟泥，用脚踩实，复归原有的平坦。

回家把木桶拿水冲净，盛这活蹦乱跳的泥鳅，养它一段时日，就盼下雪，我已等不及。

三

霜降之后，斑痕大地落起冰雹来，这是天公爷爷想地母奶奶打的喷嚏。冰雹落草舍上，扑棱一声，沿坡面擦过。落瓦房上，快节奏地咚咚直击、哗哗滚动，然后是滑落，片刻静默，一阵沉闷的碎裂声。

冰雹下来，我抱住脑袋，躲屋檐下，又不甘心，伸出手去，盼能接住一大雹子，却从未接住过一颗，这一地的晶莹雹。

连绵的阴天，终憋出雪花飘。

杭州乡下的初雪，是绅士雪。起初，撒下一点儿，不经意地，像一个彬彬有礼的男士随手在空中捏住一撮雪，吹口气，轻轻地飘下来，仿佛大雁飞过，掉下的羽毛，又仿佛西湖里一条船，慢慢地划出去。

地头的种田人，抬头看这雪花，露出丰年的欣喜，一边加快节奏，将一工生活了却。

同我一般的少年，见了这雪，迎将出去，往田野走，随那雪花飘。

雪落得大了，扯动天空，连片地撕下冷的水汽，吸了这最后一丝热，凝结了，捣碎了，揉软了，纷纷扬扬抛出来。

田野急速地消逝在雪窝里，褪尽五颜六色，唯余轮廓依稀，囫囵地裹进新裁的厚而暖的被。

我的家笼在这雪里，成了雪房宫。这时，地里的活，渐作渐息、料理收工，种田人都回了雪饰的家。

雪从傍晚起，延展开来，一夜雪喷，早起时终于暂停。阳光开了门，这白皙柔软的世界，发出炫目的雪光。

勤起的种田人扫净家门口，打通了路，慢慢地，这乡民们便开出一世界，像迷宫一样。见了这般光景，我知不用上学去了。

奶奶从雪地割来青菜。我搬出那桶泥鳅，抓几把稻草灰，撒在桶里，吸附了鳅身的滑腻，剖肚去肠，收拾利落，预备做一道荤菜。野生的泥鳅，经了凌家桥研磨的菜籽油，又有雪的一夜清空，香味破空穿出，风吹多远，香便甩得有多远。经雪的日子，眼鼻前常浮现一盆野沟鳅炒雪青菜。这土鲜野味，只应杭州乡下才有。

雪落下来急而快，化得闲而怠。这土地，竟舍不得这雪，含在嘴里，小心翼翼地待它融了去。

路面渐露本色，积雪散落，一块一团一堆靠边站，旷野小麦浴后出身，清新亮爽，株株挺立，一片一片，顶出雪来，舒卷开去，铺满田畈。

田间道边点种的蚕豆，趁积雪的日子，穿出盖覆的泥土和草灰，萌翻了乡下。一颗颗蚕豆裂壳出芽，从土里顶出来，帅气得像群小小子。待到长过筷子高，打个紫白相间的蝴蝶结，系扎在翡翠绿的植株上，相互提衬，活泼灵动，浅浅地笑着，给朝阳一抹淡淡的豆清香。

四

过了年，寒意未退，春天一跳一跳，鼓噪起田野，一夜春风度，百花千草次第跑开。

我最爱袁浦油菜花。一枝一枝，像举着灯笼的小女孩，酥白润泽的手臂，搭挂了嫩青色薄羽衣，撑起一片青软世界。灰泥地，细软草，根根竖起，疏密有致，间杂几种粗茎大叶的无名草，如一堆安静的女孩中突然跑进几个小鬼头，一起抢着闹着探头探脑看天空。这草终也长不过油菜，慢慢蓄积，厚实起来，给这油菜穿了脚叉，系了彩带。

油菜张茎舞枝，投射开去，绽放黄金流彩，抖搂簇簇金花。花儿摇曳起来，一株一片，牵儿抱女，呼朋唤友，漾起层层金浪，推放出去，花浪汹涌，把杭州乡下埋在了连天铺展的花海里。

蜜蜂三五成群，劈香波斩花浪，从一枝飘逐到另一枝，从一朵跳移到另一朵，步态悠然，不慌不忙，不卑不亢，身怀绝技，都是采花的好手。蜂翅扇起的风，吹动一缕缕花香，像一只翠青夹鹅黄的长臂螳螂，抓住你的鼻，吸了你的神，令你不由自主，把魂从魄边轻轻勾留，放在油菜花地里，面向天空大声呼喊，去引那蜂拥花海。

若这柔情蜜意的花海，不能承受我这生命之轻，那就让我躺在油菜花脚下，纵然从此闭了眼去，我这末世的一眼，也须是这钱塘沙上好一朵油菜花。

杭州乡下的春天，穿过油菜花海去上学。我们仿佛是这海里的浮游生物，蜜蜂从眼前、身边飞过，懒得睬人，油菜花在微风里哼着慵懒的小调，似睡非睡，催人轻踮了，怕惊扰了它的春梦。

暮春时节，油菜花儿逐日褪去乳黄，结出菜籽，蚕豆花动了情、称了意，结出胖果实，日日滋长，这青嫩的豆，剥开了壳，填塞嘴里，甜如青梨。我的小伙伴，想这一口时，趁老师板书，从座位上溜下去，钻过桌子，自墙洞穿出，一堂课未散，自己吃够，带回两口袋，手上举两把，分与伙伴吃了去。这临了学校种蚕豆的，一个春天，丢了些许蚕豆。

我们在琅琅读书声里，想这窗外的蜜蜂、蚕豆和油菜花，走过一个又一个喧闹的春天。

五

红庙第五年，每周四下午加一节课，郑老师说故事，讲的是《说岳全传》。

郑老师，名玉英，高高个子，声音洪亮，不见其人，先闻其声。《说岳全传》一章一章往下讲，跟着岳飞同悲同喜，岳飞得意了，我们一起意气风发；岳飞失意了，我们一起默然无语；岳飞上了风波亭，我们叹息一声，是这历史的庄严看客了。

听故事，是一桩美事，思注其间、乐陶其中，早早地坐好，心耳一起预备，盛放这精神的饕餮盛宴。

听故事走神仅一回，教室横梁爬过一只鼠，我的心也上了梁，和鼠一同小心翼翼地过了梁去，才回到郑老师的故事里。

从故事里退场，已是夕阳西下。我们由东往西走，有些晃眼，影子慢慢拖长。

红庙第六年，我们开始用钢笔写字。我的老师袁彩华批改作文极上心，一段段耐心看过，用得好的句和词，画了红色波浪线，篇末批注了评语。老师审得细腻，我改得也认真。语文课曾有几回点了名，念过我的作文。课间出教室，穿过那棵经年老树，站在操场看那天蓝，我晓得书是该用心读的，立志好好读书。这是一个觉悟的端点。读书是一件同种田一样要紧的事了。

这一年末，教育改制，凡年龄大的，五年读完毕业，年龄小的，再读一年，我又多读一年。我的小学，一年级留一级，多读一年，五年制变六年制，又读一年，在红庙读了七年书。

一九八六年的一个夏日，一同学跑来知会，我去红庙取中学录取通知书，从老师手里郑重接过，鞠个躬，出了红星小学的校门。

袁老师后来嫁到良户村一带去了，我上大学时偶遇一回。坐十八路公交车去九溪，老师去良户，一同站车上，她问了我的学习，我晓得老师正准备考试呢，似极重要，不易考过，彼时老师也在辛苦读书做功课哩。

红庙七年，老师比科目多，教语文的，有袁永泉老师，郑玉英老师，葛秋萍老师，袁彩华老师。袁永泉老师的女儿，人称"敏芳袁老师"，极严厉，能治住最淘的男生，也教过我。袁沛林老师教数学，个子很高，父亲带我上门向他请教，还有来过一月、一周、一日，客串一两节课的老师，我们跟着叫老师好，常张冠李戴，错喊了姓，老师不曾怪过，或也是不注意的。

袁永泉老师已去世。他来过我家，和我一同在瓦房前晒了一回太阳，喝了一撮粗叶的山茶，续了两回水，乐呵呵地走了。袁老师慈眉善目，身材高大，气宇轩昂，是我少年时读过的武侠小说中定乾坤、安天下的大将军。袁老师骑自行车，像骑一匹骏马，那一年，我目送老师稳健有力地踏车北去……老师骑车的背影，还有板书的背影，我至今记得。

郑玉英老师也去世了。她每从六号浦对岸走过，见了我父亲，大喊：华金！华金！一如学堂点名。点了名，站一会儿，说几句，父亲请教过几回，老师爽朗地笑，极简洁精准地给出答案。郑老师有着观音神姿，是一尊欢欢喜喜的佛，站老师跟前，如春风拂面，空气里释出坚定的乐观，鼓舞你相信一切都会好起来的，令每个临场之人，平增几分乐观。郑老师的气场，至今辐射在钱塘沙上田野里，与这生机勃发的百花千草，享这美丽世界的煦日和皓月。

六

红庙，也是红星大队开会的地方。我依稀记得礼堂摆一排桌子，不知是小学校长，还是大队队长，在上头讲，声音通过喇叭的放大，响彻大地。

我们这般少年，则在这声响里，依少年节奏，度快乐时光。

乡下孩儿，见了抽烟的，巴巴张望，等抽出最末一支烟，为得这只烟盒。烟盒拆开，折成三角，做了撇纸。掼撇纸是四季皆宜的游戏，捏住一只角，右手大拇指捺住，四指并拢摁住，曲臂举起过肩，对准地上的撇纸，往下甩，拍起的风，掀翻对方撇纸，或利用这风插进撇纸下方，赢了对家，收入袋中。我的技术一般，一通掼将下来，算是平手。

旋陀螺是童年的玩具。拿一小段硬实圆木，把一头削尖了，尖头上安一小铁弹子。拿一截木棍，一头绑上绳，绳的另一头绕旋陀螺几圈，放相对平整的地上，一手立起旋陀螺，一手拿木棍扯动绕圈的绳子，旋陀螺就转起来了，使劲抽打，引它匀而有力地转，间杂呼啸声。若遇低洼或高耸处，便倒伏，重新来过。我这旋陀螺，常转着转着，弹子掉下来，塞回去，再掉再塞。

开始长力气时，我们便比着掰腕子，掰完，不够劲，就跟着比摔跤，也无法式，在同学起哄声里，搂作一团，用力配合，以最终将对方掼倒，压身子底下动弹不得而收场。有同学会别腿，是常胜将军，我多数是在同学的身底下，做了软垫子，起来拍下一身的土，吐出嘴里的土，上课或回家去。

周六中午放学，一群同学在田野里撒开了，一些找另一些，一旦钻进去，从另一头出去，地方很大，一时找不见，失了兴头，一些顾自走了，我这实诚的，还在地里潜伏着，临天黑才出来，孤零零地回家去。倒是这田野里，无数小动物，各种谷物杂草，灵动鲜妍，甚是有趣，从不曾令人生厌。我寻一处地坐下，举头看天空中云彩浮游，低头看草丛千姿百态，想那蓝天白云视我为景，百草千花认我是山，我们一起创世纪，打发这寸金难买的光阴。

红庙七年，和我一般的少年，一起跑向田野，高喊冲啊！那举起木制驳壳枪的同学，不知可好？我多想要过来，举一回，这戴红缨的驳壳枪，冲进麦田，冲进稻田，冲进油菜花地！

我们这一众躲起来的，不知另一众同学，是否还在钱塘沙上寻找我们？我曾梦见自己，在甘蔗林、络麻地，面向天空，大声呼喊：等一等，别丢下我！

二〇一五年十一月十四日

黄沙桥

一

故乡袁浦，如果用一座桥形容，是黄沙桥；用一个车站形容，便是黄沙车站。

我千万次路过黄沙桥，百看不厌。它的模样沉静自在，让我想起爷爷：拿了一根陈年木头斫的烟嘴，撕下一角报纸，卷一撮烟丝，插到烟嘴上点着，坐田塍路上吧嗒吧嗒地抽。

二十世纪八十年代，黄沙车站是由陆路进城的起点。我的老师回城，从这里上车，我进城，从这里出发。

桥畔是袁浦中学新学堂，我在这里读过一年书。

二

坐在十八路车上，我透过雨帘，无数次见到坦然平卧在卫星浦上的黄沙桥。

雨中的黄沙桥，涂了一层浅黑的漆，水珠的晶莹掩不住桥的沙灰本色，倒也不黄。桥取名黄沙，大概从前这是挖取黄沙之地，或是运黄沙的船将这做了码头，在此停泊卸过黄沙。

桥是水泥浇注的三孔拱桥，一大两小三个曲弧的洞，没有一块青石板，算不得古老。

桥未得刻意雕琢，谦卑地卧在浦上，丝毫没有傲慢，哪怕拱起那么一丁点，也没有一丝张扬的水彩和浪漫的情调。

桥的两边是一本正经的石制护栏，每一根柱子背着手目不斜视，缩了肩谨严地耸立，像两行精致的纪念碑林。

从记事起，黄沙桥就像乡下执拗的小鬼头，攒足劲、勾住肩、不言声，搭在浦两岸，半没水里半跨水上。

桥下浦水澄碧平缓，水浅时，小伙伴用心地钻进桥洞，在弧形的洞壁上坐着，默默注视浦水流逝，一边弄出一些声响，听回音袅袅。

桥洞壁上和浦岸石缝的毛蜞，平常吐着沫子，半天不挪位，把辰光一点点推搡过去。临桥水面时隐时起的老虾，将手脚和须子从容铺展开来，视水岸为自留地。

新学堂的铃声骤然如阵雨般急敲下来，好似落下一把散架的算盘子。毛蜞转到桥洞阴影里，草条儿霍地一下一惊四散，老虾受了扰，晃个身换个地方冒出头。

我在泰晤士河里也寻过这样的老虾，没有见到，但留意河的宽度，和卫星浦差不多。泰晤士河上有船，划船的比我的小伙伴个头都要高，船篙细长像是六号浦水杉的芯，河上的船不运黄沙，那岸倒是同卫星浦一样也砌了石。

三

　　站在黄沙桥头，凌家桥石龙山上的放炮声清晰可闻，只是不如晴空里的春雷声大。

　　一九八八年，袁浦中学新学堂在桥畔落成。大型拖拉机碾过黄沙桥时狂喷唾沫倾吐黑烟，石龙山的石头一车车卸到学堂主楼前的野地里。学堂操场未及平整，很容易绊倒，还要提防踏空。

　　搬学堂那天，漫天都是喜冲冲起落的雀群。从白茅湖边老学堂到黄沙桥畔新学堂，三百多张课桌，六百多把椅子，两人一组，桌腿蹭地嗒的一声响，椅子摔下咔的一声叫，男生抬着课桌椅侧步往前移，女生搭着抬一会儿，歇一歇擦把汗，丁零哐啷，沿着村道，穿过八一村。

　　村道两边是水稻，谷穗儿摇摇欲坠，剑一般斜刺入空的稻叶，仿佛看家狗警觉地守望着。收割后稻田齐茬的壮青梗，像圆脸孩子头上的板寸钢丝般尖耸，堆在地上的稻草枯黄中带青。乡民停下手里的生活，笑呵呵地目送学子缓步穿行。

　　搬学堂的队伍绵延两里地，雄壮地穿过希望的稻田，这是乡下的游园盛典，是千年袁浦的嫁妆，钱塘沙上五百年一遇。

　　新学堂开张了，到做操时间，楼上楼下的学子挤出教室，填满过道，蜂鸣着，鱼贯而出。飞过桥头的麻雀，看到这一蓬灵动的点集拢散开，时而成列成排，时而成团成块，舞之蹈之，在学子的拍手跳跃里，雀儿惊叫着振翅抬升挥之而去。

　　匆匆那年，学堂西南角食堂的烟囱，将余热吐向天空，蒸屉的热气扑哧扑哧，露天的自来水龙头憋着一管水等待释放，最后一节课的铃儿，常常忍不住大声地响起来。

四

毕业季的六月天，我们站在主楼前合影。

拨开肉钵头里乳白清凉的稠油，撕开岁月的肉皮冻，我注视着毕业照后排中间三十年前的我。

少年的我小心地站在凳子上，地面是碎石，忐忑不安的向往，定格在那一年。夏天的热风，吹到黄沙桥畔，告别的日子，走到相机镜头前。

那一天，我默默地推着脚踏车，由南向北最后一次迟疑地走过黄沙桥，跨上车向西行，压臂扭臀奋力用脚踏去，车轮碾动岁月，将风雨甩到车后。

远方的世界好大，人也易老。学堂永远年轻，年年都是十四五岁。

我站在黄沙桥上远远地看，在学堂门口久久地徘徊。学堂不那么容易进去，哪怕挤进教室的门缝一点点，也捞不出一片青春的碎屑。

五

黄沙桥畔的水杉，是乡民搭的通天梯。

一排排红褐色的梯子把阳光揉碎了，泻到浦里，摊到路上。飞鸟一次次地重拾信心，向着天穹飞，梯子总是不够高，没有连绵的支点，终究一次次地落下来。

车站边的水杉棵棵雄起，变的是高度、直径、树影，不变的是叶形、挺拔、站位。披着斑驳战衣的水杉，不堪台风一时倾身，也远离浦面，让流水沉寂而行，任时光之船悄悄驶过叶隙，不留一点痕迹。

逝者如斯夫，卫星浦水长流，断枝败叶在漂，鱼虾鳝鳅在游，都不过是匆匆过客。

黄沙桥依旧，长卧在浦上，横是横，从不试图站起来。水杉陪侍学堂，竖是竖，人也有模样。

六

丙申年，我寂寥地坐在黄沙车站的长条凳上，大年三十的炮仗和焰火，像钱塘地心喷出的岩浆，亮似碧澄浦水折射的日光。

冷长凳，凉香杉，枯黄灯前，横陈七条路，数着数着，沉入"石圪鼎鼎"（袁浦方言：小孩很重，沉睡之中，抱不起来）的梦乡。

风往北吹，西北望，那儿曾有一条田间小道，是去红星大队的，它掩藏在重重叠叠的油菜花丛中，上下里外都是追花客。我在花外看花，蜂落花间采蜜，田鸡在花裙下跳来跳去。

桥畔新学堂，车站香杉下，新来的先生，三五成群，我们看先生，先生看我们，我们走入花深处，先生钻进车里去。傍晚，由东向西，坐十八路车转出去，清晨，由西向东，又坐十八路车转回来。

风往南吹，东南望，至今也还是学堂，簇拥在水杉林中，远近里外都是行色匆匆的年轻学子。

站在黄沙桥头，我等车来。车远道而来，泄口气戛然而止，哐啷一声收起车门。问：是勿是十八路车？答：老早没有咧！下客无数，一客不识，不敢上车。车行车远渐渐模糊，留我在桥畔，等十八路车来，静静地坐着，时而抬头看。

十八路车还会来吗？

七

黄沙桥畔拂过的清风，扯起小雨，将梦隔在雨帘外，冷而阴，点点滴滴，从脸上坠滑而下，翻过耳脊，落进除夕的午夜灰里。

对心中的远方，我也曾怀揣不安，从这里背包出发。包里有双布鞋，白底黑面，鞋底的布有千层，是母亲戴着顶针一针针、一圈圈密密纳的，里头有一江潮水。

黄沙桥上，过去十八路车每天路过很多趟，在桥畔停一停。

不知何时，十八路车没了，路线调了，一路站名更新，也多已陌生。

坐车的人也还不少，大多不识，黄沙桥和站名还在。

二〇一六年五月五日

杭高三年

一

八月末的一个清晨，母亲往柴锅里扣了两块隔夜的剩饭，舀了两勺凉水，我点旺稻草鱼煮开。母亲切两棵青菜，撒一点盐，各盛一海碗，吃罢收了碗，一前一后走出瓦舍的门。

从黄沙桥头坐十八路车到九溪中转站候车，转乘到湖滨，再赶一趟车穿城而过，抵达体育场路口。

从中河路走出一二十步，阴沉沉的天憋不住了，稍一松劲，垂下绵绵细雨。贡院笼罩在秋雨轻诉里，豁然拉近了距离。这雨近似初中毕业前袁浦那场雨，只是光线幽晦一些，倒也脉脉含情，只是泥土味不够纯正，带些杂质。

母亲从我手里抢过箱子，扛上肩去，驮了一抹簇新的棕色，小步快跑。我抓着被褥和一袋日用品跟着，绕过桥，进到杭高的校门。

二

杭高，即浙江省杭州高级中学，也叫杭一中，明清时期，杭州府贡院的号舍在这里。中学前身，是一八九九年创办于大方伯圆通寺旧址的养正书塾，和一九〇八年创办于贡院旧址的浙江官立两级师范学堂。

中学出身名门，父亲称其为"贡院"，我叫它"号舍"，其实更像一所大学。初中语文课上知晓的鲁迅、朱自清、叶圣陶在这里教过书。徐志摩、郁达夫、丰子恺、金庸是校友。散文、诗歌、小说的作者，突然跑出作品，是这学校的一员，行色匆匆，山一样立跟前，我有点儿不知所措。

三

守门的大伯，国字脸，身材高大。得了允许，我们从侧门进去。

刚抬起眼，雨哗的一下浓烈起来，天幕仿佛一间未点灯的教室徐徐拉上窗帘。我们急切地往里走，鞋和裤腿湿透了。

正对大门，长长的甬道两旁，经年的梧桐直而对称，枝叶在甬道上空相扣，厚实得像山洞。甬道外垂落的雨拖起迷蒙水雾，把甬道变成水帘洞。雨渗透棚顶，一甩一甩地从枝叶滑落，风吹过，发出枝叶碰撞的摩挲声。远处的灯光投到叶子上，折射出弧状亮斑，显得枯寂冷清。

我们贴着梧桐树，沿人行道往前走。甬道西边的大操场有看台和跑道，两头各竖一个球门。右边极目处是一蓬竹林，近处是单杠、双杠、沙地，一个篮球场，地上一片白茫茫。

穿出梧桐甬道，是校园"一进"（清末仿日建筑，二楼有鲁迅、陈望道、朱自清、叶圣陶当年的宿舍）门洞，淡黄里带点粉红。稍站片刻，拢一下额头湿发，用衬衫的一角拭净模糊的眼镜，喘几口气，这晌工夫，雨竟停了。

回望梧桐甬道，水雾淡坠，阵雨骤歇，眼帘洞开。两旁碧油油的梧桐枝叶对接起来，插得密密匝匝，像是毛茸茸的动物脊背。后来读夏丏尊先生作词、李叔同先生谱曲的校歌，觉得"叶蓁蓁，木欣欣，碧梧万枝新"这句，写的是梧桐甬道。

过"二进"新教学楼，是"三进""四进"，过楼洞拐到东头，是回廊，个头不高、精干笃实的大伯笑容可掬地站门口。

顶着雨后的凉意，我报了名，领了号，搬到"五进"二楼东头第一间宿舍，安顿下来。

四

母亲见我搭起住处，起身要走。守护宿舍的大伯，知我们初来乍到，示意有后门，可抄近路出去。出铁栅门，步行几十步，是一校门。出门右拐，上体育馆路。

母亲说找得到车站，我说这条路报到时来过，领过去更快些。母亲起初不让，担心我找不回来，后见我自信满满，不再推辞。

母亲跟着，我在前，走得慌张，一头撞树上，又添母亲担心。五六分钟见车站，问过路人，才肯放心，走到对面车站。

母亲用些气力，挤上车去，我透过门缝，只能见一丝背影，蓝色的，是母亲上衣的颜色。

看护宿舍的大妈，是门卫大伯的老伴，略胖、憨厚，脸上挂着孩子般朴实的笑容。她见我回走，又是新面孔，说食堂开学才卖票，可借我饭票，我忙不迭地谢过。

号舍的米饭，一块四两，我要两块，一份酱油炖油豆腐。卖饭的大妈大高个，声音敞亮，没有听清我说什么，着急地看一眼，听清了，也笑了，不忘多盛几个油豆腐。号舍的第一顿晚餐，分量足，和家里的一样香。

五

沿食堂往东走，是图书馆，民国时期西洋建筑，三层楼高。爬山虎大展身手，将楼包裹起来。叶缝透出墙的白色，窗棂的红色，还有起承转合的桃红色线，一副有朋自远方来的开心模样。

图书馆南侧有一处别致幽静的院落，折进圆形院门，园内小径曲曲拐拐，铺了精致的鹅卵石。前头一片大叶竹子，青葱可爱，娇媚地倚在北角长廊。长廊廊顶铺青琉璃瓦，上覆浅黄满面瓦，廊里立几处古朴的碑刻，廊下两边堆着凌乱的残碑。

园子东南角的芭蕉叶上，聚拢的三五滴雨，由叶尖滑落飘出，闪着晶莹的光，落脚在鹅卵石、残碑、湖石和竹木杂树上。

六

号舍课业紧，不容分心，唯有一心只读教材，不提也罢。倒是三年的锻炼，身体更强壮了。

开学不久，我参加校田径队，每天晨起、傍晚、晚九点在大操场上跑，释放体能，缓解压力。每逢功课多，眼昏耳鸣、头皮发紧，我也去操场跑几圈。

跑完，到宿舍澡堂冲冷水澡。冬天室外冰天雪地，澡堂冷风飕飕，先用手或伸脚够冷水，适应了再从头往下浇，冻得打冷战，洗到白里透红，全身冒热气。不少住校同学边洗边唱，也是一景。换过衣服，通体清爽，回室学习，注意力集中，效率也高。

杭州每年组织中学生环西湖跑。湖边空气清新，一路游人如织，湖景、街景如画入眼。学校组织一队和二队，实地训练，压低重心、加大步幅，正式比赛一队跑出全市第二，二队跟着沾光。

周六中饭后，劲头很足地奔回乡下。情致高时，从梧桐甬道出来，沿着中东路梧桐大道，一直走到湖滨，坐车到九溪，沿着北塘路走回家，当作拉练，在急行中长志。

七

号舍传道授业解惑，老师最难忘。

班主任叶春，也是高一、高二的语文老师。叶老师大学毕业不久，朝气蓬勃，热情很高，眼睛很大，脾气也好，经常耐心地坐在教室一角和同学们聊一聊。叶老师备课极认真，紧扣大纲，讲得细密。我们按要求，把背的内容尽量记取。叶老师对作文尤为重视，批改得很细，对用得妥的、妙的词句，画了波浪线，对结构、用词、标点无良处，批注提示，篇末有一长段评语。

我写母亲的作文，叶老师当众念了，那一刻觉得特别高兴，因为老师肯定作文，也是肯定母亲，劳动受尊敬，劳动者受仰望，有这样的母亲，我感到自豪。

高三语文邱海瑛老师教。邱老师目光锐利，笑的时候，五官仿佛要挤过来旁听似的。耳朵也特别灵，只要我们开口说话，老师侧耳耐心倾听，就如一块吸铁石，哐一声吸住你了。邱老师往往一下抓住问题，也会补充追问，给出简洁有力的判断和提示。这一年冲刺备考，她教语文注重思想、结构、文字融通，对我日后帮助不小。

学好数理化，才好走天下。教数学的王建老师，教物理的冯念珠老师，教化学的郑克良老师，一丝不苟，循循善诱。郑克良老师在我功课极差的情形下，不放弃、用心拽，凡有一可取处，必着力褒扬，令我一次又一次地重拾信心。

这些老师，是我心目中的大师，不仅教知识，也给自信。我从此慢慢划一叶小舟，去游荡无边的海，从不怕覆了。

八

高考日。号舍。炎热。

上午考完，径直走出号舍，蹬着脚踏车，往红太阳广场跑。

父亲在武林门借了朋友看管的一间会议室。中饭后，我闭上眼睛，躺在沙发上，歇息一小时，屋内幽暗，头脑清醒，也睡不着。半是心焦，半是炎热，辰光一到，我弹身而起，迎着热风，一刻钟骑到贡院。

高考考什么，不记得了，记得的是父亲的陪伴。从红太阳广场到号舍，与父亲同行。

父亲说：你在前头骑，不要管我，到了校门口，我就回家。

那一路街景，在脑中生了根，一说起高考，都勾出来。

考完试，我骑车去学军中学，在表姐缪水娟家吃完晚饭，在一间大阶梯教室听老师讲解高考题，预估成绩。从教室出来，心里有数，觉得有希望。

九

七月流火，高三（二）班一众同学坐在教室守望夏天。我填的志愿，有一个水产学院，想弄清九溪钱塘江潮起时，江底究竟有什么。

正在吃带泰国米仁的冰棍，姚丽华老师上楼来，说有提前招生的大学，问我有没有兴趣。

我毫不犹豫地填了表。

目送老师背影从教室出去，折过去下楼。那天老师走得很慢，背影至今在我心里。

姚老师高三带我们班，是班主任，也是英语老师。临考三个月，在实验楼找了间教室，把我们几十个基础弱的同学召集一起，拿几套卷子，讲重点题，梳了一遍。

八月初的一日，邮差来到六号浦，我意外地被提前录取。

十

号舍三年，每个日子都很长，连在一起又很短。

我这样的乡下少年，进了城，呆头呆脑，不甚灵光。老师的关注和态度，是非凡因素，关键处着力的一笔，如同大蒲扇的风，刮到船帆，小船也就出了港。

一九八九年夏天，狮子山脚，上泗片二十几个同学考重点高中，考中号舍的两个，一个在二班，一个在七班。我从袁浦中学到贡院，是自己选择，走出第一步。从号舍到大学，是意外，去北京，是偶然，号舍的老师给了我不一样的人生。

号舍求学三年，我有很多题解不出来，不少同学极聪明，慷慨解答。二十年后，不少已是工程师、学者、律师。我其实是号舍学生的学生，是杭州城里的同学帮了我，跟着他们，我也上了大学。号舍里的三五拨同学，夏天里到过袁浦，在瓦舍吃过饭，说炒鸡架很好吃。

从香杉瓦舍到碧梧号舍，我慢慢地，也要去翻一本更大的书了。

十一

碧梧新枝，斜阳里更好看。

号舍，我注目它的模样，似乎总在黄昏。

报到那日的形景难却，过目不忘。

周日下午回校，到校时大抵已是夜饭辰光，夕阳是橘红的，抹得到处都是，散散淡淡，平添几分苍凉。

每周有六天住校，每天夜饭后，往往去操场上走一走，夕阳铺洒在操场上、看台上，也投放在屋子上、梧桐树上。

最喜这一抹斜阳，像一条系在脖子上的丝巾。号舍仿佛一件上衣，那么，梧桐便是一条好看的裙子。

二〇一五年十一月二十九日

钱塘杂忆

捞鳗苗

每年立春到谷雨的夜晚，乡民手持网眼细密的捞勺，三两相伴，五七作群，拎了小桶，兴冲冲地往北塘赶。

浅浅的浪，一波波翻过身，吹着呼哨涌过来，用力攀上江岸渗进沙去，余下的又退回去。乡民各占一片近岸江滩，沿江一顺站开，个个专注，少言寡语，只是埋头，睁大眼睛，一遍一遍地抄网。

一尾鳗苗体长四五厘米，重约零点一克，从水里捞出，在煤油灯、手电筒的照射下，摇头摆尾，头上一点莹白，像是一盏熹微的灯。

江水春寒未消，赤脚踏在水里，还有些冷，不禁倒吸一口凉气。卷到膝盖的裤子，不一会儿也溅湿了，教江风一吹，更添阴凉。乡民抄勺捉这针般细长的鳗苗，争先恐后里忘了凉。

钱塘江后浪推前浪，捎来亿万盏生命的鳗灯，也引来无数勤劳的乡民，将暮春的江沿点亮，像开了一个闹热的夜市。

夜潮一轮轮涨过乡民的脚，扑进夜市，搭起一条长长的明丽的街，一直到后半夜。

捉夜鱼

仲夏的白雨任性地落过，灰色的云趁了夜色，塞满整个穹顶，四野湿漉漉的。青蛙结伴而出，蛙鸣此起彼伏，落寞而又洪亮地歌唱。

我提着洋铁桶，叫上阿弟，从瓦舍灯影里走出，慢慢适应野外没头没脑的黑，摸索着穿过田野往东北方的红庙走。

田塍路又湿又滑，稍不留意，不是滑一脚掼倒，就是一屁股蹲地，口里哼着：喔唷喔唷。起来揉揉膝盖、拍拍屁股，一瘸一拐负痛前行。遇到田塍路的缺口，不小心踏空，一头摔下去，慌乱里下了田、进了沟，沾一身泥浆水。

磕磕碰碰地到了田畈中央，四野的蛙声激越澎湃，仿佛乐曲进入高潮。阿弟一手拿手电筒，一手持捞勺，沿着田塍路，一段一段寻找。

漆黑夜里，鱼趋了亮处游，在光照处轻轻摆鳍，原地打转，嘴一张一翕，喃喃自语。我们用捞勺去抄，动静稍大，鱼惊乍间，箭一般疾驰而去。我们小心翼翼、慢吞吞地，小半夜间捉了不少野物。它们在桶里扭来扭去，弹跳腾挪，还未消停，新抲的一到又添动乱。

红庙边水沟鳝鱼多、河蟹多。性急之下，弓腰徒手就捉。捉河蟹时，尽管小心，仍不免叫蟹钳夹住，一时还不易挣脱。捉黄鳝时，又兴奋又慌张，有一回竟教黄鳝一口咬住小指，不肯撒口，不知是饿了还是怒了。被这野物咬住时，心头莫名的恐惧，想到"蛇鳝同体"，又害怕又疑惑：这是黄鳝吗？还是蛇的变种？阿弟也说：靠不住是蛇耶！黄鳝终于力尽松口，我们也不敢要，在不安里丢进池塘。

从小暑到白露夜色撩人，走过一条条田塍路，蹚过一条条水沟，还有白洋洋的稻田，捉了大大小小的鱼虾蟹鳅鳝。运气好，遇到大个的田螺，顺手牵了，回家扔进水缸里。

甘蔗地

秋老虎进深山，一年最是丰足时。头顶一盘皎月，夜风里飘来稻谷和稻草的芳香，人与天面对面，中间隔了瓜棚豆架。

钱塘江畔的黄稻已收起装袋，大人们串门聊天，小鬼头们欢跳着出门去。

暮秋夜的钱塘沙，在苍凉的穹顶下，白花花的。田野里一些散落作物的阴影，像汤团上撒的芝麻。水杉一排排甩出去，像剔尽肉的草条儿倒插着。路上像铺了陈年的棉花胎，踩上去发出噗噗声。

风吹过甘蔗林，窸窸窣窣，仿佛捏在手里的麻酥糖的碎屑从眼前落下，飞过耳畔去。

红庙边的小伙伴，最要好的是阿洪，与我同班，他坐第一排，我坐最后一排。阿洪家种了几亩红皮甘蔗，远远望去，披了一张温柔的白纱，风过处轻轻拂动，这儿撩起一角，那儿陷下一片。

我们钻进白纱帐，从蔗林里看月亮，见到圆盘里有桂花树，有砍树人，边上站条大狗，不停地叫。摸索着挑一根粗壮甘蔗，拔不出来，前后摇摆，弄出不小声响。

吱嘎一声，土墩上的小木门开了，昏黄的灯影里，阿洪的阿太喊：谁啊？吃甘蔗噢？要用钩刀砍耶！

"阿太！"阿洪应一声，门嘎吱一声关上。我们用钩刀斫下两根，切了蔗梢和蔗老菩头，一人一根，坐在蔗地里，顶着白纱帐，驮着明月光，咔拉咔拉地啃，一地的蔗屑也是白的，像失水的月光，一块块凌乱地落在地上。

我们啃完甘蔗，对着土墩，发一会儿愣，想起大队部不久前放的露天电影《地道战》。不知谁起头，站在蔗林地，拿了钩刀对着土墩，开始挖地道。阿洪又扛来铁锹和锄头，泥土大块成片揭下，近处的甘蔗撞得东倒西歪。约莫半个钟头，挖出能容一身的立面。

正兴奋间，吱嘎一声，小木门又开，走出阿洪的父亲，惊诧莫名：侬来着个喽？顿一顿说：看《地道战》啦？我点头。他爸叹口气，进门去了。我们的地道也挖到了头。

这个秋天就这样结束，童年的怀恋，一丁半点，像小精灵，飘荡在钱塘夜空。我们的童年，在未竣的白纱帐地道边，也随即挥之而去。

新娘子

乡下新婚吃喜酒，迎娶的队伍两人或四人一组，用钢丝车载着嫁妆，几十人连接起来，长而贵气，仿佛一个路过的王的仪仗队。车上的嫁妆，绣了鸳鸯图和双喜字的大红被、双枕头自不必说，一应屋里的陈设——长凳、方凳、桌子、大柜、衣箱、梳妆台，一色红漆格外鲜亮，这是独一无二的袁浦红。

新娘子快到了，娘舅先一步进门，掏出一把红包，抛进门去，一十八个，一众乡民争相抓取，博个好彩头。

嫁妆带了抽屉、盒子或可盛物的，莫不吸引孩子"淘宝"的目光。八仙桌上堆了桂圆、荔枝、红枣、红鸡蛋、落花生，叫"五果"。袁浦大婚，在一拜天地、二拜高堂、夫妻对拜里抵达高潮。

洞房的马桶颇为讲究，叫"子孙桶"。主事预先选出一个六七岁的小鬼头，选中的小鬼头欢呼着从子孙桶抓出红包——包了贰角的票——带了惊喜，忙不迭地在大庭广众之下对着马桶尿一泡，轰开洞房花烛夜的不安与生分。

新娘子和初次谋面的小鬼头，因为一泡祝福的尿，拉近了距离。洞房外从堂屋到道地是连绵的喜宴、闹热的人群，男帮衬两耳各夹几支烟，身前系了围裙，与女帮衬一起传菜，稳端木制托盘，像滑溜的鱼穿行在一桌又一桌的乡民之间。

新娘子起初的矜持，泡软在小鬼头们的纯真欢笑里，恢复起大姑娘的热情，起身拿糖往小鬼头口袋里装。讨到糖的鼓着裤兜和衣袋，七跳八跳地在宴桌间飞跑，也有钻到桌子底下，在腿脚之间摸索前进，或蹲在各自家人的腿脚间，剥开一粒一粒糖吮舔，腮帮子鼓得圆圆。讨糖的乡民络绎不绝，新娘子出手大方，红色的油纸袋，一袋八粒，一人给四袋。

我家瓦舍附近，不少家娶了新妇，奶奶叫出第一声"新娘子"，日后都这样叫。新娘子是对袁浦女人的昵称。那些年里，近前的女人我见到，不知名或忘了名的，便叫新娘子"阿达"（袁浦方言：姐姐），穿了红缎面上衣的新娘子目光格外亲切。

奶奶叫新娘子的，有一个五十多岁了，每次听到叫时，新娘子都露出灿烂的笑容，瓦舍也为之动容。

拜年

年三十的饱餐，掩不住对正月初一拜年急不可待的欣喜。一早起来，水乡的冷风隔了三层单裤，从裤管往上蹿。换上新衣，一家一家走，近前必到的，连跑带颠莫不抱以无上的敬意，还未迈进门，高声嚷着：吾来拜年哩！预告了一年繁荣兴旺的开始。

小鬼头拜年，约几个相熟同龄的一起去，一家接一家走，敲开冰封的新年，是新春报喜的鹊儿。

小鬼头"纵着"（袁浦方言：跳着）踩在冰封的水汪塘上，碎脆音破开水乡的冷。隆冬的脆弱，在新年祝福里，不堪一击地落寞。

拜年的小鬼头，起得如此之早，路边的野草满头露水，太阳刚起来，也遇有几家未开门的，一群小鬼头争相咚咚敲门，敲开的睁了眼懵懂之中，莫不惊讶：大年初一啦？哦！阿耶，小客人上门，今年发财！

也有敲不开的，大抵除夕分岁后又闹夜，睡得太晚，倦怠恋床，没有气力爬出窝。回来必得同大人报告，大人专门去一趟，以示拜年必到的恭敬。

那些挂了冰锥儿的年，冰柱挂檐下，晶莹的迷眼的光，柔里带刺地射出来，照得近前一片闪闪发亮。初融的一滴水挂在锥尖，凝望自鸣钟的长针一圈圈挥过，许久才不乏流连地落将而去。

袁浦早春，便在一滴接一滴的水里，慢慢地来了。它化开冰霜，也化开手背的冻结块，痒痒的，胀胀的。

赤链蛇

六号浦沿，瓦舍人家，白日里门窗都敞开着，直到临睡，才合上。

从瓦舍前一家进后一家，由左邻入右舍，也毫无遮拦。各家大多不打围墙，除了菜园的篱笆，栅栏也不多见，便宜了人进人出。家家通着，小鬼头们跑进跑出，也都很熟。

蛇虫八脚，自由自在，也跟着跑家串户。东家游过一条蛇，西家跑出一只鼠，好像养的鸡、鸭、鹅跑到邻家一般，也都往往是邻里间的谈资。隔壁的阿母讲：吾屋里有"光"（袁浦方言：条）蛇游到侬屋里去了。前院的阿达道：侬屋里一只大老鼠跑进吾屋里了。这样的谈话每周都有。

瓦舍挨着稻田，田间各样动物和人一样，随意出入，常有一样两样，着急忙慌地闯进来，引起邻里一阵骚乱。让人大惊小怪的，要数赤链蛇了。

赤链蛇，也叫火赤链，长可到一米，头部黑色，体背黑褐色，腹面灰黄，带攻击性，吃鱼、鼠、鸟、田鸡，乡民多以为有毒。瓦舍内外，此蛇一出，教人撞见，必引尖叫。

邻居闻声而来，铁耙、锄头一齐掩杀。小鬼头捡了石头，对准三角的头砸，眨眼工夫，头已砸扁，尾巴还在那里挥舞。

蛇被打杀后，危险却未解除，乡民仍十分小心，不敢接近，用长柄的农具勾起扔到稻田里，也有丢进茅坑的。

丙申年四月，京城落雨。我闲翻《辞海》，无意中见到第四百九十八页，有赤链蛇图，读了说明，才知赤链蛇无毒。

乡民以为赤链蛇有毒，实在是冤枉它了。

阿母的故事

瓦舍隔壁，是父亲的堂兄阿亨阿伯家，我们两家合用一堵山墙。

阿母和我奶奶相处极洽，常在一处摘菜剥豆，有的话说。我大抵知道，阿母的娘家也是乡下的，在山里头。

阿母经常同我讲起童年里逃难的故事。日本佬进村前，山民跑散了，过了很多年回村，进一卧房，远看挂了蚊帐，床褥间还躺了人，走进前去，蚊帐一碰就掉，床上是一副骨头。阿母说起时喟然长叹：罪过啊！从青布围裙下腾出手背，一下一下缓缓拭去眼角的泪，眼白是红的。

阿母又说，一日中午在草舍床上躺着，睡意蒙眬里感到身上有重物，且在移动，变换位置，睁眼看得分明，竟是手腕粗的蟒蛇，吓得闭了眼，在战栗里，也不知过了多少辰光，等蛇游走，才找回神来。

阿母还讲一桩事：村里的一个姑娘上山采茶，被蟒蛇看上，扑上去，把姑娘一圈圈缠了起来，姑娘吓得在那抖，喊不出声，只是哭啊。蟒蛇抬起头，伸出舌舔姑娘的泪，姑娘泪流干了，蟒蛇用力把她勒死了，整个地吞了下去，游走了。

知悉这事后的那个晚上我很警惕，似乎也很接近地，被蟒蛇抱住了，一点一点地压迫，直到断了气，那种感觉，追随整个少年。

冬夜

钱塘沙上的雪，一场接一场，上一场还在田野里流连，一片片一簇簇不肯化去，新一场又快来了。

在将落未落的空隙，我和阿弟借了窗子投出的枯黄灯光，在道地里玩弹子。一阵爽朗的笑声里，跟出一串结实的脚步，我抬头喊了声阿伯。

阿亨阿伯应一声，走过去，又回转来，大抵喝了几口老酒，紫檀脸上泛起过年的喜红。

阿伯领我去袁家浦老街理头，眼见雪又要落，冬风更紧，袜子单薄，替我买了两双棉袜。

从老街回来路上，我摸着寒丝丝的脖子和脑袋，一路纵着往村口走。一前一后两个行路人，踩着冻实的泥路，不时响起冰碎的脆响。

夜的黑已不似向前，也可说温柔，一家一家瓦舍的灯闪着枯黄的光。偶尔一两个炮仗，几个百子炮，点着了，在寒意难掩的连绵不绝的雪房宫上空，有声有色地传来。

天上没有月亮，夜拖得悠长，阿弟早钻进爷爷被窝睡着。我坐在床头，拽了一下灯绳，光收尽了，灯芯的金黄慢慢熄掉。看着窗外邻居屋檐上残积的雪，还有近处挂着的冰锥儿，锥上不时生发的瑰丽亮色，我久久不能入眠。我在等雪来吗？

奶奶在床的那头，又叮嘱一回：大孙子，好困觉哩！

二〇一六年八月二十一日

浦行散记

一

从前，跟的哥说去袁浦，都知道走九溪，由转塘插过去。如今说去袁浦，不是都知道，肯去的也必得导航。我寄信回去，也不得写袁浦，行政已无袁浦建制。

出杭州火车站打车，稍不留神，就上高速路。走错路时要过几次江，才寻得见出高速的路。

最近一回，卫星地图上的我已站家门口，车却在高速路上，眼看又要过江对岸去，索性从车上下来。站在故乡的土地上，闭上眼，闻一闻，循着熟悉的炊烟，我从一角掀开的铁丝网钻进去，步行不到二十步，豁然现出一小路，路的尽头是我家，在六号浦沿青簌簌地耸立着。

母亲见到我由小路拖了行李过来，好奇地问：你从哪里来？

丙申年春节七日，铁儒做伴日行两万步，同探袁浦遗址遗迹，同晤亲朋旧友。

二

第一日。我们兴致勃勃地拉上阿弟建新、侄儿令炜，一行四人同访红星小学旧址。可辨识的，仅一面北墙，镶嵌在一大片厂房北身一道长而高的墙底。我试图找到当年同学们钻出去摘蚕豆的墙洞，蛛丝马迹都不见，未有寻获。

小学旧址周边是厂房和鱼塘，旧时的池塘和操场、校舍，肌理不存，踪影全无。去学校路边的浅沟仍在，有一些杂树，未见一棵柳树。

我曾想，红庙既叫庙，应有菩萨。这人间的菩萨，有喜欢安静的，有喜欢闹热的。红庙的菩萨，定是喜欢闹热的，学生走了，耐不得凄清，去别处了。虽然，我从未见过红庙的菩萨长什么样子。

从红星小学旧址出来，我们往袁家浦老街走。上了黄沙桥，年味浓浓的，街面中间隔离带的灯柱上挂了一溜红灯笼。两边的商家一爿连一爿，这开着的门，是贺喜的张张笑脸。

门口炮仗，一个接一个地点了，迅猛地蹿上去，狂野地炸开来，响声惊得一条街都在动，五百响、一千响的百子炮也不示弱，可说是"枪声不断硝烟弥漫"。置办年货的乡民小心翼翼地走过街去，路过的车辆也不禁放慢速度，专注地享用年的味道。

人字形老街的左撇，肌理犹存，一两处木结构的两层老屋，不由得叫人记起曾经的岁月和时光里晃动的人影。老街的右捺不见了，问一老伯，他摸着后脑勺，若有所思地指指我脚下地面，说是原先的老菜场，也就是老街人字顶，现在是社区公园。

庙无影无踪，街半隐半存，心里未免起些惆怅，慢慢地也只剩释然。想想也好，心中的红庙和一里吁街实景已无从求证，也就不再纠结，随它去了。

三

第二日。我们沿上学的路，步行到白茅湖边。

旧日学堂门前的湖，已填成平地，挨着一片绿化带，接着便是一排新厂房，阻了风光旖旎的湖面，也没有熟悉的稻海、麦田和油菜花地。湖似乎大部分都没有了，远远地兴许也还有一小段，或就是一个池塘也说不定。白茅倒也还有不少，近前的几株，颇为顽强地守着旧日学堂所在的白茅湖。

中学旧址，从正面看，仍可见礼堂一座。早些年镶嵌在礼堂山墙顶上的大五星，模样竟还有，且是十分俊俏，到了可爱的地步，红漆已剥落殆尽，唯余朴素的容颜，注释了钱塘沙上一个不凡的年代。

顺时针绕到学校东南角，几间平房教室的屋顶，从围墙上露出头来，少年时的亲切顷刻涌上心头。我仿佛见到那些年，教室窗外草丛里一只只跳过的田鸡，草丛上飞过的一只只蝴蝶和蜻蜓。

经龙头去袁浦中学新址，快到黄沙桥头，眼尖的令炜在一棵水杉梢头发现一只大鸟。铁儒看得仔细，说腿和脖子长长的，羽毛白而短，短嘴前部呈黄色，后部呈黑色，眼睛黑色，眼窝处羽毛也是黑的，鸟的身子不大。

我们仨一齐看时，鸟腿像是挂在树梢上一般，扑棱了两下，向东北方向振翅飞翔而去……

树梢抖一抖，很快重新找回平衡。

我在袁浦水田里见过的老鸥，浦沿上见过的杉梢之鸟，三十年后，竟在黄沙桥头重逢。

这鸟，是专来问候我们的吗？我心头响起吁的一声。

我问小哥俩，同声答：没有听到鸟叫。

或许，这鸟只是默默地关注一下，来了，本也不想引我注意的。

黄沙桥头十八路车站边临浦的水杉，历经岁月剥蚀，依然神气地挺立在那里。一去三十年，世界变了，树也长高长粗，相对位置从未丝毫改变。

那些年，不论是阳光明媚的日子，阴雨绵绵的日子，还是油菜花开的日子，稻浪汹涌的日子，麦田灿烂的日子，日子一个接一个，都好像过得很慢很慢。

四

第三日。揣着好奇心，我们探寻传说中的袁浦发祥地。令炜、铁儒学我迈大步子，一步一欢实。村路弯弯，浦水迢迢，喜的是，确有王安禅寺，惊的是这寺是新近复建的。

王安禅寺也叫王安寺，据说与灵隐寺同期所建，与之齐名。禅寺的存在，证明袁浦的历史不是五百年，而是上千年。《袁浦镇志》中说，寺里还有两棵五百年以上的香樟树，更添了乡民对古老的佛寺的景仰，这是古袁浦一处活的见证。

我们一路打听，庙在哪里？埔塘村的乡民十分虔敬，手指西方夕阳隐退处，说往西走、往南走、往西南走，临别时不忘善意的叮嘱：见到菩萨，多拜两拜！

王安禅寺离小江村约莫三公里。距离禅寺一里远的地方，就已听得空旷的钱塘沙上，禅铃丁零当啷，一声又一声，如生命游鱼，飞流在寒冷原野的风海上。禅寺门前广场上，三角旗子红艳艳，向路过的行人和飞鸟逐一打招呼，欢叫着占了一角天空，斜拉起一张天梯，向善向上，引人驻留。

禅寺无围墙，仅一主殿，早一步坐了起来，正门洞开，立柱昂扬，飞檐阔达，怀抱一片清净笃诚地，一尘不染地等待"圣明"。庙未开光，"大菩萨"未安顿，先到的几尊佛用红布裹了脸，静静地等风吹，等有缘人来。

庙里的师父闻声出来，亲切地给我们做了讲解。师父给我看了两件遗迹：一件"王安寺界"碑，一件"王安寺记"残碑。界碑估摸三百年以上，记碑也应有不少年头。

铁儒对寺庙印象颇深。游记里说：

> 我们散步到一间庙，名为王安寺，没有围墙，分两层，下层是僧人住的地方，上层是宝殿。殿墙是红色的，屋瓦呈金色，有一块牌匾，写着"三圣宝殿"。门是木门，里面金碧辉煌，却没有"三圣"。后来发现一个好去处，大殿东侧有个土地庙。进去一看，那叫一个破败，不过中间坐了"三圣"，屋子两边还有大大小小的佛像。爸爸说这里很静，我也坐了一会儿，深有同感。

从土地庙出来，遇到浦塘村两个笑逐颜开的阿达，说有十余热心乡民发起，到处化缘，期盼重建呢。我问其故，答：王安寺修好了，土地庙没有修，庙里的菩萨也想住新房！

盛世修庙，可见一斑。

五

第四日。拜访阿龙。闻一多先生说，诗定是文化的胚胎。我的同乡，有不少写诗的，同村的阿龙写诗，在小宅里住着。大年三十晚上十点，阿龙在家热情相待，给我说写的新诗。

阿龙搁笔多年，重新捏笔也是最近的事，这可好，炮仗和百子炮轰响，静听长短句，颇有意趣。阿龙的诗很少提近前的事物，诗里的袁浦，却顽强地活着，常常用两三个字做线，拉住跑出钱塘的风筝。

次日一早收到《除夕夜谈》：

和朋友坐在灯下聊天 / 孩子们各自在一旁玩着手机 / 光阴的影子如烟火闪耀 / 几十年的夜色仿佛薄如蝉翼 / 我们聊到童年的往事、城里的老师 / 聊到贫瘠的村庄、苦难和欢乐的记忆 / 除了水杉树越来越不被确定的年龄 / 就剩下江水在平原上的转弯 / 看不见的激流依然是激流 / 手机上不停闪过的画面也是人生

阿龙是一面照出我影子的镜子。我东颠西跑，镜子一直执在那里，一种姿态，一个角度，一样自信。

这次不经意的邂逅，也是令人难忘的年三十之一。这一日的夜翼垂下前，铁儒在"钱塘"牌下，留了一个影，三十年前，我大抵也是这模样。

六

第五日。我们和白茅湖中学同学一起，看了钱塘沙上的几处宗教建筑，有虎啸庙、永福庵和孔家、仁桥的基督教堂。这庙、庵、堂和先前所见王安寺一样，大抵都与村老年活动中心伴生。

老有所养，文化不能缺，老有所归，文化是寄托。三十年间所修的宗教建筑，在乡村格外醒目，往往成一地文化标识。它们和藏身于村落间的广场、公园，融入乡民日常生活，是日趋多样的文化存在。

可惜的是，我前后几次找寻船肚畈遗迹，问了乡民无数，均无果而返。千年圣迹，虽于《袁浦镇志》有记载，世易时移，已很少或竟是趋近于无人知晓了。

连日探寻间，心生一念：大江后浪推前浪，前浪倒在沙洲上，一季又一季的人间浪花，从乡情村史说，应有一处纪念地。

那些逐渐被湮没的古迹，譬如小江的红庙，九溪的山神庙，以及散落在田间地头的古袁浦遗迹，日渐式微，不妨归拢一处，借了红庙、土地庙、王安寺的复建，民营公助，营造袁浦博物馆，增设一处文化地标。

这一处场所，传承古文化，传播新文化。一馆知袁浦，史料活泼，文章、书籍、档案、人物，多用情。文物丰富，动物、植物、器物，博采之。既利于发掘研究，又便于传播认同。

七

第六日。初六晚上，几位袁浦诗友江边小酌。席间相谈甚欢，最打动我的，是一个袁浦女生讲的故事：那一年，她中专毕业，不幸病了，在家休养。她以为，活不到四十。一个男生，参军回乡，遇到女生，一见钟情，陪伴在旁，后来娶了女生。女生四十以前很担心，现在不担心了，因为过了四十，身体棒棒的。

对这场小聚。铁儒这样写：

  在杭州的最后一天，我们被一群诗人接去吃晚饭。有一位是爸爸的老师，姓孙，剩下几个与爸爸同一中学而又大几年，是写诗出名的。爸爸与诗人们谈天，我出来转转。饭店像度假村，有一个很大的湖，有人在垂钓，湖中有亭子，土灰色的。这一天的夕阳十分耀眼，仿佛说着再见。

八

走在袁浦的路上、田间，心里不时涌起波澜。见旧时小兄弟家，或是拜访年长者，他们莫不以一种短暂的记起式反应欢迎我。这让我想起贺知章《回乡偶书》，录在这里，也可说是：少大离家每年回，乡音略改鬓毛衰；邻友相见哦哦哦，侬是隔壁的阿哥？

当我是一个地道的袁浦人时，户口在这里，住在这里，我的父亲母亲在这里。而今，我户口不在这里，也不住这里，父亲也已离世，我是袁浦的旧时友、外来客。

袁浦是种田人的袁浦，无田可种，还是袁浦吗？

我的心里，却还以为是袁浦，是袁浦人。不种田了，心里总还不舍，看看袁浦人，看看袁浦的稻田也好。

少年时，觉得外面很精彩，那便要走出去，向那心眼里的高处走、远方去。

人到中年，蓦然回望，尤其见到母亲一天天变老，感到需要等一等身体，等一等亲人，不要这多，不要那高。世间的花儿无论多么美丽，也只开一季，总要枯去，常回袁浦，望望这片独一无二的土地，回家看看，何其幸也！

春节七日，阳光像守时的女生，每天准点，格外妩媚，一天接一天连缀起来，带出快乐的年。

每临黄昏，夜饭后，我和令炜、铁儒从六号浦到北塘，从袁家浦到南塘，从棉花地到白茅湖，常为这快乐所鼓动，结伴走了一程又一程。

回归之日，初七早起，天上有月亮，我们出门去，上了赴京的动车。

每年回袁浦，各有不同，而今年更为特别，也可堪回味。铁儒也试着去记述袁浦，把这儿认作"爸爸的天然故乡"。

我父母生我于袁浦，我的童年和少年也在袁浦。"天然"这个词，大约也是好的吧。

二〇一六年三月三日

　　这片土地，是地球和月球万年厮守，心里起的一丝波澜，撞上心坎，遗落的一个斑痕。这丝波澜，在我们这个世界，叫钱江潮，每年星球心动时，都会有女人和男人落进大潮。这个心坎，叫南塘和北塘。袁浦中学就在南北塘圈起的斑痕上。(《有个地方叫袁浦》)

　　大蒲扇的风，一点点刮净黄昏，乡民拖动竹椅，抬了竹榻，扇起又吹灭一村的青灯和黄灯，打开入夜的深的门，也把田野一片片地挂起来，拖着月色的乳白长裙，用清凉做剑，一下穿过黄昏，刺中黑夜的心，拨亮满天的星星。(《七月黄昏》)

　　这些生物，伏在爬塘上山、舒卷而去的深深的海里。乡民养的鸡、鸭、鹅和兔、猫、狗，常不忍好奇，跑进去闹一通，啄咬一通，或捉些生物来玩，饿急了也挑一点吃吃看，提心吊胆地发出恐怖的呜呜声……(《十里稻花香》)

有个地方叫袁浦

三十年前，杭州乡下有处地方叫袁浦乡，现在这个建制已没有了，可当地乡民仍习惯沿用这个名称。

这片土地，是地球和月球万年厮守，心里起的一丝波澜，撞上心坎，遗落的一个斑痕。这丝波澜，在我们这个世界，叫钱江潮，每年星球心动时，都会有女人和男人落进大潮。这个心坎，叫南塘和北塘。袁浦中学就在南北塘圈起的斑痕上。

像中国的不少地方一样，杭州乡下的冬天，茅草屋和瓦房的檐下，挂满冻硬的细长冰锥儿。铺满田野的冬小麦，绿油油的，在松软的雪的呵护里，透着顽皮和欢喜。空气潮冷，呼一口气，冉冉升起一团云烟，还未散尽，满嘴都是清冷，连门牙都跟着往后闪。

上学的路，要走过长长的泥路，积水的地方冻成冰面，踩在上面，发出咬开薄皮核桃的脆裂声。和我一般的少年，单脚跳起来，看准了落下去，就在这腾移挪跳之间，热气从脖子周围升起来。那年冬天早起，我说冷，爷爷说，"纵两纵"（袁浦方言：跳几下）就不冷了。

杭州乡下的秋天，树木都跑到山上乘凉去了，只剩那甘蔗林、络麻地、晚稻田。甘蔗林一片挤一片，待到大紫大红时，力气小的伙伴，看准一根粗壮的，顺势一屁股坐上去，再拽回来，连根拔起，一嘴咬下，落一层霜，嘴角是白的。乡下少年啃甘蔗，从蔗梢嚼起，渐入佳境。

乡民时兴种植络麻，剥皮晾干，手工搓出的络麻绳，可以把月球绕一圈，拉拉近又放放开。络麻秆白白的，像孩子滋润的脸，乡民用来圈菜地，大黄狗一激灵，撞出一个破洞，开了蛇虫晚出早归的城门。

农舍往东，没遮没拦，一望无际，是清秋的稻海。这黄澄澄的希望的海，半是稻穗半是残叶，躺在青枝黄叶的稻秆层，太阳淹没了稻隙，都懒得起身。我想起爸爸的话，开学的学费够了。

那种结实厚润的灿烂，三十年来，我只在杭州乡下见过。荷兰画家凡·高，也曾透露过这种灿烂，他的向日葵暖了星空。

中学开学前，我想小声说说，杭州乡下夏天和春天的美。

杭州乡下的夏天，知了从近屋菜地到远山青树，编了一张热辐射的网，把乡民和六畜，还有蛇虫八脚织进里头。知了就是乡下奏鸣曲的领唱，猪的肚子，狗的肚子，和晌午累趴了的乡民一起呼吸，拉动大气层，把热能激射出去。蚊蝇被这股气势震荡起来，不知往哪儿落，也跟着气流运动上下热舞起来。

春天，薄冰融开了，江水和浦水贯通起来，油菜花吞下这片古老的土地，开得又野又蛮，向空中展，向四边绽，向田垄够，整个乡下浸泡在铺天盖地的花香里，徜徉在蜜蜂翅膀倾情挥写的歌词里。折一段经年软棍，往密布土墙的眼里轻轻一点，三两下蜜蜂就摆出憨态，讨好的样子爬出来，掉进预先备好的玻璃瓶里。

油菜花地垄沟清秀，蓄满奔放的江水，老板鲫鱼黑背脊，白鳞肚皮，往往逆流滑翔，拍起层浪，弄出巨大的声响来，惊起阵阵菜花雨。雨起时，大地和海洋相拥一笑，一众生灵从地上飘起来，从水中耍起来，把自己托付出去，挥舞起满城的水帘香。

禾苗青青，待长到一筷子高，乡民翻地、碎土、蓄水、拉线，左手持一把秧，右手搓捻出一小束，五六七八支，从左往右插六撮，从右到左插六撮。千年稻米之乡，就在埋头提臀间左来右去，退了一步又一步，退出了海阔天空。

把秧子插下去，就是生活，把稻种留起来，就是梦想。

二〇一五年十月二十一日

白茅湖边

一

钱塘沙上有白茅湖，湖边有老酒厂，酒厂对门是袁浦中学。

九月十日是教师节，也是袁浦中学生日。乡民说，袁浦的"农中"，生年更早，一九六五年秋创办，校址在麦岭沙原公社牧场，教师两位、班级一个、学生近四十。袁浦农业中学的历史不到两年。

一九六七年围垦造地，建校舍平房四间。翌年，袁浦中学挂牌，教师四位。

从小江村一号桥一路向东，见到袁浦中学，也就见到白茅湖。白茅湖是护校湖，湖水"光清碧绿"（袁浦方言：清澈见底），礼堂和教室倒映湖里。风吹过，湖面碧波微澜，不时有鱼跳起来，带起一丛水，落下去，撞击的力量漾起一圈又一圈的波浪。

学堂还有一个内湖，占了操场三分之一。内湖一九八三年挖的，我的语文老师，也上了手，湖里养了鱼，年底分鱼，老师也得一份。

中学临湖，乡民叫"白茅湖中学"。实指它是湖里的中学，也可说湖上的中学。

我的舅公家，在白茅湖东南角。舅公是先生，办私塾，也通晓中医，常给乡民看病，屋里长年飘着一股好闻的草药香。每次奶奶带我见舅公，从酒厂门前走过，见到湖边一排迷眼翠柳，袅袅娜娜，对中学三分敬畏七分向往，对白茅湖怀了十分的好奇。

二

旧日白茅湖，周边白茅遍地，湖以草名，草以湖显。

钱塘沙上的白茅，每年三四月长起来，模样清纯简约。即便不起眼的小角落，长出几株来，单单盯住了看，叶子像矛，花开可见白色茸毛，形色相宜，还怪好看的。

人不可貌相，茅不可小瞧。湖边的白茅，根纯白有节，出泥地而不染，一旦有个地方让长，用最大功夫打下去，以十足劲头蹿起来，胸脯消瘦如针，笔直地挺起，听潮音，喝雨露，傲立钱塘沙上，仗半寸茅剑，是标致的战士。

白茅点点，迎风招扬，柔韧兀立，漫塘遍野，连将起来，一年一生，守望袁浦，一片白茫茫。

一九八六年秋天，我第一次走进白茅湖中学大门，带了朝圣者的仰望。

开学日，阳光隔了一层灰色的纱，透过光的亮，滤掉光的热，有点清飕飕，还有一丝苦殷殷，像是钵头里的隔夜粗茶。

礼堂外墙西侧顶嵌的红五星抢眼醒神，仿佛一个靓丽的人，而非水泥的印。

临湖过道有台阶，逐级而下可近水，厚实的预制板桥埠，长长的一条搭进湖去。

上学的少年各携铝饭盒，放两把米，持盒往湖里一探，端着提起来，扣上盖，带三分小心，站稳了，使劲上下甩一甩，倒了再舀足水，放食堂蒸屉上。钱塘稻米，白茅湖水，蒸出米饭，稻香馥馥。

菜大多自带，前一晚备好，装进小铝盒，有茭白毛豆、干菜肉，也有腌肉鸡蛋。食堂也卖炒青菜、炖油豆腐。中午时光，学堂飘出各样好闻的饭菜香。

三

风偃时，站在礼堂过道西望，白茅湖像新娘子梳妆台前的圆镜，照见天空的本色瓦蓝，也不错过游行的云彩。

起风时，日月的影子，掷进湖里，满湖凌乱不堪。湖面贪婪地吮吸着光，腻味地拽着光亮之裙，把白日拖到黄昏，倦怠地一头沉进湖底；又催促月儿东升，等待早自习的铃声，拧着太阳的耳朵，让它和操场上的大红旗一起升上旗杆。

湖里的鱼总是不少。一蓬蓬水管草下，鲤鱼、鳊鱼、草鱼、鲢鱼潜泳而过。老板鲫鱼泛起波浪，疾驰而去，身手灵敏。草条儿在阳光下露出背脊和脑袋，闪着鳞光，成群结队。

湖水深处，传闻有水鬼出没。远处跳起的鱼，大概受了水鬼扰动，近处跳起的鱼分明在叫：水鬼来了！白茅湖底，深藏了神奇，我不得机会到湖底看，直到搬学堂，也没下湖，兴许真的有水鬼吧。

湖边的小动物，沿着过道小步快跑上了操场，从教室门窗温柔地探进头来。地上跑的壁虎、水蛇、田鸡，天上飞的蝴蝶、蜻蜓、麻雀，又结实，又俊秀，将学堂弄得蛮闹热。

四

湖边不少人家的瓦舍前，种了香泡树，挂满青色的果子，慢慢地在风里变过黄来，像早春的柳眼，弄得人心痒痒。

每年油菜花开，从礼堂过道往西看，天上一色瓦蓝，一群飞鸟的黑点起起伏伏，农舍白墙灰瓦，陷落在清明时节金黄的花丛中，穿了黄绿双色裙。

每到油菜结籽，花儿慢慢谢了，芜秽不已，好在油菜青的盛装，弥补了去金黄后的失落。恬静的农舍，换上深青色裙，也都一尘不染，小清新的，惹人爱怜。

湖边的号子田每年种两季稻，早稻总是匆匆的，七月骄阳似火，秧苗已经长成，略一慌神，急忙收割了，腾地娶新苗。晚稻则要等到深秋，北风快起，凉意已浓，毛豆叶枯黄里带笑，催着说熟了熟了，不收老了。

七月双抢，十月秋收，湖畔人家收割的稻谷，摊在道地、马路上晒，一色香蕉酥的土黄。晒干的稻谷，搁风车大漏斗，摇动转轮，碎叶和芒屑呼啸着吹入空中。从农家过道前走过，一不留神，落一脸一头的叶和屑，急急跑过，也没恼的。碎叶和芒屑掉进胸前、后背，沾上汗，贴在身上，刺挠得很。

五

白茅湖面，现已大大缩小，难见其浩渺，某片墙后，某棵树下，还有湖的一角残痕，可作凭吊的旧迹。

学堂旧址犹在，也可说是一个意外。大抵这片土地有灵，不能忘记种田人的学堂。

礼堂西侧山墙顶嵌大五星，红颜色已褪，露出灰黄原色，形景朴素，每天出东方照钱塘。

白茅湖边，少年时代，已成回忆。清晨醒来，湖边情景，也还不远，大喝一声，掇转身来，面目清晰。

二〇一五年十一月十一日

长安沙上

一

钱塘江、浦阳江、富春江聚首处，有江心岛，岛上花盛草茂，树繁鸟多，乡民叫它"沙上"，大名长安沙。

由东江嘴吴家渡乘铁船，约莫四分钟，即抵对岸。

清明时节，未上岛，先闻鸟鸣，不是一声，是众声，不是孤鸣，是齐鸣，间杂汽笛、马达、流水、春风诸声伴唱，好一首"鸟鸣江"也。

三十年前，我与新浦沿、外张村友人，惊睹一头小白猪，冒雨狂奔越过南塘，浮游过江，跑上岛去。三十年后，不承想，步了猪的后尘，踏上长安沙。猪上岛日，我听雨，是少年，今我上岛，且听雨来，已是中年。

环岛皆林也。沙上集树成林，树以杉、柳、枫、杨、槐、樟为多，散立塘堤两侧，拖步沟渠之侧，掩映农舍之间，排列田塘之榻，绿茵茵，青簌簌，护卫长安沙。

从渡口沿沙堤右侧行，堤高约三米，宽约两米，窄处一米，仅容只身过，堤面铺了碎石，长约两公里。

沙上之树自由生长，莫不硬朗阳刚，骄傲地甩着头，如矛似剑般刺向苍穹，大风也不曾使树倾斜，亦不必如城里的行道树去了头，颇显独立顽强之姿。日色摇曳林间，枝条未曾斫，不修边幅，耷拉着拖了墨笔，一条线、一尾钓，垂挂塘堤。

偶遇一两棵倒伏的树，被风连根拔起，侧卧一旁，也不气馁，吐了新芽，缀一身绿，因那未断绝的根，扎下土去，抱紧大地的腰。沙上的树，是经了风雨、见过世面的。

二

行至沙上西头，风乍起，雨坠了一些，飘洒下来，软软轻轻，散散淡淡，伏在脸上，泥人得很，仿若儿时冬日早起，母亲顺手一抹的雪花膏，黏里透清凉。

雨就这般大，催人小步快踮，躲到黄而暖的枫树荫中。乡间小路撑起一把把簇新的黄纸伞，一顶又一顶接了前去，雨滴射到伞面，弥漫开去，一伞一伞亮晶晶的。

羊倌儿衔一截草，跟在羊群后，慢慢往前蹚，像一团流徙的云。这群羊十几只，腰身健壮，色如石灰，步子敦实，在青草枯叶间从容踱步，好似穿了母亲纳的千层底布鞋。

清雨如挂面，一丛沙沙摩挲声，似锅肚里点着的稻草，雾烟生香，撩人胃口。

不一会儿，挂面断线，雨停了，风犹在，走出黄纸伞林，眼前豁然开朗。一处暂置的稻田，久不种稻，成了草场，有两个足球场大，四周方正地围了一圈树，和天际线连上。各样野草茁壮，野花散布其间，像赖床不起、紧抱枕头的孩子。

飞鸟占树做窝，成群地掀翅起落。我耐不住喊它，起先学鸡叫，又做狗吠，再摹熊吼，鸟儿叽喳叽喳，一遍高过一遍，嚷个不休，算是理会吗？嘻！我怎能跑到鸟家楼下大嚷大叫呢？

三

沙上最西头，江风从彼岸淌过，江水从眼底划过，一条条驳船，仰卧着，慢吞吞地，好像在走，却一直在那儿，卧在你的眼角。从远处看，好像漂在油菜花上，掩在芦苇丛中，近了看，像是拖了一条江在走，力气不小，且不动声色。

从西往东走，沙上油菜花开，密密层层，着实滋润，大开眼的丰收，无边界的铺陈，漫道满田地堆。

它们填在还可装的每一个犄角旮旯儿，还可盛的每一处斜坡低地，这一枝那一块，这一条那一丛，这一缕那一圈，成群结队的丛块、簇团，绝无一样的一朵一枝，与树林、鱼塘、农舍、泥路，活灵活现地相连。

油菜花儿，同那坡儿连，干脆抱了坡儿，像一头头顶着油菜丛迤逦而去的金牛；同那池塘连，索性从水面的岸坡往上跑，支起一支支黄矛戟，是安营扎寨的一支急行军；同那江岸连，漫浸入江水，摊开一块软香的蒸麦糕，这是母亲做的哟，放进竹屉搁饭锅头蒸的，很久未吃了。

沙上那一片久违的黄呵，看着看着，眼睛便也浊黄了，眼落花上，像两枚甜甜的水果糖，一不小心，滚进花丛，惊叫着去找，哪里找得回来，这满眼的黄灿灿！

四

岛东南有樟树林，年久月深，地上积了陈年的叶，蓬松而绵软，落叶不及处，草色鲜美。

光线透过叶隙披散下来，鸟儿从树屋蹿进跃出。闭眼挺脖，扬脸深吸，满鼻满嘴满腔，都是湿湿的、空空的、幽幽的、鸟鸣的气息。心像风筝，顺势忽地一下飞起老高。坐在风筝的脊背，爬上树屋之阁的，是少年的我吗？

从风筝线上滑落，抬头看处，射入的光线像一头密密的长发，叫人心动，这是最美的怀抱，出世的中心便在这儿吗？

树林沿堤岸铺列开去，是天造地设的长廊。偶见斜伸进滩的小径，土润苔青，为足音敲醒，经年的旧叶、陈季的黄叶、新落的鲜叶，倚穿过来带芽的绿叶，把条通幽曲径弄得春意飞扬。曲曲拐拐走去，一段旧墙，一间老舍，一截浅窝，散见林中，平生几分苍凉和茫远。

长年的樟树，想想比尘世最年长的人，也要早生不知多少年，伸了手臂，怎也抱不拢。

五

岛中有村，自然细长的一溜。向导杨午海指着村头一家，说是他堂哥，又点出村尾一家，说是姐夫家。我留意到还有一小片屋舍，未连接在一起，问是哪里？向导爽朗地笑答，说是丈母娘家。

村里现有两千多口，从前大概是不大的。向导告，早先也就十几家，都沾亲带故。

岛上鱼塘、稻田、菜地大片地连贯起来。分列站起的一排排水杉，像一道冲天篱笆，沿干道延伸出去。成片杉林，密布南岸，不时有古树点缀其间。远方青山如黛，稳重而厚实地安在江对岸。江水波光粼粼，唱着古老的歌谣，江风阵阵拂过脸庞，透出春阳的暖意和春寒的冷韵。

一群白鸟从头顶呼啸而过。铁儒说，鸟嘴是黑的，像鸭子似的很短，形状又是尖的。浑身羽毛白的，鸟腿黑的，翅膀圆而尖，是长脚鹭鸶吗？

临出林子，脚步声惊起栖鸟，一团团蜂鸣着抖出，滚动着穿过林梢，忽上忽下，垂直地在天空飞舞。翅膀一色雪白，在未时的阳光里，闪烁着鱼鳞般的光泽，增添了林间暮春的灵秀。

六

出得岛来，铁儒说，长安沙像鳄鱼眼。查看地图，果也肖似。这灵性的眼睛，大抵是巨龙的左眼。

渡至半程，江阔云低，春风起处，又见软软的雨丝。铁儒说，这是袁浦的桃花源！

美的沙上，再过几十年，还美吗？再来看，还是桃花源吗？

二〇一六年四月四日

爷爷的菜园

一

南国秋分，从我家瓦舍后门探出身去，可见一大蓬生褐夹翠绿的南瓜藤，南瓜叶抱了露珠，几只熟透的南瓜，安卧在猪栏草舍上。新结的南瓜头，还未脱去蜜柑色的乳花，像是尚未吹熄的早起的灯。更远处是瓦蓝的天，天空和草舍间，是露头不久的浦沿水杉。

六号浦挖好后，我家搬到红星大队的新农村，在浦东一号桥北第七排。瓦房临浦，三间两弄，屋前屋后各一园。后园猪栏草舍占了大部，草舍北头泥墙根，爷爷搭起竹竿和树枝混编的立架，扦种了黄南瓜、长丝瓜、药葫芦，偶也扦些宽扁豆。

乡民路过莫不驻足，以园为媒，同爷爷攀谈。爷爷一九○八年五月二日生，在五兄弟中排行第二。父辈叫二伯。管爷爷叫爹爹的，与我同辈。称庆正哥的，是爷辈。我闻声不假思索地回叫：阿伯阿母，阿哥阿姐，爹爹奶奶。爷爷双手抚着膝盖慢慢站直，抬起头，和气地打过招呼，便又埋头忙活起来。

二

猪栏草舍的南瓜开黄花，鹅黄抱橘红，南瓜叶如荷撑伞，恰似

"一顾倾人城"的女郎。南瓜从花蒂上慢慢拱，嫩青的、淡青的、墨绿的、赭黄的，不论个头颜色，摘了或炒或煮也都好吃。

南瓜长成，一些瓜漏空，垂坠下来，也有十几斤的，靠这一根粗壮的茎，悬挂空中。瓜叶由亮绿变淡黄，转浅棕色，似乎撑起这一串叶的是一根缓缓燃着的水墨的烟，直将那叶给熏煳了一般。一些绵绵不断新绽的嫩绿的茎叶，杂处其间，开出新花，结下淡青的瓜，一支茎上，往往色差较大，嫩芽叶、小绿叶、大青叶、焦黄叶，小黄花、大黄花，嫩青瓜、淡青瓜、墨绿瓜、赭黄瓜，一瓜知嫩熟，一叶知春秋。南瓜色沉而暖，也不均衡，压在猪栏草舍坡面不见光的，大抵惨白或淡黄，光照繁密的先熟透，要么溜滑泛光，要么凹凸有致，无不引了欢快的注意，诱人伸出手去够一够摸一摸。

摘南瓜时，搬来竹梯搭靠猪栏草舍，我站上去用剪子铰茎，茎如藤般柔韧结实，得用力几下才成，滋出一眼薄而朦胧的汁。爷爷一手扶住梯子，一手护着我的腿，叮嘱我小心不要掉下来。我一手拢着瓜，一手用力铰瓜茎，顶着拖到身前，爷爷高举双手托住，颤巍巍地接过。

摘完瓜，我挨个抱着放到屋檐下阴凉处码好。爷爷站草舍前，把南瓜藤连茎带叶掀扯下来，将南瓜秧头和斜刺里新起的头尽数掐下，带了嫩叶炒来吃，入口有麻绒感，风味独绝。

三

后园东身，有一小片空地。爷爷弄来十几棵冬瓜秧、七八棵雪瓜秧，扦种在边角地上，喊我提一桶浦水，将秧根的泥浇透。瓜秧模样清新，仿佛红庙小学操场蹲着预备跑起来的小伙伴，以超慢的分解动作，延爬开去。

开花时节，爷爷弓着腰，探着头，持一根竹枝，笑眯眯地拨过叶来数一数，看看究竟开了几朵花。冬瓜长起来，敷了一层白白的霜，好似抛了石灰一样，我以为起防虫的目的，也想过痱子粉，脖子上浮起一片凉。

袁浦冬瓜个头不小，却非都能长成大个，长多大看吃多少，吃得急了，摘得勤，瓜大个的少。瓜结得多，吃不及，也便大了。冬瓜大抵红烧了吃，白润的瓜噗噗噗地煮熟时，放上酱油，也是一道下饭菜。大柴锅煮冬瓜，每回盛三海碗，爷爷说吃冬瓜好，冬瓜利尿。

冬瓜和雪瓜藤叶一深青、一淡绿，一目了然。雪瓜结了，起先淡青，自下而上，越长越白，终将这青往上赶到头，像白浪漫过，浸没草地。雪瓜将熟，早早地数大白个，和阿弟一同等待瓜儿熟了。

有时回家进门，爷爷寂寞里抬头看我，脸上皱纹一展，闪过莫名的欢喜，哼一声：这个小鬼头！侧身从竹椅的一角捧起一个瓜，说瓜熟了。我便在这层层涌起的快乐里，咽啅咽啅咬嚼起来，雪瓜汁水多，淡甜而香。

爷爷坐的竹椅的另一角，也必有一只瓜，在我心里，且要比给我的那一只大那么一小点儿。那一小点儿不易察觉，我却总是要问：给阿弟的是不是比我大？爷爷说，一样个，一样个，一边用手把那瓜像宝贝一般地护持住。

雪瓜秧稀疏，藤也不长，瓜也不多，得小心呵护，把这守望的快乐，拖得长长的，在微茫的盼头里，度过一段美妙的时光。

冬瓜和雪瓜套种，或许是一份好意。冬瓜像大哥哥，敦实厚重，连叶带瓜，有英武之气。雪瓜像小妹妹，圆润秀气，叶芊芊，瓜盈盈，呈柔弱之姿。一个铜头铁板，一个小家碧玉，在我家后园的一角，相守相敬，是天作之合的一对。

四

前园和瓦舍间的道地，同屋檐下的阶沿相连，是摊开篾席晒谷、晒麦、晒油菜籽的地方。

前园不过是长长的两畦菜地，南、东、西三头插了木槿，用两根长竹压紧，算作栅栏。木槿开花，朵朵娟秀。

淘气的母鸡，常从木槿篱笆缝隙由外向内探望一番，试着挤过身去，啄食虫子，偶也啄几口嫩菜叶吃。小鸡跟在母鸡后头，挤过缝隙，钻了进去，却又忘了出路，在那里仰脸叽叽叫唤。前园北边用剥了皮的络麻秆扦插，中间开一扇简易的门。

爷爷八十，佝偻着身子，十分上心地在地头，一下一下地翻土碎土，使出诸般手艺，算好日脚，种了各样应季菜蔬。傍晚时分，爷爷唤我浇水。每隔一两周，到茅坑边一起抬粪桶，一脚一脚踩实稳稳地走，不教兑了水的粪泼洒出来。爷爷持了长柄的勺，均匀地浇到菜秧根底。施了肥的前园，总是一派别致的活泼泼的丰茂景象。

菜籽大抵是平日地头攒的，也有亲戚送的，或看了喜欢，问邻里要的，还有从袁家浦街上采买的。常见的有红茄子，开紫色花；有甜蚕豆，开白色花；有毛豆，结了一串串；有青菜、芹菜、蒿菜、甜菜、花菜、苋菜、韭菜、鸡毛菜、包心菜，合了时令，占了那么小小的一片，边采割边扦种，刚腾出一角地，种子和菜苗紧跟入土，一茬接一茬，茬茬清新可人。

爷爷的菜园，把江南的四季，一季一季接得天衣无缝。即便天寒地冻的隆冬时节，拨开雪来，拔出白菜和青菜，这空出的一窝，又为新落的雪填满，少有抛荒时。

五

每日早起，爷爷在菜园附近慢慢走一阵，见有野草露出身子，揪住拔掉。我家菜园，无容草生。寻见篱笆丛中一棵两棵，我往往急着上手拔下，跑到爷爷跟前说：菜地长草了！爷爷喃喃自语：我以为拔净了呢！还赞我眼光好。

我得了不该的夸奖，越发盯紧菜地里的草，也便真的成了爷爷的跟班，像一只依偎在主人脚边奔前忙后的小狗。有时误拔了新栽的瓜秧，爷爷表情漠然，拖一句长长的"侬着个喽！"，有点不耐烦，更是小无奈。

络麻秆日晒雨淋，鸡啄狗撞，需及时补扦，络麻收割后，索性将整园的篱笆都翻新了。爷爷和父亲带我一起编插扦秆，地上开一窄而深的沟，打好桩子，把络麻秆截成一米半长，扦插下去，用"洋铅丝"（袁浦方言：软铁丝）上下各两道，呈"8"字形绞编。掌握这一样手艺，我很自豪，感到自己是有用的存在。

前园菜畦，每年要搭一回竹架子，南北、东西各一步远，靠内插上近两米长的细竹竿，上头拿一竹竿交叉架起来，以洋铅丝固定。架子搭成，甜蚕豆、长豇豆、四季豆、宽扁豆的秧，顺竿绕着蔓延，爬到竿顶，探着头上进，像一个极瘦弱的人，用力地举起臂膀，风一吹，摇来摇去，很有韧劲，教人感动。

豆角脆嫩模样讨喜，一枚枚催生出来，日滋周长，挂了一满架，在风中轻轻摇曳。奶奶嘱我摘豆子，我拎一竹篮，一根一根，挑大长鲜的，轻轻掐了，一声软脆音里取下，断处渗了豆汁，散发浓浓的豆香。

摘豆时，爷爷坐在阶沿上，腿脚张开六十度，眉目舒展地看顾我，手握一根镶有乳白色嘴的烟斗。烟斗是"寄泊儿子"（袁浦方言：干儿子）阿沛送的，每日填的粗叶烟丝也是阿沛送的。装好烟叶，爷爷伸出大拇指摁实，用洋火点着，搁到嘴边，鼓起腮帮，吸一下亮一下，冒出一团烟，像锅肚里的稻草鱼点着时飘向瓦舍上空的泡泡云。

豆角摘好，通常清炒，放点盐或酱油，装在凿了"庆正"字样的海碗里端上来，看了让人欢喜。长老的豆，煮了取豆吃，或是剥出豆，和米饭搁一起蒸了吃，莫不透出一股沁人的清香。

前园的两架豆角，大抵是可喜的活泼的门面，攀缘而上的豆秧，"嫩相"（袁浦方言：初生而柔弱）的豆角，让生活开门常青。

六

爷爷的菜园，还有一棵桃树，两棵水杉，一蓬向日葵。

桃树在前园，静静地伫立在东北角。春天开花，粉红里拖白，花开得连蜜蜂都喘不过气来，嗡嗡嗡地叫着，满树的花，像小女孩迎新的花棉袄，又暖和又讨喜；油亮的桃枝上出些嫩绿叶，叶形如母亲线厂铰线的绣花剪刀。

桃树结下的青色的桃，略施粉黛，浅浅的一抹红晕，挂在桃树枝上，仿佛若隐若现的星辰。

后园的水杉比瓦舍后墙高，也未出屋脊。爷爷说，一棵是我，一棵是阿弟。阿弟小我三岁，总说长得高的那棵是他。相持不下，爷爷做主，说阿哥要让阿弟。我想很长时间，也没想通。我俩常各憋一泡尿，跑到各自认养的树下撒了去，都不甘落后，盼着长更高的个头。我每次尿的，是矮的那一棵。阿弟有时忘了，我却牢牢记得，一回又一回地跑过去。

挨着树，向日葵长得标致，只是个头不如水杉。向日葵一身美丽，叶子大方，脸庞圆圆，绚烂至极，连太阳见了都笑。

我提了盛蓄糠粥的木桶进出猪舍间，不免为这向日葵的脸所吸引，驻足观望一番。我们的生活，在这暖色里，过得清平而踏实。

七

向日葵开得最盛那一年，我考上高中。爷爷说：这个小鬼头！浑厚的声音里，夹着赞许，眼睛眯成一线，脸上的皱纹像落进水里的洋红舒展开来，露出少有的欣慰。

八月里，比我早一些，爷爷进了城。我送爷爷出门，爷爷在菜园前摆摆手，步子紧而稳，背影方而正，走上浦沿，过了一号桥，头也不回，直勾勾地走出我的视线。

爷爷走了，爷爷的菜园，大抵美人迟暮，渐渐芜秽。唯有那水杉，香飘如故；那桃树，花开依旧。

二〇一六年三月二十九日

草舍飞雪

一

侵晨，钱塘沙上飘起了雪，从灰白的天空，闲放地垂落，像淘气孩子吐沫子。

草舍上的雀儿从破洞里探头探脑，叽叽喳喳，好奇地张望。墙上的络麻秆经年枯萎，风起雪涌，也渗进一些来，雀儿受了鼓舞，纵了一下，使劲振翅飞进雪天去。

稻草鱼吹出泡泡云，从草舍上空弥漫开去，动了雪的情窦，慢慢地翕张起来。时而如男孩提了陀螺鞭，缓步抽打出去，顿一顿紧着收回。时而如女孩拽紧牛皮筋，放得一头弹到另一头，跳起来轻抖一下，又归复平静。时而如秋收季节摇着风车，吹跑残叶轻屑，留住金黄稻谷，不要太快，不要太急，定定地落下。

二

从早起到午间，雪越下越急，像雀群忽闪，整块地掀起来，半部雪纵身上扬，半部雪沉降下坠，抽起甩下，一齐飘洒在田野里、草舍上。

风雪起急，种田人家，搬条长凳，捧杯热茶，坐在门口，看雪变着花样飘落。

纷纷扬扬的雪，一缕一缕往上擩，一蓬一蓬积叠起来，在田野里纵贯铺排而去，将万亩稻田抱在怀里，心口一片白茫茫。树枝像是蘸了绵白糖的米花棒，一支一支插在树干上。

雪没头没脑地掼下，草舍也成了雪房宫。雀儿翻动翅膀，将雪抖落，又钻回草舍。

三

这个世界多静呵！奶奶从灶间取些草木灰，挑几块木炭，搁铜手炉，覆块青布，搂在怀中。手炉里炭火的嘶嘶声，胸膛里心脏跳动的怦怦声，天空白雪挥洒的萧瑟声，萦绕在耳畔，催生倦意。

阿弟兴头高，嚷着捉雀。父亲用木棍支起一个竹箩，箩下撒稻谷，性急的雀儿，跳着往箩下跑，拉一下绳，惊走一群雀，又重支箩，再拉又跑，总是落空，临近黄昏，意外地"弶牢"（袁浦方言：捉住）一只雀。

阿弟攥着雀，雀儿叫个不休，引来一群雀，声带凄惶，眼噙忧伤。这厢动心，忍了顽皮，放飞雀儿，雀也识好，每日里来，叫声亲热脆亮，在舍顶钻进钻出，把草舍当雀巢。

四

雪密密匝匝，一天一夜厚积起来，一早醒过，万亩晴雪，让袁浦

"惟余莽莽"。雪地里雀儿一堆一堆，结伴觅食，飞起飞落，欢叫不停。

我家大黄狗，见了煞白的雪光，欢叫着蹿出木门，跳进雪原，撒欢一会儿，又折回来，哈着热气，茫然地瞧着高高的雪。

奶奶点起稻草鱼，生了灶间的火，挽只竹篮，放把菜刀，挪动三寸金莲，一脚一脚，立稳了往菜园走。

园里各样菜蔬经雪敷过，一棵、一头或一个清清爽爽，鲜到滴翠。撷几棵青菜，敲掉冻泥覆雪，一齐放篮里。父亲和母亲在道地和池塘间辟出一条路，奶奶小心地走上桥埠石板，将青菜掰瓣，在池里浣几下，放洗净的篮子里。

柴锅沿冒着稻米饭汁水，草舍里热乎乎、香喷喷的。奶奶取浣过沥干的青菜切过几刀，抛进柴锅去，遇了热油，嗞嗞嘶叫着冒出阵阵炊烟。青菜补了雪气，带了雪意，甜丝丝的，拿两支竹筷，连青带白夹几片堵住舌，卷了咬下，有筋道面条的小蛮劲，有江水煮虾的鲜嫩味，有泡过龙井茶的杯余香，我叫它"草舍雪青"。

雪日路上若是好走，上袁家浦老街，去找桂花妮娘的闺蜜，买些白豆干，用刀斜切成勺子大的片，再要几根韭黄切成段，到雪地里拔棵白菜浣净沥干，一起炒了，嫩香养眼，便是"草舍雪白"了。

雪青、雪白出锅的时候，草舍上的雀儿见了，忙不迭地鸣叫，也羡这一口哩。

五

瑞雪孵过的田园，掀开雪被，露出绿毛衣，麦苗开始疯长。我的母亲，拆了隔年的毛线衣，织出一块比画我的后背，又新织一回。那绿油油的麦苗，环绕着雀白草舍，环抱而出，接过远处钱塘江上呜咽的船笛，将隆冬悄悄地送到北塘的老渡埠。蚕豆冒出暖芽，开出紫色的花，簇新绽放，一如新裁的花格衬衫。

雪静静地化，汩汩水流，叮咚叮咚，润了斑痕大地，你若去闻、去摸，钱塘沙上的菜蔬谷物，莫不透着沙土香、雪花凉。

化雪的日子，钱塘的夜老冷了！草舍四壁透风，寒气逼人。睡前热水泡脚，抱一只玻璃热水瓶，钻进"潮涅涅"（袁浦方言：潮乎乎）的被窝。静听窗外沉寂无声，想是雀儿也睡了。

六

雪落进童年，漫天都是欢喜。雪花飘，雀儿欢，便要过年，过年有新衣，穿了新衣去拜年。

年成好时，雪飘落来，种田人家收了福礼，也有了好盼头。这盼头哩，是拜年糖包上衬的一方小红纸。

每逢雪起，我想起那只雀，曾在舍间停落，翻飞在袁浦雪原，你还好吗？

二〇一五年十一月三十日

钱塘的雨

一

钱塘沙上，四季之雨分明：暖的碎的是春雨，硬的急的是夏雨，凉的涩的是秋雨，冷的苦的是冬雨。

开春，雨滴如珠，细如丝，声如风，落地无影。响雷在春日晴空突起，隆隆声惊起丛丛鸟雀，敲碎未及抖落的翅间残雪。雨如密织水帘，幽幽地挂下来，淋到身上，升起朦胧的翡翠烟。

雨起时，等雨的乡民持锄头拄铁耙而立，开怀大笑。春雨润如油，钱塘沙上的田野浸了油，机灵地探出身，忽忽地立起一片片绿依依的嫩芽儿，生发出青茸茸的苗壮来。

春天里，雨下得拘谨柔软，不紧不慢，似一户好客人家备的一缸米酒，你喝一杯，劝斟一杯，你才落杯又满上，你不停，一直续。土地喝足，酒劲上来，便也真醉了，摁出水印，雨才肯歇。

二

夏天里，钱塘的雨下得晓畅，劈头盖脸，倾盆倒下，像任性孩，拿一木勺，一瓢瓢舀起来，泼将下去，闹到无聊赖，失掉兴头，才扔了瓢。才起的雨，落下云层，突又收了，阳光瞬间破云而出投下钱塘，画出一个大亮圈。圈中旋即涌出一拨光孩，撒丫子向田野欢跑了去，越跑越远，圈也越大，闪着通透光芒，牵出地天相接的朗清世界。

夏天的雨落得急切，让你来不及躲，待你跑到高地，钻进络麻地，坐进稻草垛，刚支起一丛叶、一把草，雨骤然收住，阳光一刹那照亮你的脸。浇了雨，释了汗，三两下激灵，去一身疲倦。拢一拢淌水的额发，脱了上衣拧干水，揉揉几下头发，抹擦一把脸，轻灵地投进双抢大忙。

天起雨意，若是赶上晒稻谷，往往惊起种田人家一通慌乱，乡民从田畈中间噔噔地往晒谷场跑，整个乡下骚动起来，用推谷板推、簸箕撬，连卷带拖，把谷子往屋檐下堆。

若是赶上晚稻插秧，不待雨急起，大步走出水田，就近寻避雨处，洗净手上、脚背的泥，抬脚搁干处晾一会儿。脚久泡水里，经肥料漂过，通体乳白，脚面麻木，反应迟钝，起些褶子，脱了水，见了光，才得慢慢复原知觉。

夏天上下学路上，遇到无头无脑的雨，赶紧夹护书包，一通狂奔，雨渐浓时，就近躲屋檐下。同这家熟，也不客气，搬张方凳，坐门槛边。即便不熟，主人也往往热心地招呼坐下，一同看雨听雨，写作业间隙，也聊聊家常。

夏日的豌豆雨落门前道地，鼓起水泡一丛丛，宛若乡下煤饼炉子，慢吞吞煮起一锅温柔粥。

三

秋天的雨下得凄凉唯美，日子长长短短，总是绵绵无尽，被子潮
涅涅的。雨有时连续几天、近乎满月，落落歇歇，像个哀伤人，痛到
极致处，终日抽噎，以泪洗面。晚秋雨歇，赶上阴郁天，又有风起，
树如扫帚，当空挥舞，秋实零落，一身枯黄残叶，抖落下来，奈何一
个愁字了得。

学堂课业不多，赶上外边又落雨，我捧杯茉莉花茶，静坐门槛发
呆，小口抿，半杯续，由浓入淡，哗一声泼地里；换一撮石墓山茶泡
了再喝，常忘了时度，冷落了煤饼炉子，一任烧开的水热烟纷纷而起。

赶上雨后天晴，太阳现身，从瓦舍往东看，稻如枕席，露出水洗
后的明黄，饱满的喷吐出来，接了漫天的湖蓝。千年袁浦仿佛遇了高
明的画师，拿了刷子，黄蘸蘸，蓝蘸蘸，抹出钱塘双色记。

四

钱塘沙上的雨季，一直拖入冬天，待到雪飘时，才肯开出一世的
煦暖春阳。

老家的雨耐看，也好听，看着听着，也便沉了，身体是软的，脑
壳是软的，仿佛大缸里的白腌菜。

久不见钱塘落雨，盼头顶降一场故乡的雨，不论冬雨夏雨，还是
秋雨春雨。

二〇一五年十一月十六日

钱塘的风

一

钱塘的风，是性情之风，像钱塘江潮，说来即来，说去就去，洋洋洒洒，渺渺茫茫，冬藏春耕，夏耘秋收，四时之间，又掺杂了沙土气、浦水味、草木香，还有浓浓的乡音、鸟语和花韵。

钱塘的冬天，风伴着催人早睡的呢喃，刮过田野池塘，凛冽地，幽怨地，把单薄的衣衫吹到贴身处，像喝了一杯冰啤酒，胃里寒浸浸。

风过田野，牵了霜朋雪友，给田野拉上一床被，给河浦、池塘盖上一层冰，还不忘将路面的水汪塘冻上，恰似安了一扇麻面的玻璃窗。积雪结冰的钱塘，在白色的穹帐里，睡起安稳囫囵觉。

瓦舍屋顶透风，门窗也透风，风从舍间绕着圈圈无心逗留，又从缝隙间挤压出去，发出尖锐的叫声，好似眼前站一吹箫少年。

箫声穿透寒冷，从一家吹到另一家，一村跨过另一村，慢慢连贯起来，织起一张开春的网，采集热心和盼头，收上天去，预备了春暖大地。在这冷风里，我们摩挲着满是冻结块的手，不停地跺脚纵身取暖，口里鼻间脖颈升腾的热气，也焐暖了这网，一起跳进钱塘的春天。

二

钱塘的春天，风如初遇，羞涩的，吹在脸上痒痒的。春风起，谷物竹木跟着春天的脚步，漾起葱绿和柳黄。风嘘了这枯寂的枝条，一口一口悠悠地吹，暖了心，抽了青。待这新绿的芽，满茎满树滋生出来，斑痕大地深吸口气，扭动腰身，活动胳膊，转动腿脚，垒起一个幼稚园。春芽像成千上万个索你抱抱的孩子，一齐向天空伸出手来，扑闪明亮的眼睛，嘟嘴轻抿春风，面向天空攀缘伸展，吐出百草千花的新生季。

油菜花黄时节，钱塘的风掀着扯着，掉进夏天里。风如热恋，是软的、酥的、黏的，驮了夏日的炎热，拖了潮湿的水汽，蒸腾大地，拂人面颊，令人哈欠连连，睡意蒙眬。

万物一体，一无所遗地，为新天地的情怀所感染，吮吸光热，涵养水分，脱了经年旧衣，露出新织背心，推开尘封柴扉，从田间起身，狂野拔擢，迅跑起来，层层叠叠攒簇。大地的颜色由嫩青变墨绿，枝繁叶茂，垒砌树山，铺陈草甸，还不罢手，又一朵朵、一簇簇、一片片，从草木世界抽出一个花的洋流，任这绚丽和明亮，激情洋溢地淹没乡村，把一众生灵包容起来，陷入欢情爱意的天堂。

三

夏季风自远方来。木头杆和水泥杆站姿笔挺，电线像铅笔在空中画的黑线曲曲弯弯，架在杆头的广播，朝天一遍遍地大叫：台风来了！乡民各就各位，预备抵抗台风，抵挡江潮，抵受暴雨。

年去岁来，台风后损失总是不小。基础不牢的瓦舍，压得不实的草舍，还有简易棚屋、泥夯土墙，不是被风揭走屋顶，就是被风雨摧垮墙泥，屋里屋外白洋洋，成了风雨飘摇的浮游世界。戊辰台风掀掉我家一大块屋顶，又坍了一面墙，我如惊悸之鸟，泊在一角，任由大水四散奔流，听着风声，等雨歇。

四

秋天的风，在钱塘，是一场冗长的婚礼，从喝订婚酒起，甜蜜的手牵手慢慢往前走。风吹进秋天，让万物如痴如醉。夏日开的繁花，秋天临盆，用柔情率性，点出成千上万诱惑的果子。

熟透的果子，被攀下树枝，心中情愿，却又不舍，揖别时都要拽一下老母的手，作别生养的草木，撼了大地，呜咽一阵，欢欢实实地坐上轿子，嫁给繁华世界。

秋天的果子，轻摇之间，被鸟儿看上享用了，也有落半空，被鸟儿叼了一口咽下。一些灵光淘气的虫子，钻进果实，慵懒地守望秋天，养得又润又壮，一起美美地约了去，挨这漫长而阴冷的钱塘冬天。

一切同季的果实，为这秋收的盛美所打动，用力地在风中荡起秋千，一下两下七八下，三日五日八九日，以绚烂的表情、娴雅的姿态投奔那好生的大地的嘴。

二〇一五年十一月十六日

七月黄昏

一

古人说，乡村四月闲人少，才了蚕桑又插田。杭州乡下七月闲人少，乡民都忙于抢收抢种，收的是早稻谷，种的是晚稻秧，几可说日头还有，但见些光亮，乡民都在田里做生活，片刻不得闲。

田间日头暴晒，草帽底下的手脚忙乱自不待言，插下去使实劲都在为一个"稻"字奔忙。知了知人，在树上整日鸣不平，怪这风只知热不带凉，地表烤得冒土烟，沟水热得伸不进脚。稻叶的尖尖头日日枯，焦黄焦黄，稻头饱绽，已藏不住凸起的小腹，也还悄悄抬起眼来，带了成熟才有的自信。

母亲说七月的稻头最美，大抵因为拿起镰刀，收多收少也都是那样割一回，垂得越低，分量越足。一年立不立得起来，不过是一镰刀的事儿。阳光足，雨水够，地力壮，看得紧，种子又好，一刀下去，手上出数，心里有底。

稻头低垂的七月，黄昏是做生活的界线，界里汗滴禾下土，界外稍事休整时。田野里的乡民，陆续往村子里走，好像沟里的水回流到浦里一样。六号浦沿三三两两，走过一拨拨结实的乡民，荷锄头背铁耙的，挑泥堘和粪桶的，拎瓦罐和竹篮的，简略归置农具，麻利地淘米洗菜，点灶煮饭炒菜。

二

瓦舍里飘起菜籽油味，遇热逸出好闻的香，五月收的油菜籽，是七月夜饭的饵，钓出一层又一层的疲倦，也催发了一个好胃口。瓦舍上空的烟囱，造型一律，口径大同小异，什么时候冒烟，一日三餐说了算。黄昏时分灶台哼着"熟了、熟了"，袅袅升起的炊烟，连续而匆匆，慢慢地扩展，像一方灰白的用旧的丝巾，再往后是一朵朵棉絮状的云，像跑不动也无心再跟的孩子。

煮开的稻米汤——鲅鲅鲅鲅——从大灶上竹制蒸屉和柴锅搭界缝隙潜出来，好似趴了一队十几只调皮的河蟹，一齐抬腿朝外吐泡泡。窗外传来儿童纵进浦水沉而大的扑通声，扳着桥埠石板平卧在浦上双脚使劲的打水声，戏耍时手掌抽打飞溅的落水声。耕地的小型手扶拖拉机，像蹒跚的老人，慢吞吞地从浦沿挪移过去，发动机带动皮带引起的噔噔声，增加了空气的热度。

瓦舍柴锅木盖的每一次揭起，总免不了洒下一阵蒸汽凝结的水。滴在柴锅烫热的沿上的热水，像一个耍赖的孩子，躺地上打滚，迅速跳跃旋转，腾起一窝窝白烟，增加了黄昏的厚度；沿斜靠灶墙的木盖淌下的热水，像一块稠而亮的油，绷紧脸静静地趴在锅台边。蒸熟的长茄子、丝瓜汤、鸡蛋羹，灰白的、青白的、乳白的，与一大盆白米饭，用灰白的毛巾裹着，端端正正地摆上八仙桌。

三

天边还有些微光，黄昏的使者乌蠓子戴了遮光镜，从藏身的各个据点集合队伍，早早地降临袁浦。号子田上空的乌蠓子扎堆组团追着人飞，种田人司空见惯，忙活手中农事，偶尔腾手撩拨眼面前的灰影，好看清庄稼和田地。乌蠓子在人头顶脑后乱舞，倒也没有相撞的，像是种田人戴了一顶灵动的水墨纱帽。

路过的候鸟在袁浦暂歇，趁田间收割前的宁静，吃得饱饱的，要么收拾羽翼，找僻静地方安顿，要么惦念远方奋力腾起，扑棱几下翅膀，盘旋而上，一个接一个黑影，像披了斗篷的侠客，到天边追云逐月。声声饱满的长鸣，坐了柔滑的月光船，像钱塘江上渔家的长篙，一下一下点到江床，击中种田人笃实的心。

四野的蛙鸣，在别离的鸟声里抱团呛月，一阵阵孤独的哽咽，像村头古井口的汲水声，总还有不少未说的话又吞回了。蛙鸣间隙，风拂动田间搭起的草舍，仿佛阵阵失重的雨，轻轻渗进经年的雀白稻草，有限的几分凉意，又为烤了一日燥热的稻草所吸收。蛙鸣蛙息里吐出一团团吹凉的火，草舍像爆米花的黑铁肚子，在火焰里一圈圈烤着，希望就像稻米一样，在起风的田野上堆积，就等倏地一下入梦里去。

四

七月的天空，只剩太阳落山前西山的那片晚霞，仿佛连绵雨天后，一家一家晒箱子，箱底翻出珍藏的旧日嫁衣，那种亚光的大红，经住时光之镜拷问，天好时在廊竿上晾一晾，令人忍不住多看两眼。嫁衣慢慢收起，樟木箱盖沉闷地合上的一瞬，黄昏的中间点，那一箱喜红，迅速将人甩进盲点。在抹擦眼睛适应暗夜的一刻，太阳半推半就，把天穹慢慢地腾空，预备交给时隐时现不安的月亮。

明晃晃的月亮饱经沧桑，却也心地澄澈，脸孔纯净，不慌不忙，掩上柴扉，慢慢出了蟾宫，约了人升上钱塘来。月亮一路从从容容，一点一点往上蹭，似也不急着见，见却一定要见，来便来了。天空的云彩看透了想开了，也一样的不急不躁，还和月亮捉迷藏，一会跑上前拉起云幅，一会转过身打开云窗，一会绕过去甘作云衬，好似约会的不是月和人，而是云和月，人是红娘。

天边层层堆积的云絮，等不来心头惦念的人，好似草舍竹榻上去了被罩的棉花胎，剥了鲜妍的被套，又错过春红，到了七月，便是美人迟暮，枯寂而落寞地在天边一角，一边嗟叹时光，一边虚掷岁月。

七月黄昏，匆匆的夜饭开了又收了，乘凉的乡民，多了起来，坐到一起，闲聊的、喝茶的，也都一个不少地被笼在迷离的渐浓的月色里。

大蒲扇的风，一点点刮净黄昏，乡民拖动竹椅，抬了竹榻，扇起又吹灭一村的青灯和黄灯，打开入夜的深的门，也把田野一片片地挂起来，拖着月色的乳白长裙，用清凉做剑，一下穿过黄昏，刺中黑夜的心，拨亮满天的星星。

二〇一六年六月十一日

钱塘八景

母亲说，杭州城里，一个西湖，就有八景。钱塘江、浦阳江、富春江流过袁浦，大江三条，那多风景，没人来"弄"（袁浦方言：理会），年纪轻的，都勿晓得。

一时语塞，忘了答对。母亲的话，不敢忘记，快一年了，还未破题。

丙申中秋，客居北方，仰望星空，豁然开朗：袁浦的美，美在朴素，不花哨，美在纯真，不世故，美在大派，不小样。

大塘观潮

小鬼头们跑过瓦舍，一路喊：潮水来啦，木佬佬大！

邻近几个一齐从屋里蹿出，我从草包架上掇转身，推脚踏车出门，往北塘骑，一路之上摩肩接踵喜相随，好似赶集。

走到内塘，已闻潮声，踏上外塘，白花花的潮头刚到，它以万钧之势，激昂慷慨地向东滚过。潮头陡起，似一道水坝，坝后跟了坡起的水，浩荡奔涌向前。潮头最大时，要数农历八月十八，有一人多高，蔚为壮观。潮过之处，水位陡涨，岸边芦苇，没入潮水，滩势高处的几蓬，露出梢头漂浮着。

江上飞鸟盘桓惊叫，小鬼头们的江塘飞骑一路狂奔，塘路坑洼上下颠簸，仿佛骑的是马，奔驰草原，跃动欲飞。站车后坐上的小鬼头解下红领巾，系竹竿上，一抹醒目的艳红随风飘扬。

热心的赶潮人，每年早早地到九溪守候，潮抵六和塔转身向东流，三五拨人沿着袁浦北塘，往老渡埠跑不动了，坐塘路上目送大潮滚滚东去。

浦舍人家

新农村新在园田化，削平土墩，退地还田，挖浦造房，拽线通电，搬到一起住。

六号浦挖通，红星大队社员在浦沿种水杉、盖瓦舍。从散居的钱塘土墩往浦沿搬迁时，不少家焚香撒米，把菜花蛇逐一请出，一起迁入浦边瓦舍。

瓦舍木结构，有的砌砖墙，有的夯土墙，瓦片浅灰或橘红，同草舍的雀白与淡黄大不一样。厨房安两口柴锅，供了灶君菩萨。大水缸的水，一部分接的天露水，一部分担的浦水。瓦舍前院有阶沿、道地和菜园，后院有天井、猪栏、茅房。

一排瓦舍一个桥埠，伸进浦里。沿浦两行香杉，杉间插绿菜护坡，春天长出嫩叶，绿菜一枝枝一蓬蓬簇簇新，小伙伴截根一米长的绿菜，用小刀隔一指节长剥一段皮，绿白相间，送给老师当教鞭。

浦沿上走的车，多为钢丝车，脚踏车也稀罕，偶尔有拖拉机欢快地走过，机头上顶一锅开水，水烟阵阵，看着像炊烟。

三江夕照

黄昏，从萧山义桥镇民丰村口古塘路往西看，天边点起一只炽热的汽灯，近处云彩，好似瓦舍大灶锅肚烧的稻草鱼，红彤彤黄灿灿的。

钱塘江、浦阳江、富春江三江交汇，形如婀娜飞天，夕阳西下，好似丢下一个红色的大饼，江浪濯洗，慢慢染红水面，和晚霞相连，水天一色。夕阳穿江而下，照见龙宫，龙子龙孙排排坐享太阳，默诵钱塘沙上风调雨顺。

飞鸟盘旋江上，声调激越，和声雄壮，排演一出日落的辉煌。不时蹿出江面的飞鱼，摇头摆尾，作自由颂，追逐日色。

袁浦一带，古时称"渔浦"。五百年间，先民肩担手提，建磐头、修塘路、疏水道，聚沙成洲连为一体，耕水田、种五谷、养六畜，安居乐业，繁衍生息。

钱塘月印

钱塘乃小江村三片地之一，一众田间土墩，墩上多为草舍，也有殷实人家，夯泥筑墙，顶铺灰瓦。土墩前一亩方塘，长了水管草，草下多鱼虾。月儿升起，一池清水，把穹顶揽入怀中。

土墩屋后有竹林，风吹过，一片抖衣声。屋前有菜园，西南角一棵枇杷树。月上树梢，祥和静谧，偶尔几声犬吠，还有咳嗽声，衬出夜的清朗。

站在土墩，月圆时，一棵桂树，一条狗，一个斫树人，无日无夜，在众星瞇瞇里砍树；月缺时，大半个，半个，小半个，弯弯角；捧月的众星，闪亮，变暗，位置稍有游移，年年也都相似。

钱塘月印，最是留恋时。一轮明月高悬钱塘，夜已深浓，曾问父亲，我是天上哪一颗，父亲抬手对天一指，我从未弄清在哪儿。天上星多如池塘螺蛳，有吾一颗已很好，天天挂着，离月钩又远，也有小小担心，怕它被碰掉。

禅安晚钟

一方土地一个神，知天知地，知来知去。神有住所，叫土地庙，是吾乡最地道的神明的家。

土地庙在浦塘村，隔壁的王安寺，相传救过康王。王安寺，又叫王禅安寺，原名泗乡禅寺，与灵隐寺同龄。灵隐隐于市，香火甚旺。王安安于野，香火枯寂，青灯一盏。

儿时听人说起，隐隐约约，总觉天空有钟声响彻。起初以为五云山钟，夹杂六和塔角风铃。中年读地方志，知晓王安寺已历千年，且有两棵元末明初栽的香樟。

几番寻袁浦发源地船肚畈，地方没问到，却在黄昏的浦塘村，听到风铃摇响，循铃而去，才知是悬在王安寺大殿檐角的铃儿。

王安寺旁有土地庙，大抵当年也不小，神明也不少，而今只一间瓦房，一眼看去，与香杉瓦舍一般无二。屋里挨墙供桌上摆满神明佛身，上百尊个个传神，从幽暗光线里显出不同凡响的洞察力。

屋里摆长方凳和八仙桌，像是神明决断大事的客厅。静坐片刻，凝神注目，思接千载，神明笑语盈盈，瓦隙间垂下几束光，仿佛时光车，载着禅安钟声，徘徊于日色，一声又一声，悠远地流逝。

浮山春早

浮山是钱塘的"归道山"。每年冬雪骤停，山上的苍松翠柏茂竹灌木，连湿雪带冰锥儿，扑腾坠落。麦田银装，田渠白裙，开春初阳，化雪扬绿，吹到脸上的风有些痒痒，忍不住摩挲一番。河浦田沟的冰还未化透，薄薄一层，旭日东升里闪闪发亮，白蒙蒙的将浮山衬起，雾腾腾飘飘然如人间仙境。

天色苍茫，麻雀已醒多时，成群飞起跳落，觅食唠嗑，不知家有喜事，还是逢了老友，欢喜个不停，叨不完的心里话。

山脚乡民扛着铁耙、锄头，挑着粪桶、泥块，三三两两走过，近处田野零落的几个忙着疏通沟渠，不忘在田塍路低洼处补耙土。沿田垄有的扦瓜秧，有的点蚕豆，不忘撒些草木灰。

红冠公鸡报完早，笼住鸡群，在雪地里跑来跳去啄个不停。黄狗看家护院，不论生熟嚷嚷一阵，只是显摆，也不咬人。

瓦舍上空，条条炊烟，斜着曳挂出去，将一家家连起来，把温存拖上云间。

花浪逐蜂

十里袁浦油菜花开，天青色的枝茎缀满黄花，面向天空，把阳春三月扮作黄金窠，不知何年，忘了在哪儿，生产队的界线也模糊，好在不出袁浦。花茎长得老高，花儿积得忒厚，铺满天青床，像活水般流淌的一池春金，似奶奶新蒸的柴锅麦糕。

风起处，黄花似浪，溅起的花之水，脱浪而去，化身蜜蜂，飘逐花浪，舞姿秀美，神思贯注。

花开季节，走到哪里，都可见一层花一层蜂。蜂儿似花浪不忍卒别的飞动的一部分，十里油菜倾田荡花，纵身欲蹿起，想要捉回脱浪而去的淘气蜂。

蜂儿忙不迭地采蜜，曼妙悦耳的嗡嗡叫，是讨好吗？又似职司所在，得意忘言，无暇他顾地应答——嗯嗯嗯——催着油菜结籽，争个好收成。

油菜花黄，也是风筝扬天时，用新劈的早园细竹和练习簿纸糊的风筝，战栗着一升一升蹿上天，俯瞰金黄田园，在云彩不多的瓦蓝穹顶，便是吾乡高贵的国王。蜂儿是王的子民，花地是王的锦绣山河。

稻海飘香

十里袁浦的号子田，盛时一块接一块，千儿八百块，连起两万亩。站在田畈中，东南西北不论往哪看，都是看不到头的田野。

红庙教室，语文老师在黑板上写，希望的田野。我们知道，在窗外呢！

苍茫云天下，乡民耘田去草，秧苗扎根泛青，忘情地铺陈开去，万亩水稻的每一片叶都在放声吟唱，遍野轻诉，待字闺中，好似万亩大草原。

十里稻田，袒胸吐穗开花，是一床大花被；稻谷饱绽黄熟，推开门窗，是深情辽阔的海。海里的每一枝稻都不失本色，不忘初形，不丢原味，带一粒谷来，留一堆谷去。

万亩稻田，垂下稻头，是一个金河谷，七月里、十月里，黄稻熟时，香飘三江。

人说江南好风光，我说好看不过袁浦。

二〇一六年九月十五日

九溪观潮

杭州六和塔附近的九溪，是袁浦的入口处。每年月球和地球的心动，都会化作一江大潮，从东海起步，跑上小半天，在九溪这个地方跳起来，弹回去，沿着北塘路缓缓走过。

人类认知的触角近而又近地抵达宇宙深处，我仍要说，世界的中心在袁浦，要不两个星球的一点感情波动，小小的，何至于兴师动众，发这么大的水，年年岁岁，潮起潮落，推拉提扬，潮嚷不休？

少年时节，我家门前的钱江潮，起得任性，大的小的，来了去了，没人说得清楚来了几回，也没人说得清楚，怎么算一回，潮也无定所，北塘上到处都可看到。

寻常日子，见得多了，也不在意，江潮柔顺，好似煮水泡茶起的沫子。

唯有每年的农历八月十八，钱江潮像早早预约了住店的客人，急急慌慌地跑进九溪大堂，从不曾爽约误时。

红庙小学灵光的少年，撺掇着看潮，等待着下课，等待着放学。

看潮喽！最忆十岁那年，下午没有课，我们赶着去看潮，有撒开腿急匆匆地跑去的，有斜踏了自行车一抽一抽骑去的，有背了弟弟妹妹跟去的。

袁浦北塘的潮，最壮观的要数九溪，从前竖一"观潮处"的指示牌，红字醒目，独此一处。

站在九溪，极目远眺，钱江潮有王的气度，动身时排场甚阔，斫巨浪做轮，借狂风助势，卷起千重潮雪，后浪汹汹涌进，前浪层层拍起，一个比一个彪悍，慢慢地抬起一条白堤，横着往前推过来。若非潮声澎湃，还以为平川赶过"无千无万"（袁浦方言：成千上万）只绵羊，一派草原牧场风光。

看潮的人们骚动起来，张望的、探头的、欢叫的，一众人的注意力随江浪隆起涌进，潮头越来越近，众人越来越静，心儿越跳越快。

钱江潮千万次席卷，踏浪踩波到九溪，英姿焕发，不负众望，水声趋急趋亮，纵身一跃而起，不为鬼神为看客。

看潮人急煞煞地往后退，哪知江潮拔势向上向前，引颈咆哮，迸裂惊天涛声，扑天而起，盖地浇下。一众人等情急不及掩脸，扑在一地的泥浆汤水里，哭的哭、喊的喊、叫的叫。

江潮滚滚，蓄势冲到九溪，莫不抬头仰望六和塔，与千年岸基猛撞横冲，瞬间形成折角的力，在深情一瞥里，返身往袁浦去处，沿江一泻奔涌而去。

看潮的人们落得一身潮淋淋，仍不依不饶，沿江岸塘路跟了潮头跑。潮通人性，不紧不慢，向东南推进。小鬼头们步行跟跑一阵便止了，坐塘路上气喘吁吁，骑车的一路赶潮，渐渐远去，消失在塘路转弯处。

钱塘气象，只为这一眼，这一瞬，掇转身，便是年去岁来。

月球和地球的距离不短，又是一年动情时，想必已经心动，在通过袁浦的路上。

很多年未看潮，九溪可好，潮头可高？

二〇一五年十一月十六日

十里稻花香

一

芒种。母亲告，袁浦种一季稻了，谷子刚抛落。

我说，早年谷子"坐起"（袁浦方言：扎下根去，长出秧苗）时，该下田割稻了。母亲说，还有一个月呢。

袁浦的种田人已不多了。地球村年代，如今一家一户种承包田的，大抵连本都捞不回。袁浦境内，也还有一些田块零星地种了早稻。看到稻田，孩子的表情分外惊喜。

我怀了不可遏止的念，想看袁浦的水稻，每天等待收割，盼今年的早稻熟了。小暑日中午，靠在椅背上，风从南边的窗子吹进屋，又从北边的门溜出去，听着风声，我进了梦乡。

二

袁浦的早稻熟了。我坐着火车，回家去看稻。

三十年前，袁浦有万亩稻田。一块接一块的号子田，满载黄稻，奔涌向前，遇见土墩草舍、浦沿瓦舍，水稻像液体一样柔软，自然拐弯，绕过农舍，几可说是扬长而去。农舍落在田中央，水稻团团围住，显得过分单薄，也不得动弹。

风起时，水稻像滔滔浊浪，向西流过农舍，直扑浮山脚下，吻遍山林，先着湖青，再染金黄，一股准备爬上树去的势头。奔南奔北的稻浪，冲向北塘和南塘的高坡，起初泛青，再披金甲，和大黄狗一般高，阳气十足地奔突在美丽的斑痕大地。迫临双抢大忙，十里袁浦，若不阻拦，势将跳进钱塘江里。

三

北京的动车开往杭州乡下的号子田头。打开车门，稻花香扑鼻而至，我变成一只童年的蜻蜓。

我见过无数这样的蜻蜓，乘了雨后凉爽的风，追逐在清朗的田野上。

远处是蔚蓝的天空，失重的鸟悬在空中，眼神像凝固的大理石波纹，云彩飘过，一无所动。袁浦万亩青花稻，一望无际地铺开去，蜻蜓破空而起，随风飞舞。我从蜻蜓的眼里，见到了七月袁浦的号子田。

四

盛夏的稻海，稻株青如缎子，是扎染的，从"钱塘缸"里抽出来。一群光屁股、青肚兜的孩子，安上风烟的翅膀，拉起缎子一角，平贴着稻海，扑飞开去，晾在广阔田野里。

飞下去近了看，风起处，稻海受了力，或陷弹下去，或鼓抛上来，此起彼伏，无休无止。穗子和叶尖缠绵相依，一个叶尖一面酒旗，一个穗子一把拂尘。袁浦青花稻海，装得下人间千年的豪情与体面。

飞起来远了瞰，斑痕大地似一面球形的青花镜。田间劳作奔走的种田人，是万亩稻田的镜中人。

一个稻头竖起旌节，三个五个，一群一群，成片成片，漫田遍野，千万亿个稻头骄傲地挺起胸膛，把杭州乡下的每一颗心都点亮了。

旌节每日吸收阳光雨露，汲取大地精华，每一粒翠青的谷秕子绽浆、凝脂、成膏，丰满坚挺起来，戴上两头锋利、棱见利刃的头盔，色泽在光照下由浅绿转金黄，向阳而立，谦恭地颔首致意。

一头一垂、一阵一片、一帘一行、一块一面万亩稻海，浮起黄金谷，叶尖青里见黄，闪着亚光泽金妆，像护守宝贝的军士手中的长枪，不教那天上、地下、外头的入侵者抢了去。

五

我站进稻海，翻飞穿行在这海底世界。

海底世界馥郁的稻头香，稻株浓烈的土气，田泥行将失水、裂土碎地的芬芳，透露出丰收袁浦的忐忑。

阳光洒在海上，乘风逐浪，穿梭稻的世界。均匀的、透亮的、燥暖的、不规则的光线，青青的、雀白的、抱紧的、松开的枝枝叶叶，水渐退去、失水板结、抽水裂开、凉而略湿的泥地，被这蜻蜓翅膀卷起的阵风扰动，重新编程这光亮和阴影的世界。

蜻蜓是这稻海深处一条游弋的鱼，鱼游了前去，不断变换这光亮和阴影的比例，穿凿开一个影，又拼接起一个影。

稻头、稻叶、稻株的丽影，挂到蜻蜓身上，旋即滑掉下去。蜻蜓遇植株丰茂处，转弯绕行，或低空滑翔，或穿破海滔，在稻浪上贴谷近尖飞过，见宽敞开阔处，再纵身滑翔而去。

袁浦的美丽稻海是万类的自由地。盘旋起来打盹的，箭一样蹿出去捕食的，举着头缩着脖埋伏的，红点锦蛇、火赤链、乌梢蛇，各占一处舒服的地方，从了生物的本性，竟这天择。金黄的稻海深处，有纺织娘、天牛、椿象、螳螂、蟋蟀、豆娘、蚊子、蚂蚁、蜈蚣，有青蛙、蟾蜍、螃蟹、泥鳅、黄鳝，一些低洼水汪塘，还有老板鲫鱼、肉托步鱼。

这些生物，伏在爬塘上山、舒卷而去的深深的海里。乡民养的鸡、鸭、鹅和兔、猫、狗，常不忍好奇，跑进去闹一通，啄咬一通，或捉些生物来玩，饿急了也挑一点吃吃看，提心吊胆地发出恐怖的呜呜声……

六

梦里惊醒，后背和脖子满是汗。我的眼前，也还是梦里袁浦稻熟时，那些掠过身去的，熟悉的惊讶的稻头。

那些热烘烘的稻蓬，慢慢地凉了、淡了、远了，那些蒙昧而纯真的颜色，梦里的黄稻香，却还在眼前。

那些年，袁浦陷落在稻海里。七成新的永久牌自行车在我胯下飞奔，好似一匹奔驰的骏马，从东江嘴到夏家桥，从老塘到新浦沿，冒着土烟的干枯的泥路，还有遍地的稻子。

看不到头，也看不过来的水稻，一年两季，时令轮转，色块切换，一日之内，色调递变。晴天一色，雨天一色，阴天一色。花开一色，饱绽一色，坚壳一色。抽叶一色，成熟一色，收割一色。这一色，那一色，就长这高，就长这多。

面向十里袁浦，忍不住改了古诗，还要大声读出来：安得稻田一万亩，大庇钱塘乡民俱欢颜。

七

十里袁浦，最喜秧苗从秧版里起出，从秧田里慢慢长起慢慢拔长时。

清明过后，乡民们翻好地，碎了土，蓄足水，把线拉得笔直。抛好秧，真正的种田人赤脚落田，把秧子插下去。袁浦的秧苗永远在种田人身前，左去右来，倒着往后插，从没见往前走的。

种田人用的是工笔，捏着一手好秧，插画出密密匝匝的青苗带，且必定走出两条直线。直与不直，走过田头的乡民，看在眼里。种得好的，还没起身，身前身后喊："格个老倌"（袁浦方言：这个人，多指阿哥或老头）田种得好，笔直！

到了耘田时节，十里袁浦，能下田的种田人，时度一到，都给稻田跪下了。这不是求婚，也不是单膝下跪，而是实诚的双腿下跪，是徒弟拜师学艺，最虔诚的那一等。

天下一等一的种田人，膝下有黄金。袁浦种田人默默地从田头跪下，拖着腿前行，顺势提臀，一直跪到田尾。左右手各管三列，横来三箍，竖去三抓，遇到烂稻草、稗草、水管草，扯出拔掉，揉捻成团，塞进苗根的软泥下。

插秧时，秧子落根，每一行秧子就位，种田人往后退一小步。

耘田时，清苗去草，每一行稻株落脚，种田人往前跪进半步。

袁浦每年种两季稻，退两回，跪两回，乡民莫不怀了恭敬。

八

母亲说，那些年起早摸黑在地里做生活，插秧，耘田，还是吃不饱，也穿不好。吃饱穿好，是从分田到户开始的，那年我十二岁。

领到田块的第一个夏天，十里稻香袁浦笑。

太平洋的风从杭州湾爬上陆地，海风一路长跑，吹到袁浦，稻叶哗哗，招枝引穗，先是嫩青带亮，转眼稻花飘香。起初一点，接二连三，老三老四，吆五喝六，七七八八，出来一长串。号子田羞涩里带些傲，慢慢地泛起青乳白，涌出沉稳海浪，一波又一波稻香的涟漪荡起来，香杉瓦舍半露半隐地落在稻海上，似一条不沉的船。

这样的稻海，已是钱塘的故纸片了。

斑痕大地的乡民把"稻"字刻在心上，"稻教"挂嘴边。母亲常说，"稻穗越饱头越低""要同人家比种田，莫同人家比过年""自称好，烂稻草""好人要好娘，好稻要好秧""一根稻草绊死人""脚踏'落谷耙'（聚拢和散开谷物的农具，有长柄，一端有木齿），自己打自己"。稻言稻语，教我难忘。

袁浦境内，水稻也还在种，若非定睛去寻，一时还不得见。袁浦万亩稻田，是我见过的最美的一片海，靠田吃田，乡民有了生活的本钱。

十里袁浦，曾有稻田万亩，风吹过，稻浪打出去很高很远，香飘钱塘江上。

二○一五年十一月三十日

大江流过我的家

家住袁浦，大江流过我的家。

钱塘江从北门流，号子田头稻熟时，坐船上闻得见谷香。

富春江从南门流，油菜花开时，坐船上看得见金色。

浦阳江从东门流，麦浪滚滚，坐船上听得见席卷声。

这还不够，每年月球和地球心动，给袁浦献花，用一江钱塘大潮做它的丝绦。潮过九溪，华丽转身，沿着袁浦边缘，从北塘到南塘，顽皮地一泻数里，纵身跃入深山老林。

潮起的时候，小鬼头们站在高高的塘路上，跟着潮水跑，跑着跑着鞋掉了，潮也就跟丢了。

美哉袁浦，春日之清晨，雾锁大江。袁浦的春天，遍吐新绿，寒意仍重，坐江沿上，披件单衣，遮不住料峭春寒，更有春风冷涩。近处江边一蓬蓬杂草，灰蒙蒙的，像图画课粗铅笔涂的连缀的圈。

雾轻轻地笼在江上悬浮着，稍稍接近江面，一不小心教飞身跃起的鱼儿，撞出一个洞，一帘雾水坠落，碾作水尘，一丝不挂地跳进江里。

离岸稍远，雾气更浓，水云相承，天幕俯身，贴着江水。长天沉醉，仿佛要睡了一般，软软地伏在窗台，倦眼蒙眬，垂下一床白纱帐子，两下里搭上的瞬间，笑语盈盈地嚼一句：能饮一杯无？

美哉袁浦，夏日之黄昏，渔浦夕照。袁浦的夏天，一江碧澜，像黄花猫深邃的眼。太阳回家，西去的背影，红彤彤的，天边的云彩，近阳者灿，沾了光，喜气洋洋。落日牵了一穹晚霞，铺开红地毯，从三江接口，挨着袁浦，拖进浦阳江，一直到千年渔浦古碑。

袁浦来风，满是稻草香，弥漫而来，乘着夕照，钻入江去，水更清冽。一缕缕烧稻草的烟，熏起成群的雀鸟，叽叽喳喳响成一片。烟飘过江上，驮着夕阳，水烟相融，共晚霞一色。声掠江面，弄碎霞影，撩起凌波，慢慢漾开去。袁浦的香、烟、声，一点点在江里浣洗干净，拧去水，晾在廊竿上，慢慢风干了。

太阳从长安沙上一径回去，天空也还明亮，西边的云彩还有些绯红，江的深处树林影影绰绰，像长长的睫毛，透着一抹湖蓝的眼影，深邃而又神秘。这一幅深色的蜡笔画，在袁浦边上，在童年画本。

美哉袁浦，秋日之良夜，三江映月。袁浦的秋天，瓜果熟了，斑斓世界掉进夜里，在黑白之间，深一脚浅一脚，月影为伴，随风而舞。江边人家，灯火点点，撞进秋波，湿了心头。

月光从袁浦升起，玉盘里的树、人和狗一动不动，三江上漂浮着银色的油，在波起浪涌里扯开接上，把圆月亮摊成一片奶油饼。

木船轻轻摇曳，颤颤悠悠地前行，船头一盏汽灯，朦朦胧胧，照出船的一角，又拖出一角船，桨影点点，水声潺潺。

船，靠了岸，人，走上岸，古塘路上，青石板一块接一块，凹凸不平，错落有致，在月影里，一脚一脚踩实了，影子也短了。

二〇一六年九月十三日

望故乡

什么是故乡？童年生长的地方。

我的童年在袁浦，我的故乡在袁浦。

十里袁浦，

如果用一样水果来形容，是红皮甘蔗。

如果用一种谷物来形容，是水稻。

如果用一样色彩来形容，是金黄。

如果用一棵草来形容，是马兰头。

如果用一棵树来形容，是枇杷树。

如果用一片林来形容，是水杉林。

如果用一棵菜来形容，是青菜。

如果用一粒豆来形容，是蚕豆。

如果用一块糕来形容，是年糕。

如果用一朵花来形容，是油菜花。

如果用一个瓜来形容，是黄南瓜。

如果用一条鱼来形容，是老板鲫鱼。

如果用一只鸟来形容，是长脚鹭鸶。

如果用一场风来形容，是台风。

如果用一场雨来形容，是梅雨。

如果用一场雪来形容，是雨夹雪。

如果用一间屋来形容，是草舍。

如果用一张床来形容，是棕绷眠床。

如果用一张桌来形容，是八仙桌。

如果用一只缸来形容，是腌菜缸。

如果用一只钵来形容，是肉钵头。

如果用一个钟来形容，是自鸣钟。

如果用一块田来形容，是号子田。

如果用一块地来形容，是菜园地。

如果用一座塔来形容，是六和塔。

如果用一座寺来形容，是王安寺。

如果用一座庙来形容，是红庙。

如果用一个岛来形容，是长安沙。

如果用一座山来形容，是浮山。

如果用一条江来形容，是钱塘江。

如果用一条河来形容，是六号浦。

如果用一个湖来形容，是白茅湖。

如果用一座桥来形容，是黄沙桥。

如果用一条街来形容，是袁家浦老街。

如果用一条路来形容，是北塘路。

如果用一辆车来形容，是钢丝车。

如果用一种农具来形容，是铁耙。

如果用一所学堂来形容，是袁浦中学。

如果用一双鞋来形容，是布鞋。

如果用一顶帽来形容，是箬帽。

如果用一件衣来形容，是蓑衣。

如果用一把伞来形容，是油纸伞。

如果用一本书来形容，是《说岳全传》。

如果用一个词来形容，是囡囡耶。

如果用一句话来形容，是侬着个喽。

如果用一个人来形容，是母亲。

如是，故乡看得见。

如是，故乡想得起。

如是，故乡说不完。

如是，故乡离不开。

如是，故乡放不下。

因为这一切，故乡里有，童年里有，几十年梦里有。

二〇一六年九月十一日

后记

一

乙未年冬，一位袁浦中学的老师参评杭州"十佳教师"，我一时起兴，写了《我的老师》。

二〇一五年十一月三日，《杭州日报·西湖副刊》从中摘发三节文字，题名《有个地方叫袁浦》。由此一发，拾得《袁浦记》。

二

缘于三十年间的感念，我写《袁浦记》四十一篇。从二〇一五年十月二十日至十二月十一日近五十天里，我利用早五时起至出门、晚九时至睡前时间，陆续以手机备忘录形式"指画"十九篇。二〇一六年一月二十九日至十月二十八日，又于早起散步、周末休闲"补画"二十二篇。

这些篇目，讲的是我在袁浦生活的二十年，即一九七二年到一九九二年。

三

《袁浦记》第一读者，是铁儒。每篇写出初稿，铁儒在手机上看，看后交流，我很振奋。

这几年，对于铁儒，疏于陪伴，我做的远不如我父亲当年。

丙申年来临前，铁儒写道：

> 我们喜欢散步，只要没有霾，傍晚和周末，就兴冲冲地往最熟悉的明城墙遗址公园走。我的话多，经常是我一路说，爸爸一路听。这一路，近处有参天古木、百草千花、鸟声婉转，远处有巍峨的箭楼、参差的城墙，还有熟悉的火车开动的声音和远方回荡的钟声。

> 爸爸喜欢读书，手里总有一卷书，沉浸其中，我也忍不住从书架上找一本，翻开读上几页，慢慢地，我便和书中的故事"合为一体"，与故事里的人同悲同喜。

> 有时爸爸会轻轻地拍拍身边的沙发说，来，坐这儿，这段特别好，你看看，看完说说。我如实说。爸爸会说，嗯，有想法，这一点挺好！

如果说《袁浦记》结集是果，陪伴则是因。

四

我第一次用微信同铁儒的语文老师杜美鸾交流，谈的是三十年前我的语文老师。我发了《故乡纪事》给杜老师看，杜老师给了鼓励，也添了我的信心。

乙未年我听《西游记》公开课。起先跟在铁儒后头，略感不安，到了教室门口，踟蹰不前。铁儒一拍后背，喊进进进！

杜老师讲《西游记》，课堂活泼有趣，我想到杭州乡下红庙、白茅湖的语文课。

杜老师给的《西游记》，我看得入神，第十三回末，太宗低头，将御指拾一撮尘土，弹入酒中，道：御弟可进此酒，宁恋本乡一捻土，莫爱他乡万两金。

袁浦一捻土，何止万两金？

五

写作《袁浦记》，打开尘封往事，想起少年生活。这个过程，是流露书写的过程，也是相互唤醒的过程。

我的一个少年同学，过去三十年了，仍记得我初中第一学期期中考试成绩的名次，问为什么？答：排名表上你在我前面。同学父亲看到《杭州日报》袁浦一文，问是不是家长会时排你前面的同学写的？

稻花香里，回味久远。时间之河冲刷一切，唯余万年寂静，好在时间不长，我们也还记得。

我们的少年时代，有一种东西叫记得，多美呵！

六

《袁浦记》记的是一个乡土社会。这一笔、那一笔，此一钩、彼一撇，略具了我生活其间的形态。

这多一句、少一句，非关亲疏、轻重、远近，实乃一时一地激发，形诸文字罢了。

这回结集，亦是三思此生此行，聊叙悲欢短长。

六号浦一号桥头明月夜，城墙根心如止水等天明。这夜漫长，月东升，月中圆，月西沉，数更守月，更添思乡情怀。

六号浦上，水杉树下，悲欢离合，生老病死，红白喜事，风声雨声，笑声哭声，都在心里记得，同伴一带浦水、两行浦杉，直里来直里去。

这浦上，我印象尤深者，四十几年，或偶遇，或久违，一面的、两面的、三面的、五面的，缘不分见不见，情不论见多见少，终也是一场人生一段情缘，同是一代人，生在一地、长在一起，聊相厮守，浦水长流，香杉明鉴。

七

《藏北十二年》的作者吴雨初先生说，不为写作的写作是愉快的。

一个人在外旅行，带个袋子，一路走，一路装，终于走不动，慢下来。友人说，等一等吧！我听从劝告，挨一块平坦的山石坐下，把背包卸下，一样样往外掏，归整齐了往里搁，最珍贵的，放袋子底的，便是袁浦二十年。

写作期间，母亲讲，亲友说，我记录，这是母亲和亲友的回忆与我少年印象的一次叠加，放草舍后门泥坯的灶台上煮，放瓦舍西北角的柴锅上蒸，一掀盖子，就这样子，开了一桌，也没有酒。

酒在那个漫长的冬夜，父亲的小弟兄家喝光了，邻居都睡了，小店也歇了。

人到中年，给童年和少年画像，形态略具，则能事已毕。

八

一去三十年，作《袁浦记》，也是续一个梦。

一九八七年，读汪曾祺先生小说《鸡毛》。这一天袁浦下着雨，道地里起些密密匝匝的水泡泡。屋前菜园里，竹子搭的豆架上，挂些初长的四季豆，园子栅栏是络麻秆。经了风吹，起些凉意。透过木条的窗子，我萌生一种"也来写一写"的冲动，甚至也开了个头。这是少年时的梦。

这个梦，到了中年，才实现。也终于写了，愉快地写。

九

我的老师孙昌建，教了十二年书，搭了二十年台，不时唤醒我写作的热忱。

我常将这"建"字前加个人字旁，老师提醒几回，写着写着出来"健"字，大概"昌"字和"健"字是繁华暖色一系的，"建"字是辛苦冷色一系的，我总不肯将老师的"建"同我的劳碌、漂泊的"建"

混作一谈。

客观而言，若非杭州微信选"十佳教师"，便无写作《袁浦记》之机缘，若非孙老师鼓励，便无写作《袁浦记》之激情。

十

上海的蒯大申老师审阅乙未年写的十九篇稿。复信说：

> 就像一个日出而作的勤劳农夫。写作的动力来自对家乡的深情，对亲人师友的真情，其次来自对儿子的挚爱，通过文字让他认识父亲的根，了解父亲为什么会成为这样的人。应该说，这也是最大意义所在。你的文字表现力很强，对草木鱼虫的描摹极为灵动，可以感受到你对天地万物观察非常细致，都倾注了自己的感情。看了你的《袁浦记》，更加深了对你的了解。一个有真性情的人！
>
> 读完全稿，也有两点不满足。一是对人着墨太少，无论是亲人还是老师，即使是专门写人的篇章，真正落到人的身上，笔墨也还是太少，以至笔下人物难以写活。二是你写了自己的童年少年，但是看不到那个时代，那个急剧转型的时代。其实你的乡村生活和学校生活都与那个时代密不可分。

若非蒯老师的直言提醒，便无完整的游子笔记《袁浦记》。

从年三十起，便陆续修订，又补记二十二篇。

八月十一日蒯老师看了《浮山归兮》一文说：

浮山已成为你生命中一个重要坐标，也成为一个生命意象。亲人们生于斯，归于斯。在你笔下，在你心里，亲人们的离去，哀婉动人，却又哀而不伤，读来是满满的深情。从文中也可以看到那个时代。

确如你所说，浮山"虽未有雕栏玉砌精美气派的门庭，未有名人贤达题字刻石的牌坊，未有长长青石甬道连起的台阶，却有寻常百姓归去后托身的一寸土，有晚辈后世拜谒的一片山，有世代相传的精神的一点光"。

在中国文化里，"天地之大德曰生"，而对死却很少议论，"不知生，焉知死"。"遽归道山""驾鹤西去"，是关于死亡的几个意象。你诠释了"归道山"的深厚意涵。

删老师建议将题目改为《归兮浮山》。文章刊于《滇池》二〇一六年第十二期。

童年和少年是一座富矿，不去开采，不知有多深。匆匆回望，撷取一些果实，带的筐儿不大，塞得满满，都是旧时印象，一份实录。

十一

《北京文学》主编杨晓升先生，鼓励我说：

《草舍雀白》《田野父亲》两篇散文，分别从母亲和父亲的角度，饱含深情地写父母亲的辛勤劳作，写特定时期江浙农村的风貌与历史，文字简洁生动，画面感强，江浙农村特有的生活气息扑面而来。

又说：可继续写散文。

十二

我的全部作文，请阿哥华赴云审读。按照阿哥建议，一些文稿撤掉，一些做了结构调整，一些整节删改，一些题目重拟，还挑了不少不够规范的野词蛮句。

我的阿哥，在我最需要的时候，给了我力所能及的帮助，少年时如此，中年亦如此。

十三

临结集时，读到席星荃先生对《草舍雀白》的评论《泥土气息与古典情调》。评论刊于湖北《文学教育》杂志，给予我莫大鼓舞。

湖北，一个让人温暖的地方。一九九六年冬，我第一次出差，去的是武汉。那时，火车开得稳当，我赶到时，正好会散。武汉的老师不知我名，说：你是北京来的，就叫"小北京"啊！费用自理，参加后半程吧。我爬上黄鹤楼，穿过三峡，又爬上青城山和峨眉山。

同行的老师，不知现在可好？

十四

编发我第一篇散文《有个地方叫袁浦》的是黄颖老师。她说，这是在孙昌建老师的微信公众号"一个人的影展"上看到的。后又编发《故乡纪事》（二〇一六年三月六日、三月二十二日、三月二十四日、四月十一日），《枭米路上》（又名《袁浦的早晨》，二〇一六年六月十四日），《四月蜂》（二〇一六年十月十三日）。

黄老师鼓励我写北京。二〇一六年十二月十二日，《杭州日报·西湖副刊》"散客"头条刊发《爷的院子》，我写北京开了好头。

《袁浦记》篇目，已发表二十一篇。

《昆明日报·文艺副刊》刊发《四餐头抢阵雨》（二〇一六年十二月八日）；《福州日报·闽江潮》刊发《最喜是袁浦》（又名《大江流过我的家》，二〇一七年一月十五日），《钱塘的风》（二〇一七年一月二十二日），《九溪观潮》（二〇一七年一月二十九日），《腌缸菜》（二〇一七年一月三十一日）。

《北京文学》刊发《草舍雀白》《田野父亲》（二〇一六年第五期），《年去岁来》（二〇一七年第四期）；《滇池》刊发《归兮浮山》（二〇一六年第十二期）；《十月》刊发《香杉瓦舍六号浦》（二〇一六年第六期）；《雨花》刊发《四亩八分号子田》（二〇一七年第二期）；《广州文艺》刊发《桂花妮娘》（原名《天可怜见》，二〇一七年第五期）；《芒种》刊发《袁家浦老街》《菜花蛇》《草舍飞雪》（二〇一七年第九期）；《莽原》刊发《六号浦东二十九号》《社舍散了》（二〇一七年第五期）。

十五

二〇一六年十二月二十三日，见到三联书店王海燕老师。王老师说，打动她的不仅是书稿的内容，还有信中的一句话：从标点到文字，希望没有一个错误。

我们在韬奋图书馆面谈。冬日阳光从南面的落地玻璃窗投射进来，虽挂了半截帘子，依然有些眩光。王老师列九条，又补三条，十二条意见。我照单收下。

三联书店院子的南侧，有两棵枣树。进院见到枣树，心有所动，出院见树，下定决心，在枣树发芽前，把定稿送到王老师手里。

二〇一七年三月二十七日，签署出版协议。谢谢三联书店路英勇总经理、张健老师。还要谢谢高书生老师的引荐。

谢谢三联书店的美编刘洋老师。美编给《袁浦记》穿上合身的衣服，见了世面。

十六

《袁浦记》，十万方块字，一颗少年心。

王国维《人间词话》说，一切景语，皆情语也。又说，阅世愈浅，性情愈真。《袁浦记》，记的是童年的一醉、少年的一惊。这一醉一惊，情在景里，景中有情，是谓情景。

我这少年，临近四十五岁，才算完。因为不完也不行了。

又一少年，长起来了。

是故，以袁浦生活二十年，写作文四十余篇，致不得不放手的少年。

取名袁浦，因为少年时的家乡叫袁浦，我有地八分，是个种田人。

《袁浦记》，记的是种田者言，也是我所见的世界最美丽的部分。

人到中年，我幸运地用属于我的笔，把它写下来了。致逝去的青春，诚诚恳恳，有一句说一句，纪念美好少年时光。

即便渐行渐远，乡下少年，初心未改。人到中年，三十年没变，我想，也就不变了。

我把《袁浦记》送给少年铁儒。

二〇一七年三月五日